有度文化

胡树和他的牛

夏天敏 ———

著

山西出版传媒集团 北岳文艺出版社
·太原·

图书在版编目(CIP)数据

胡树和他的牛 / 夏天敏著. —太原：北岳文艺出版社，2022.1
ISBN 978-7-5378-6458-9

Ⅰ.①胡… Ⅱ.①夏… Ⅲ.①中篇小说—小说集—中国—当代②短篇小说—小说集—中国—当代 Ⅳ.①I247.7

中国版本图书馆 CIP 数据核字（2021）第 185490 号

胡树和他的牛

夏天敏 / 著

出品人
郭文礼

选题策划
左树涛

责任编辑
左树涛

书籍设计
张永文

印装监制
郭勇

出版发行：山西出版传媒集团·北岳文艺出版社
地　址：山西省太原市并州南路57号
邮编：030012
电话：0351-5628696（发行部）　0351-5628688（总编室）
传真：0351-5628680
经销商：新华书店
印刷装订：山西人民印刷有限责任公司
开本：787mm×1092mm　1/32
字数：200 千字
印张：7.75
版次：2022 年 1 月第 1 版
印次：2022 年 1 月山西第 1 次印刷
书号：ISBN 978-7-5378-6458-9
定价：59.80 元

本书版权为本社独家所有，未经本社同意不得转载、摘编或复制

目 录

是谁埋了我 / 001
天坑 / 039
毁容 / 085
歇云小区 / 125
胡树和他的牛 / 163
在深夜离去 / 199

是谁埋了我

一

凌晨时分，离家多年的李水，精疲力竭地踅进家门。他真不明白他怎么就成了死人，从娘的口中，他知道一年前他就"已经不在了"。那是个阳光明媚的春天，天空湛蓝，小河清澈，小麦已经绿得让人心颤，杨柳轻拂，紫燕穿飞，似乎有什么喜事要降临。可不是，吃过中饭，村口就响起了阵阵唢呐声，接着就响起了热烈的鞭炮声，一群人在村长的带领下朝他家走来。为首的人，穿一身蓝色中山装，背着绿色军用挎包，肩上还挎着一个军用水壶，那年头，干部就是这样的装束。他们到了家门口，村长说这是李水的娘，指着领头的干部模样的人说这是民政局的吴科长，慰问你来了。吴科长紧紧地握着她的手，说老人家，我代表县里领导看望你来了。李水同志已经不在了。他这里说的不是牺牲，说不在了也就是人死了。李水的娘分不清牺牲和不在的含义，但她知道李水是死了。听到这消息，她头"嗡"的一声，一片黑云沉甸甸地砸下来，她立即瘫倒在地，人事不省了。

等她醒来，已是夜里了，村里早已沉寂，门口的热闹和喧哗早已不复存在，只有鞭炮的硝烟味还在屋里弥漫。一灯豆油，昏沉沉地了无生气地晕染屋子。妇女主任张婶说醒来了，你还没吃一点儿东西呢，要去给她做饭。她说不消了，啥也不想吃，说完眼泪哗哗流。妇女主任见过世面，反而放心了，任她去哭。

哭够了，妇女主任拿出一个纸包递给她，说李水不在了，县里领导关心咱，派吴科长亲自来慰问，县里给你六十元的慰问金，咱要感谢呀，到底是革命老区，对百娃负责，对你关心呀。接过钱，她手抖得几乎拿不住，这不是钱，这是娃的命呀。妇女主任说娃是好娃，为咱们争脸了，人活着靠啥？就靠这脸面，娃不在了，你门口的牌子却挂起来了。有这块牌子，你就是咱村里人人敬重的人。

妇女主任把她拉到门口，村庄的夜一如既往地漆黑，虽有几颗星星，但那光连它们自己都照不清楚。她倒是看清了门框上有块白色的东西。妇女主任掏出斜挎在身上的电筒。那时候这玩意儿只有干部才有，他们随时要在夜里开会、巡察，是上面配给的，也是身份的象征。妇女主任把手电打开，一束雪白的光刺穿黑夜，门框上的字被牢牢地捺住，规规矩矩现出红色。妇女主任说这几个字读"军属光荣"，这之前是没有的，现在政权稳定了，政府第一批发的。字字千金呀，你门框结实，要不然挂不住的。她心里却一紧，说我儿命苦。妇女主任说哭啥哭，人不在了，荣誉却在。它立在这里，村里也有光哩。不信你看，我关了电筒，它还亮哩。她抬头看，果然白色的牌牌上四个红色的字在闪光哩。四个血红的字，红得耀眼，流出殷红的血，滴滴答答，像骤然而降的雨，将她浸泡在血海里。她又哭了，哭得格外伤心，哭得撕心裂肺。眼看身子摇摇晃晃，快要倒下去，妇女主任一声断喝，哭，哭啥哭，娃为革命不在了，你是为他抹黑哩，是为村子抹黑哩，红的也要叫你哭黑了。果然，红色的字骤然暗了下去，四周又一团漆黑了。

妇女主任再次打开了电筒对她说，你床脚有一包东西，是娃的遗物，娃不在遗物却在。村长安排了，明天村里为娃建个坟。你收拾收拾，看还有啥东西，连同这包遗物一起葬下去。有了坟，娃的魂就住进去了，你想娃时也有个凭据。坟果然造起来了，不愧是革命老区，对革命军人还真是有情有义，村长在村后的土丘上亲自选了地，平原上没有山冈，这土丘也就居高临下，览八方风云了。

李水的坟建起来了，封土高高的，全村人携了板锄、铁铲，大家都争着铲土，坟能不高、不雄壮吗？居然还有碑，这是平原，青石是极少的，整块的青石更是少。村长自有办法，把地主张老财的墓碑撬了，让牛石匠将碑上的字铲掉、磨平，一块崭新的墓碑就悄然出现了。字是村小王老师的字。王老师私塾先生出身，转入公家办的学校，有童子功的底子，字自然好，上书"革命战士李水之墓"。如果是烈士，当然要入烈士公墓了，但这称呼，在村里也是至高无上的。

村长说嫂子，你是革命战士的妈，也是村里的光荣，以后村里会尽一切力量帮助你。转身，他对立在身后乌泱乌泱的一大群村民说，李水为革命不在了。他没说牺牲，这事他也觉得蹊跷，不在和牺牲都是死掉了，但上面只说不在了，他也只能说不在了。他说李水是村里第一个为革命不在的人，是为了新中国，为了保护革命成果不在的人。我们纪念他，尊重他。李水的娘，孤身一人了，我们要尊重她，保护她，爱护她，为她做事，让她不孤单，不困苦。村人蜂拥而上，围住她，说了很多宽慰的话，争着说你就不消做饭了，多个人多双筷子，就到我家吃饭，你那点儿地我家捎带种了。我这几个牛样壮的儿子，力气没使处，恨不得一天撞墙哩。热情的话说得她泪水涟涟，感激不已。

李水的床上空荡荡的，啥也没留，只有光床板。他既然不在了，留着那些东西干啥，留着睹物思人，见了难过。娘把他的被褥和部队上送来的东西一并埋了，让他暖和点儿。

娘让他睡在她的床上，娘说她睡够了，要看着他睡。他说娘也睡吧，天还早呢，这时最冷，别冻坏了。他睡在娘的脚头，闻到了娘身上熟悉的味道，仿佛回到童年，在娘的怀抱里酣然而睡，是多么幸福。虽然很累很累，他却睡不着，思绪如放飞在春天却断了线的风筝，漫无边际地飘飞……

二

在乌蒙山区深处，一支剿匪小分队匍匐在一座山崖背后。这是南下的正规部队，他们的任务是剿灭匪患，巩固新政权。乌蒙山区纵横广袤，峡谷深切，险峻异常。这片土地，历来地瘠民贫，土匪甚多。不少土匪武装，盘踞在自己的地盘，已成气候，拥有众多人马，装备还很精良，绝不是早期的大刀钢叉。民国时期政府也多次剿匪，但山高水险，非但没剿完，反而丢失了不少精良的武器。甚至连射程很远、杀伤力很大的小钢炮，大股的土匪武装都有哩。

李水所在的部队，分散到十来个县去剿匪，他所在的这支小分队，正是在乌蒙山腹地剿匪的一支部队。他们得到内线消息，这支土匪武装要经过峡谷去运输给养。这支土匪武装在乌蒙山区很有势力，人员、装备都很强，人马多，给养需要也就多。李水他们从清晨就埋伏，到了中午土匪武装还没动静，战士们饿得肚子咕咕叫，头上的太阳晒得他们像蒸熟的虾。分队的几个领导聚在一起，商量到底要不要撤。没接到命令，他们是不敢擅离阵地的。还没等他们做出决定，他们背后突然响起激烈的枪声。他们埋伏的这个位置，在峡谷底下看是居高临下的绝好位置，可他们背后，又是一个高地。乌蒙山就是这样，除非你到人山顶部，否则山外有山，峰上有峰。他们立即掉转枪口，对上射击，可是土匪人多势众，又占据了高处绝佳位置，他们渐渐抵挡不住。这支剿匪分队的战士，参加过很多大战役，没想到大江大河都过来了，却在阴沟里翻了船。分队长血红着眼，带着大家拼命反击，没想到阵地上突然被炮弹炸开了花。土匪头子知道解放军的顽强，却没想到会这样顽强，下令用小钢炮炸。小分队几十号人，被炸翻了不少，分队长咬碎了牙，不得不撤。

这件事震动了当时的乌蒙山军区领导，更震撼了南下部队驻乌蒙山区的牛师长，部队剿匪，其艰难、危险，出乎他们的想象。这是打惯大仗、硬仗的部队，但在山高林茂、峰险水深的乌蒙山区却派不上用场。各个县的剿匪都在推进，时有伤亡，但还没有一次伤亡有这么严重。分队撤回县城，一盘点，八十多人死了二十多人。经过分析，是他们得到的情报有问题，这正应了敌中有我，我中有敌的那句话。送情报的是一个穷得叮当响的雇农，一副忠厚老实相、木讷得话都说不囫囵的中年农民。

由于撤得仓促，分队根本没有时间检查一下伤亡情况，多耽搁一秒，就会有人牺牲在强大的炮火中。他们不清楚二十多人中是不是还有虽然伤残但还没死的战士。为这事，师部领导专门召开了会议，处理了分队的几个领导。但对消失在阵地中的人怎样定性，在师首长中却发生了分歧：如果定为烈士，那二十多人中还有没有活的？活的是被俘虏了还是跑到什么地方去了？一切都只有在检验战士的尸体后才能裁定。最糟糕的是，当大部队第二天到了现场，埋伏地除了弹坑和被鲜血染红的土地，啥也没有了，土匪将尸体全部转移，不知道弄到什么地方去了。

最后，经过反复争论反复比较，首长们接受了参谋长的建议，定性模糊一点儿，定为"不在了"，仍然享受革命军人的待遇，通知地方政府，优抚善待"不在了"的战士家属。

三

事实上，李水并没有死，作为随着部队南下的新战士，李水几乎没打过仗。那时候，全国已经接近解放，几大战役彻底摧毁了蒋介石的主力部队。大军挥师南下，一路所向披靡、势如破竹，云南已经和平解放，无仗可打的南下部队分别挺进三迤大地，迅速建立起政权。大规模的战役没有，但剿匪任务却十分艰巨，乌蒙山区的地形复杂、土匪强悍凶残，一点儿也不比湘西差。李水虽然没打过仗，表现却一点儿也不差。这个来自革命老区的新战士，荣誉感比较重，把荣誉看得比生命还重。他坚信为革命牺牲比啥都光荣，只要获得这个荣誉，他和家里会受到人们永远的敬仰和尊重。所以打起仗来，他真是英勇无畏，把生命置之度外。

当枪声从后面响起来时，李水转过身抬起枪就开始射击。他不知道这种射击有没有效果，射得到射不到土匪。设伏土匪反倒中了土匪的埋伏，其结果是可想而知的。他和他的战友临危而不乱，仓促应敌而不惊慌，尽管地形于他们实在不利，但他们还是看见好些个土匪倒毙的影子。糟糕的是，他们被土匪的小钢炮密集轰炸，这就不是比意志的事了。杀红眼的李水顾不得危险，刚刚跳起来准备出去拼杀，小钢炮的炸弹飞来了，他觉得地动山摇，眼一黑就晕死过去了。等他醒过来，见到了这样一番景象，一群装束怪异的土匪：有的穿着国民党军官的军装；有的穿着长袍，束着腰带，裹着青布包头；有的戴着马帮头戴的半圆形的用羊毛做的毡帽（这种毡帽常年被灰尘汗垢浸染成了黑色的钢盔，据说用它盛水喝，不会拉肚子），穿着赶马人穿的有很多口袋的毡褂子；有的是短打扮，蓝色土布做的三个包的布疙瘩纽子上衣，下面是半截短裤，打着绑带，穿着草鞋；还有的披着羊皮褂，白色的羊毛成灰褐色了，沉甸甸的，下边是皮筒裤，看着就热，就让人想挠痒痒。更使李水惊奇的是，竟然还有一个女匪，穿着粉红色碎花上衣，青色长裤，腰里系着皮带，把胸口挤得鼓鼓的，还别着枪，像首领的样子。

李水知道自己没死的原因是身上压着一具尸体。在短暂的昏迷之后，他想起自己是在极度的愤怒中跃身而起准备和疯狂的土匪拼杀。

他是新兵，这是战场上的大忌，当他跃身而起的时候，土匪的枪，尤其是炮弹，是能立即置人于死命的。他身上浸满了血，甚至还有白花花的脑浆，不用判断他就知道是班长保护了他。班长是山东老兵，打过不少硬仗恶仗，身上连块伤疤都没有，眼看胜利在望，却死在剿匪的战斗中。他对班长是很敬重的，这个比他大几岁的老兵一路上很照顾他。夜里急行军，连走上百里的路，他累得走着都在睡。班长帮他背枪和背包，还牵着他。如果不是班长牵着，在大山里他就掉下悬崖摔死了。有一次他一脚踩塌，差点儿连班长一起拽下悬崖。班长最大的心愿就是仗打完了，他可以回去看看双眼失明的老娘，可以去看他的妻子了。说起自己的妻子，班长一脸的幸福一脸的陶醉，眼神迷离，说结婚才几个月，就报名参军了。一个老兵说怕有娃了吧，回去娃都会喊爹了。班长有些赧颜，说不晓得哟，也没问。大家哈哈大笑。班长无比陶醉地说，要是有了娃，回去要抱着狠狠地亲，不过我一定要把胡子刮干净，免得扎着娃。

李水的眼泪不停地滴在褐色的泥土里，他不敢动，怕把班长的遗体从身上弄下去。他只想这样静静地躺着，身下是厚重温暖的土地，身上是给了他生命的战友。如果能活着回去，他一定要找到班长的老家，终生侍奉他的母亲，终生养育他的孩子。

突然，他感到身上轻了，班长的遗体被土匪掀下去了。咳，这里还有一个活的——他的腰上、屁股上被狠狠地踢着——起来，狗日的没受伤。土匪们蜂拥而上，围着他疯狂殴打。他们的弟兄被大军歼灭了不少，如果不是大军，他们盘踞多年，连国民党多次围剿都无可奈何，他们可以稳稳当当地在方圆几十里的地盘活得有滋有味。有人说杀了他，为死去的弟兄报仇。有人说，留着点天灯，掰猴儿桩桩，支起锅，吃心、挖肝、炒腿肚包上的肉吃。有人说不要费事了，杀掉，连同这些共党一起丢进蛟龙潭，说着举起寒光闪闪的大刀。忽然一声断喝：停下，谁叫杀了？捆起来带回去。说话的是那女土匪。土匪们停止了行动，有个土匪小声嘀咕，花痴病，见不得年轻的。

匪巢很大，很气派，这是个天然岩洞，在乌蒙山区这种岩洞很多，但这个岩洞高敞、通风、有水源。岩洞之大，足以容纳上千人。土匪里也不乏能工巧匠，他们顺着崖壁，建了一排排房子。这些房子全是用石头垒墙，木柱做梁，木板墙壁，有门有窗，冬暖夏凉。这些房子有宿舍、有厨房、有储藏室、有议事厅，当然也有很大的房间，是匪首的。他女儿的闺房，更是富丽堂皇。

匪首不是人们想象的样子：身躯阔大，虎背熊腰，头大如斗，一脸虬须，身怀绝技。当匪首熊伯祥出现在李水面前时，李水还以为他是这个方圆百里出名的匪群里的打杂的，最多也就是个伙夫。熊伯祥身躯矮小瘦弱，背还有些驼，瘦削的尖下巴上只有稀稀疏疏的几根山羊胡子，只是三角形的眼眶里的小眼珠骨碌碌转个不停，透着阴鸷和狡黠。李水知道，能统率一支强悍土匪武装的人，肯定有他的过人之处，机智、聪明、阴险、狡诈，工于心计、长于谋略，守江湖规矩、讲江湖义气。江湖上仅靠凶狠和残暴只能逞强一时。

你会写字。瘦小的老头盯着他，眼珠也不转了。李水吃了一惊，他确实会写字。李水的爹活着的时候，再穷也要让他读书，就是把家里的鸡捉了，猪杀了，过年吃不上肉也要让他读。李水的爹对不识字有刻骨铭心的痛。他们那里还没有成为革命老区的时候，保长叫李水的爹到县城送封信。这事对一个年轻汉子并不难，正好他也想去县城逛逛。到了县城，李水的爹把信交了转身要走，结果接信的人看了信说，就是你了，你留下。他还是要走，说信送到了，留我干啥？难不成请我吃晌午饭。接信的人一声断喝，把他绑了。李家庄兵役到了。原来，那时抓壮丁，三抽一，李水爹这辈是弟兄俩，按说抽不到的。

保长收了有钱人的贿赂，要找一个人去顶替，但又不能明说，看中了李水的爹，木讷、憨厚、目不识丁，将他抓去，以后有说法，是他进城被征兵的人抓去的，与保长无关。这封信很简单："兵役科宗科长台鉴：现派李家庄青年一人，持信报到，望查收。李家庄保长李长水。"

按说，这保长是自家堂叔，却做出如此伤天害理，还叫人对不上证、找不上理由的事，叫李水一家伤透了心。李水的爹从前线跑回来后，李水都可以砍柴放牛了，他爹摸着他的头说，娃，丢掉放牛鞭，明天读书去。李水的爹把他送到邻庄教私塾的周先生那里，说周先生，娃不好好读书你尽管揍，只要不打死就行。周先生说咋这样说呢，我知道你的心病，你放心，该打手心我会打手心，一定让他识得了字，明得了理。先生管得严，李水也勤勉，竟然在很短的时间就超过其他同学。他爹看他能端端正正地坐着，写出端端正正的字，欢喜得眼泪直掉。隔了两年，这里成为革命老区，办了新式学堂，李水竟一口气将小学读完。那时候李水不但写得一手好字，写书信和公文也不在话下。村里的所有空墙，都是李水写的革命标语，写来写去，被区公所发现，抽去搞宣传。接着部队大征兵，要打到南方去，解放全中国。积极分子李水自然报名参军了。那时，他的爹积劳成疾，已经病死了，剩下个老娘，有乡邻照顾，李水也没再多牵挂了。

李水说我识什么字，我大字不识。匪首熊伯祥紧紧盯着他，阴森森的眼里透出杀气，说你不要装了，老子这双眼看人从来不会走眼。我晓得你不想待在这里，但你是逃不出去的。跟我来，到洞口看看。走到洞口，李水脊背发凉，这个巨大的洞口下面，竟然是万丈深渊，有雾在绝壁上缠绕，阴森森不见底。他不明白这么多土匪是从什么地方进入到洞里的，这么多房屋是怎样建造的。

匪首熊伯祥说你要么给我当文书，写写画画，处理来往信函管管账啥的；要么当土匪，跟着去杀人放火，由你去选，明天回话。

晚饭是由那个匪首女儿送来的。山区的天黑得早，远处的山峦还看得见涂了一层金色余晖，在深灰色的雾岚里浮光耀金，山洞口已被厚重的雾障遮住，还有一缕一缕的雾岚涌入，真似神仙洞府。烛火明灭中，桃花推门进来，她左手提个食盒，右手在胸口处抱着一团白乎乎的东西，使她的胸部更加硕大。放下食盒，桃花坐下，一只手抱着那白乎乎的东西，一只手轻柔地抚摸。李水终于看清，她抱着的竟然是只白兔，白兔体格庞大，毛很蓬松，白得晃眼，长长的耳朵，两只圆圆的红红的眼球，安详平静，没有兔子常有的惊恐疑虑。李水惊诧，土匪杀人如麻，连人都可以抽筋剥皮，挖心摘肝，这个女匪的威势他是看见了的，何以爱上一只兔子？桃花穿了一身水红色的衣服，绾了高高的发髻，脸上似乎还化过淡妆，但身上的蛮野之气是侵入骨髓的。桃花体格健壮，肤色黝黑，化了妆依然。

桃花把饭盒打开，把里面的食物依次摆上。她说这是麂子肉，细嫩好吃；这是野猪肉，红烧，香着哩；这是红烧罐头，山上稀罕物，在城里弄来的；这瓶酒，是宜宾的五粮液，我爹都舍不得吃哩。

李水早就饿得前胸贴后背了，他听到房间外面的大厅里，人声鼎沸，猜拳行令之声不绝，食物的香味诱得他肠胃痉挛。他知道土匪们今天是在庆功哩，本以为是伏击土匪，反而遭了土匪的伏击。想到为了保护他而牺牲了的班长，李水心如刀绞，恨不得把这些食物掀翻。桃花说你要干啥，把手放下，这些食物是我单独让他们为你做的。山上缺粮，别看他们闹得欢，吃的也就是煮洋芋，喝的也就是甘蔗烧。

桃花说我晓得你看不起我们，你恨我们，你的任务是剿灭我们。但今天你已经落入我们手里了，你也看过地形，跑是跑不掉的，不如跟着我爹干。我爹老了，你有文化，这地盘迟早是我们的。桃花的脸红了，竟然桃花般红。她说我们的，意义不言而喻。李水心里冷笑，我们的，还地盘呢，你藏在深山，外面的形势已经天翻地覆了，还我们的，呸，真是不要脸呀。桃花说我知道你在想啥，不管以后如何，你终归在我爹手里，他其实想毙了你，死了这么多弟兄，用你来祭他们。是我保了你哩。李水说我不要什么人保，我死了是烈士，你们被剿灭了，遗臭万年，死无葬身之地。桃花突然愤怒，闭上你的嘴，你晓得你现在在哪里？在土匪窝里，我爹是匪首，我是匪首的女儿。我叫你现在死，马上就会把你剔骨挖肝，全尸也没得。桃花怀里的白兔受到惊吓，在她怀里挣扎起来，桃花用手抚摸，乖，不是说你哩。真要杀人，我会把你抱回窝里去。李水说落到你们手里我就没想到活着回去，进了匪巢还能活着，活着也就是死了，即使不受处理，我也没脸回老家，没脸见父老乡亲。桃花眼里闪出狡黠，说这就对了，你若不愿意跟我们，回去也没好日子过。我晓得共党的政策，死了是烈士，活着是叛徒。既然如此，不如好好地把饭吃了，把酒喝了，死也要做个饱死鬼哩。

这话点中了穴位，李水开始吃，吃得狼吞虎咽，吃得眼睛翻白，真是要死也要做饱死鬼，这话不错。他真不想活着回去，回去有永远说不清的交代，更主要的是，活着回去，对得起伏在他身上的班长吗？转战南北，九死一生，眼看就可以回老家见父母、见儿女了，却为了他死在这里。班长的脑袋被弹片削去半边，血和脑浆糊了他一身，但眼睛却是睁着的。他永远也忘不了那双眼睛，那是一双不甘心的眼睛，忧伤、绝望、愤怒、屈辱，还有对未来的憧憬，对生活的留恋，对亲人刻骨铭心地怀念。李水百感交集，心如刀绞；李水愤怒绝望，心有不甘，心里的火将他眼睛烧得通红，盯着酒瓶，一语不发。

桃花何等聪明，她不说话，此时说话会引来难以预料的后果。她把酒瓶打开，倒了满满两杯酒，说我晓得你心里难受，谁人不是这样呢？活个人，难啊。你不要看我威风凛凛，在这山头，除了我爹就是我，想叫谁死就叫谁死，想叫谁活就叫谁活。可有谁知道，当土匪是活一天算一天，各个山头互相杀来杀去，官军围剿，内部反水，尤其现在大军围剩,被剿掉是早晚的事。你看山上的弟兄,狂喊乱叫,狂喝烂醉,都是活一天算一天的样子。喝了,醉了,就啥都不知道了。桃花要与李水碰杯,李水本能地闪开,自个儿把一满杯酒喝了。

李水是没酒量的人,一满杯酒喝下,他头昏脑涨,脸色绯红,浑身发热,心跳加剧。但他确实觉得兴奋,有种升腾的感觉。胸中的郁闷随着酒气散开。他再看桃花,真是雾里看花了,此时的桃花,热气蒸腾,体香氤氲,脸真如桃花般绯红。她把大白兔放在膝上,轻轻抚摸,喃喃自语,似乎在与白兔倾诉无尽的忧伤和寂寞。李水说你、你喜欢兔子,你是杀人如麻的人,咋会喜欢兔子?桃花说你只知道我是土匪,却不知道我是女人。你只知道我是匪首的女儿,却不知道我是没妈的孤女。你只知道我前呼后拥多少人,却不知道我的孤单,在乌烟瘴气的环境,有多寂寞。说着,眼角竟溢出眼泪。喝多了,李水居然忘记了桃花是匪首的女儿,醉眼蒙眬中,看到的是一个楚楚可怜的村姑,是邻家的妹子,来找他倾谈心事。

桃花的话,把他带进缥缈的虚空,村庄、田野、麦垛、炊烟,潺潺而流的小河,河边洗衣的少女,母亲的呼唤,出殡的唢呐,麦田里的红盖头……他一时不知道身在何处,缥缥缈缈,摇摇晃晃,似乎在麦垛上数星星,似乎在水边看水草摇曳,天空撕裂,丝绸荡漾……桃花化成了水,粉红色的水,温柔而猛烈地覆盖了他全身……

第二天醒来,他不知身在何处,脑袋又涨又疼,从洞口射来的阳光,像舞台上的光束,直直地射在他头上,刺得他睁不开眼,终于想起,自己不是已经被土匪活捉,带到匪巢里来了吗?咋光着身子睡在床上,身上还盖着大红的喜庆的被子。再看,他大吃一惊,身边睡着的,竟然是桃花,那个匪首的女儿。酣睡中的桃花,还真的娇憨妩媚,惹人怜爱,两条长长的辫子已经披散开,覆盖着胸口,脸色依然粉红,一对酒窝,盛着惬意的满足。

李水意识到了问题的严重，巨大的羞耻感和愤怒吞噬着他。他一跃而起，赤裸裸地站在地下，发现上衣裤子也不知去向。他本能地钻进被窝，又触摸到软绵绵、热乎乎的肉体，他触电般退缩，把被子扯向自己，却露出了桃花白花花的肉体。他闭着眼，呼吸急促，羞耻和恐惧使他万念俱灰，他知道自己是彻底毁了，毁在这个野性而又有心机的娘们身上。桃花来扯被子，她还想钻进去温存，但死活扯不动。李水把被子裹得铁桶一般，眼看要扯开了，他又紧紧拽住。他在被子里流泪、哭泣。他恨自己，恨自己咋要吃饭，咋要喝酒，饭吃了也就吃了，那酒是能喝的吗？明明知道是计，明明知道那酒里可能放了蒙汗药，却听这妖精的倾诉，吃了饭，喝了酒。千不该万不该的事发生了，他这一辈子是彻底完蛋了，入了匪巢，还跟匪首的女儿睡过，这是任何理由都无法解释的，这是永远不能饶恕的罪行。即使别人理解了，原谅了，自己也不能原谅自己。这是烙在心灵上、刻在骨头上的罪行，是良心上永远无法卸去的重负，这是伴随他一生的阴影。

　　当兵之前，他已经爱上村里的铃子，那是个身材高挑，面容姣好，又单纯又羞涩，还未说话脸先红的姑娘。铃子默默地帮他家多少年了，父亲去世早，就母亲和他，日子过得清贫而又潦倒。铃子姑娘低垂着眼帘，默默地帮娘背柴火、种田地、洗衣服、拾掇家。他在外的日子，家里一样温馨，娘早就认定了她是儿媳妇。出发的前一夜，他和铃子在小河边的草丛里坐了大半夜，说了多少可心的话，掏了多少心窝子。情至深处时，他猛地把她揽入怀中，疯狂地亲她滚烫的双颊，亲她的嘴。铃子似乎也盼着这刻的到来。俩人蛇一样地绞缠在一起。当他的手触摸到铃子坚挺饱满而又充满弹性的奶子时，他的下面自然地坚硬如铁了。他觉得血往上涌，烈焰在燃烧，岩浆在奔腾。铃子知道他的想法，铃子紧紧地护住裤子，脸红如血，声音急切而坚决，别，别，哥，千万不能，你若动了，明天只能看见我的尸体了。这话如同在他身上捅了个洞，热血消退，激情消退，欲望无影无踪。他全身瘫软，冷汗长流，羞耻和失落使他抬不起头，脸埋在地上默然不语。铃子流着泪，说哥，我对不起你，我生是你的人，死是你的鬼。这第一次我永远为你留着，就是遇到歹徒强人，死也为你留着。女人的第一次，比命重啊！

李水曾经绝食过，曾经以头撞墙，撞得血肉模糊、五官扭曲，曾经试图从岩洞口跳下去，如果成功了，岩洞下阴云密布，岩底乱石如戟，肯定能成全他。但他能想的一切办法都失败了。毕竟是匪首，桃花的爹——那个矮小、瘦弱、阴鸷的匪首愤怒了，李水是在挑战他的尊严，挑战他的底线啊！不能因为女儿而在众匪里丧失尊严，丧失威望。他令人把李水吊起来，用蘸了水的皮鞭抽，他不愿意使用酷刑，剥皮抽筋，点天灯，掰猴儿桩桩，剖胸挖心，割腿肚包下酒。李水终究是一名解放军，使用了这些酷刑，他怕以后死无葬身之地。况且，他的宝贝女儿也不容许他这样干。

李水终于可以走路了，他在山顶上的草坡晒太阳，蹒跚着走路。在这山的顶峰，有永远也长不高的小松林，有碧草如茵的草甸，有蓝得一尘不染、蓝得深邃蓝的令人忧伤的天空。草甸下面，就是壁立千仞、雾岚缠绕的深谷了。他终于知道，土匪们的匪巢，是陡峭山崖上的一个洞，也终于知道，草甸的另一面，是长长的坡，爬到山顶，在一个隐蔽的地方，就能进入匪巢的那个巨大的洞了。

桃花依然爱他，爱得刻骨铭心，正像人们所说，越是得不到的东西，越是渴望得到。这个可怜的匪首的女儿，她是坠入情网了。说来也可怜，她的亲生母亲，一个私塾先生的女儿，被掳上山，成了压寨夫人。这个刚强坚毅的女人，忍着屈辱，在生下她不久后就从洞口跳下，死得很惨，连尸骨也没找全。在土匪窝里长大的桃花，既有土匪的匪性，又有与生俱来的忧伤、敏感，还有对文化的渴慕和热烈的爱情。李水无疑是她钟情的。但事与愿违，从解放区参军的李水怎么可能爱上她？他虽然中了她的蛊,吃了她的迷魂药,和她有了一夜之欢,但那是他的伤,是他的痛,是他刻在骨头上烙在灵魂里的耻辱,是他永远摆脱不了的阴影呀。

山上的日子,一天比一年更漫长。李水随着桃花,穿越了迷宫似的岩洞,走了不晓得多少级的石阶,来到豁然开朗的山顶。看着深邃湛蓝的天空,望着层层叠叠、越远越淡的山峰,想到今后的日子,他心里既焦躁又忧伤。他现在的处境,就是没有桃花和其他土匪的监督,放他回去,他也走不出这迷宫似的大山。他真正感到了什么叫无路可走,什么叫陷入绝境。

逼到死处就是生,走到绝路就是路,李水想起"向死而生"这个词,这是他的私塾老师讲授过的。他看到百无聊赖的几个土匪在不远处向山谷掷石块、摔跤、吸旱烟,看到不远处的一丛开得绚丽的杜鹃花旁,桃花正在往鬓角插花。这个身在热闹之处的寂寞的女匪,自打那天看见他后,就不可抑制地野蛮而又专横地爱上他了。她像地下奔突的岩浆,左冲右撞,寻遍所有岩隙而找不到出口,憋得太久太久,一旦找到一个突破口,就不管不顾,无所顾忌,勇往直前了。她往鬓角上插野花,脸色红扑扑的,长发拂肩,胸脯高耸,野性而又温柔,热烈而又忧郁。她知道李水是不会爱上自己的,但她却不能不爱李水,哪怕这种爱只在形式,不在内容,只在肉体,不在灵魂。

那只大白兔无忧无虑地在山巅草坪上跑来跑去。这是桃花的爱物,走到哪里抱到哪里。一个土匪不无忌妒地说,要是能变成兔子就好了,一天到晚在她奶子那里磨来蹭去。另一个说你狗日的想得美,还变成兔子。如果可能,变成贴身衣服不是随时贴着。土匪只能在背后偷偷讲,即使馋得淌口水,也没哪个敢当面讲一句的,见到她,正眼瞧也不敢哩。

桃花把大白兔捉过来,示意它去亲近李水。这只兔子也是有灵性的，蹦蹦跳跳地跑过来了。这真是只可爱的兔子，温柔、善良、机灵，毛色雪白，耳朵长而大，阳光下，红红的细细的血管清晰可见，大大的圆圆的眼睛，温柔而情意款款，机警而又略显忧伤。它用温润的嘴舔李水的手背，李水心里涌出一股爱怜，抬起手，轻轻地抚摩它毛茸茸的背。李水想，在这血腥残暴的环境里，她和它是多么不协调啊。

这只兔子的眼神是恐惧忧伤的，它见过许多血腥恐怖的场面。尽管它能随时躺在她的怀里，它和她也不能越雷池一步，只能生活在阴森血腥、粗鄙野蛮的山洞里。在这山顶上晒太阳，眺望蓝天白云，莽莽群山，已是它最好的待遇了。桃花任性撒泼，非要让她爹允许李水到山顶活动，舒展一下筋骨，走动走动，以利于他养伤。匪首只有这么一个任性而又宠爱的女儿，正像大白兔之于她，匪首父亲对她，内心也有柔软的地方。

李水想透了，他要离开匪巢，不依靠桃花，是根本不可能的。

四

终于进城了。

这是乌蒙山区的小县城，小得只有两条街，七八条小巷。和其他山区县城一样，这座县城也是依山崖临江流而建，隔江而望，县城对面的山崖半截伸到县城上空，山上的猴子就在街面上的山崖上跳来跳去，不时蹬下一些松果和枯枝，打在挑东西的人头上。尽管小，县城依然不失热闹，依然有画着五角星、飘着红旗、挂着牌子的县政府，依然有站岗放哨的驻军，依然有熙熙攘攘的集市，各式各样的茶馆、饭馆、商铺。

李水的伤是彻底好了。在养伤期间，他拿准了主意，渐渐和桃花亲热起来。这种亲热对他来说是一种煎熬、一种矛盾和一种痛苦，他知道要离开匪巢，除了利用桃花别无选择。事实上，李水不仅做了逃的准备，他更想的是尽快熟悉山上的地形，熟悉那些外界难以知晓的路径，熟悉进入洞里的秘密通道。他以恢复身体疗养伤势为由，让桃花带他出去。开始的范围很窄，也就是在山洞上面的草坪上，渐渐地，他提出了到更远一些的地方。桃花毕竟是匪首的女儿，毕竟是匪巢里长大的。她不愿带他到更远的地方，爱一个人和一群人的安危孰重孰轻，她是分得清的。这就使李水陷入为难之中，要想达到目的，就必须和桃花加深感情，这是何等艰难的选择。

李水和桃花在一丛小树背后亲热，李水本来只想和她搂搂抱抱、亲亲嘴啥的。但桃花毕竟是桃花，李水亲到她湿润的嘴唇，她脸色潮红、目光迷离、胸脯急剧起伏，她紧紧地抱着李水，更加疯狂地亲他、舔他，甚至抱着他打起滚来。李水毕竟是血气方刚的小伙子，桃花丰满、柔软、充满弹性的身子，投入而放肆的亲热，使他有了本能的反应。但他大脑里出现了班长血肉模糊的身子，他嗅到了班长流在他身上的血的味道，看到了溅在他身上的白花花的东西，他立即变得像条在湿地里爬行的蚯蚓，软软得不会动弹了。桃花正在疯狂的热潮中，一下子感到他的变化。桃花难受极了，委屈极了，也愤怒极了。以她的脾气，恨不得一枪毙了他。

李水说，你碰到我的伤口了，疼得钻心，一身都是冷汗了。桃花心疼，说都怪我，亲热着就忘了你的伤了。说着撩开李水的衣服，果然背上的伤痕绽出血来了。桃花啥酷刑场面没见过，但见李水的伤，倒是真的心疼了，又是轻轻吹，又是用雪白的手绢揩，还要去取药。李水说，不消了，这点疼我忍得住，你莫难过。这样一说，桃花还真的难过了，抱着他的脖子流下泪来，说我爹真狠，把你打成这样。

隔了些日子，李水说，太闷了，能不能下山，到城里走走？桃花变了脸色，城里太危险了，到处是大军，你咋会想起进城呢？李水说，越危险的地方越安全，你经历过的危险还少吗，还不好好的？桃花说这不行，最近风声紧，多长时间不敢出去了。况且带着你，我爹是不会答应的。李水说，你不会跟你爹缠吗？他最疼你，你看我们好了一场，连个馆子都没进过，连场戏都没看过，连张相片都没照过，哪像恋人？桃花被这话说得脸红心热，李水从没讲过一句恋呀爱呀的话，今天终于讲了，真是心诚则灵，石头也是焐得热。桃花疯了似的抱着李水狂吻，李水挣扎着，说他们看着呢，青天白日的。桃花说，我不管，看了又咋样，让他们去羡慕。李水说，你是姑娘呢，不害臊。桃花说，我是你的人，永远是你的人，死了也是你的鬼。说着流下了眼泪。

经不住桃花的一哭二闹三撒娇，桃花的爹终于同意让他们下一趟山。他眼里既是疼爱又是忧虑，说去了不要胡闹，小心警觉，吃吃看看，该买点儿啥买点儿啥，千万千万不要生事。桃花连连点头，说爹你放心，我经历的事也不少了，我会小小心心、安安全全回来，爹只有我一个女儿哩。桃花的爹，这个心狠手辣的匪首，变得婆婆妈妈，絮絮叨叨，交代这个，嘱咐那个。他选了三个年纪较大、老成稳重的土匪随去，对他们说，有点儿闪失，你们的头就挂在岩洞口了。

在热闹的小县城，这几个人和山里的农民没有任何差异，三个年纪较大的土匪，本来就是山里的农民，皮肤黝黑、满脸皱纹、胡子拉碴，尽显沧桑。他们的衣服，奇形怪状、五花八门，反正抢到什么穿什么，就有了穿长衫马褂的，上穿绸缎外衣、下穿半截短裤的，穿夹袄打绑腿的，看着让人忍俊不禁。但他们的凶残是一致的，不凶残是当不了土匪的。现在，他们都穿上了当地山民的服装，有的还背了捆柴，有的还背阔口狭底的竹背箩，手里提着打杵——乌蒙山区特有的工具，走路时可当拐杖，歇气时可支住背箩。桃花呢，是地道的山里农家妹子，一条长长的独辫，一件粉白色有红色碎花的上衣，扇子摆衣服，青布裤子，沾满泥巴的圆口绣花鞋。李水自然是山里小伙的样子，他们不远不近，散散漫漫地逛街，前前后后地进饭馆，各自买东西的买东西，问价钱的问价钱。

小城，热闹而祥和，街上到处贴满了白底黑字或白底红字的标语。这些标语，看得李水脸热心跳，激动不已。有的标语写"解放大西南，人民当家做主人"，有的写"遵守群众纪律，不拿群众一针一线"，有的写"拥护共产党，拥护解放军"。李水盯着一张标语"保护人民群众，活捉匪首熊伯祥"，桃花说上面写啥呢，李水很解气，照着念了。桃花的脸一下阴沉了，白了。李水说我念那条给你听。桃花恼怒，不念，不念，我不听。

从进城起，李水就在盘算着怎样摆脱这几个土匪，顺利从他们的掌控中逃走。他知道这并非易事，跟着来的几个土匪，莫看模样老实，可个个都有一身好功夫、一手好枪法。就是桃花，从小在匪巢中长大，一身功夫也好生了得，还能双手开枪，弹无虚发。和他在一起，她是一个野性而温柔多情的女子。但她的另一面，李水也是知道的。

街上不时有穿中山装、列宁装的人走过，李水看着，心里一片温热，他知道这些都是新政府的工作人员，他心里羡慕他们。如果不被捕获，他肯定也能在县城里和他们共事。但他不能表现出丝毫的羡慕，瞟一眼他就坚决地转过头去。他还知道这些人救不了他，他身边是几个惯匪、悍匪啊。他也看到了几个解放军战士，他们穿着军装，打着绑腿，匆匆而去。要是有当兵的经过，桃花就紧紧地贴在他身边，像小鸟样依偎。其实，李水知道她是紧紧地护着他防范他，她不能让猎物跑掉，他是她最喜爱的猎物。

李水面色平静，尽量放松，其实内心很紧张。他知道这次如果不能成功出逃，他这一生就彻底毁了！在匪巢里的日子真是度日如年，一个解放军的士兵，如果不能完成剿匪的事业，是没脸活下去的。

在一家照相馆前，桃花停住不走了，她贪婪地看着贴在橱窗上的结婚照，看到人家亲昵的样子，她春心荡漾。桃花见惯了血腥残暴，但她渴望温情脉脉，毕竟是女儿家，有女儿内心的温柔和渴求。她坚持要进去照相，李水说情况复杂，人多眼杂不宜多待。她说你说过进城照相的，我们是夫妻，照张相咋的了。桃花脸兀自红了，李水心里却五味杂陈。不去照，依桃花的性子恐怕是不行的。去照，和一个匪首的女儿照相，留下了真凭实据，于己不利、于心也不安。

相是照了，照得别扭，李水怎么也表现不出温柔亲昵的样子。照相师傅说别害羞，一家人了，还害羞啥？放松点，脸别僵着，笑，笑一笑，把嘴咧开、咧开，再咧开一点儿。桃花尽管不高兴，但见照相师傅把李水吼得一愣一愣的，心里更不高兴，说师傅，我们是头次进城，没照过相，你讲话温和点儿。照相师傅说怪不得呢，我还说咋照到一块木头了。我不说了，照成啥样是啥样，我也不能掰开他嘴，更不能用手去搔胳肢窝。

从照相馆出来，桃花丧着脸，也不和他并肩同行了。她在前面匆匆走，李水在后面匆匆赶，但总是错开几步位置。李水窃喜，真是天遂人愿啊，这就有机会了。果然，桃花不管不顾地乱走，一走就走到一个有士兵站岗的地方。李水知道是驻军的地方了，他说走慢点儿，我也没做错啥。桃花头也不回地走，李水看看隔他一段的土匪，也顾不上什么了，拔脚就往岗哨那里跑，边跑边叫有土匪、有土匪。一街人像被火燎着的马蜂，惊乍乍四处逃散。他还没跑进岗亭，砰、砰、砰的枪声就响了起来，他感到身上中了几枪，头一晕，啪地倒在地上。

等他醒来，他已睡在医院的病床上。身边站着穿白色大褂的医生、护士，还站着穿绿色军装，帽了上有五角星的解放军。

以下的情景，再写就跟烂熟的电视剧一样了。在病房里的军人，其实就是他所在部队的。他们在他倒在地上的时候，就已经认出他就是在剿匪中失踪的新战士李水，本来是活不见人、死不见尸，以为土匪已经把他和其他战死的战士一同丢在深不见底的山洞里了。部队已联系地方政府，依然按照军属对待他的家庭，但不知他的下落，不好确定他的身份，就只好含糊其词了。

那股顽匪终于被全部歼灭了。这股凭借着无法逾越的天险，占据山头无恶不作的土匪，官军多年来对他们无可奈何，其原因就是不知道进入山洞的路，山洞正面千仞绝壁、云雾迷蒙，猿猴都无法攀缘。李水凭着桃花对他的迷恋，在养伤期间终于摸清了上山的路和进洞的秘密，伤未痊愈他就带着剿匪部队进了山，找到山顶洞口。土匪凭借山洞，部队怎么也攻不进去，最后采用烟熏、火攻，才冲进洞里，消灭了这股顽匪。

李水随队冲进去时，看见了躺在血泊里的桃花，桃花依旧穿着白底碎花的衣服，殷红的血使她变成了一朵殷红的桃花。李水不敢多看，内心很是复杂，他怕他的表情被其他战友看到，引起怀疑，只一瞥，就迅速冲向前去了。

李水老老实实地交代了他的问题，包括桃花对他的爱情，也包括他如何激烈的思想斗争，如何谋算着把上山入洞的情况摸清楚，如何哄着桃花下山，创造脱身机会。部队首长是实事求是的，但在处理上却各执一词。李水有功有过，功甚至大于过，但和桃花的事，也不是小事，桃花是土匪，她的爹还是匪首呢。会议开到半夜，终于统一了意见，处理模糊点儿，既不记功也不追究，发笔返乡费，让他自己回去。

连长对他说，李水，你不要有思想包袱，其实你是立了大功的，没有你这股悍匪是很难消灭的，只是那事……有的同志也太当回事儿了。好了，好了，回去好好干，你仍然会进步的。

五

李水原想跟娘见个面，告个别再悄悄地走，他心里过不了这个坎，觉得自己的经历很肮脏。尽管带部队剿匪算是有功,但他和桃花的那段经历,想起来就让人痛心,让人羞耻。一个革命军人,不以死来殉国,保全名节,居然和一个女土匪、一个匪首的女儿混在一起,无论啥原因,都是不能原谅的。李水是读过私塾的人,是一个在燕赵多侠士的悲壮土地上成长的人。小时候,每天晚上,在大槐树下,听村里的七爷讲戏曲故事,哪一个故事不是叫人热血沸腾?忠贞义士,视名节高于生命。他竟然活下来了,竟然和一个土匪首领的女儿胡混……

然而,和娘见了面,怎么可能走呢?娘是很老很老、很沧桑很衰颓了,满头白发,满脸皱纹,身子佝偻,走路一步一踮极为艰难。娘的眼睛也快看不清东西了。李水晓得娘是为他哭坏眼的,他这一走,娘还能活吗?

吃完午饭,李水提了铁锹,随娘来到他的墓地。作为活着的李水,怎么能让自己有个坟呢?见他找铁锹,娘知道他不会走了,高兴得动作也利索起来。李水刨掉自己的墓碑,内心五味杂陈,眼泪也涌出来了。他是活着回来了,但那个有灵魂的李水呢,是真的死了。

李水家挤满人,乡亲们知道他活着回来了,啧啧称奇,百般惊喜。村长比他大一辈,村长说娃呀,真以为你死了呢,上面只说你不在了,也不晓得啥意思,就为你造了坟,把你娘当烈属待了。说说,说说,这些日子咋过的?没受啥委屈吧?李水知道村长说的委屈,怕他犯错了,关禁闭了啥的。村妇女主任大大咧咧,说咱侄儿会受啥委屈?咱们村送出去的会受啥委屈?只是侄儿,你没受伤吧?让婶子摸摸看。众人都笑起来,说妇女主任啥都想摸,摸到小辈儿身上了。妇女主任说呸,我宁肯摸狗也不摸你。咱侄儿啥人?光荣参军、光荣回来,真受了伤,咱们还不优待着。

李水不晓得咋讲才好,吭哧吭哧地说我受了伤,被土匪捉去,后来逃了出来,带部队把土匪剿了。村主任说这就对了嘛,咱娃不是孬种,被土匪捉了，又逃出来，带部队把土匪剿了，不是英雄是啥？妇女主任说是嘛、是嘛，战场上枪子没长眼睛，我说摸摸你们还笑。大家由衷地佩服起来，都说该摸、该摸，让我们看看伤到哪里了。李水不好意思，也很惭愧，说没啥大事，就一点儿外伤。妇女主任不由分说，把李水的外衣脱了，腰杆侧边果然有枪伤。李水的娘哭了。大伙呆了，啧啧叹息，连连感动。

也是奇，人是有感应的，尽管窄小的屋里密密麻麻挤满人，李水还是感到有双眼睛在闪烁不定也抓紧不放地看他，他知道一定是铃子了。果然，他看到在人群后面，倚着门框站着铃子。铃子还是那样的赧颜羞涩，俊俏的脸被头发遮了只剩半边，但只一瞥，就知道她是羞红着脸的，眼眸波光粼粼，含娇带嗔，闪闪烁烁。李水心里泛起一阵波澜，但很快就平静了下来。他被自己的经历深深地折磨着。他为在匪巢里与桃花那段经历羞愧得不敢与铃子对视，哪怕是远远地惊鸿一瞥。

漆黑中，娘的床传来咯吱咯吱的响动，那床是太老了，榫头早已松动，床架也残损，知道娘睡不着，娘有心事哩。娘说铃子来了，不好意思上前，你看到了吗？李水说看见了。娘说明天上个集，割点儿肉，买点儿时鲜菜，请铃子来坐坐。李水惶惑，内心惶惶，说才回来，这事不急，改天吧。娘说，咋要改天？娃，你不在的日子，多亏了铃子姑娘，多好的一个娃啊。天天来陪娘，怕娘想不开。那些天，娘想你不在了，难过得起不了床，眼睛都快哭瞎了。铃子又是劝又是哄，屋里屋外操持得妥妥帖帖，一天想着法子地做好吃的，衣裳、被子、褥子洗得干干净净。妇女主任来，高门大嗓说嫂子，你好福气，白捡个闺女了。李水兄弟在，你就有个好媳妇了，说不定抱孙子了。这话说得娘哭得续不上气。铃子姑娘羞着红着脸，婶子咋说话呢？专拣不该说的说。妇女主任说打嘴、打嘴，我这猪脑壳，说话不过滤。嫂子你也别哭了，说真的，这铃子真是个好闺女，你就当闺女待吧。娘说回来了，好好待人家闺女。

我晓得,你是喜欢她的。差不多,就把婚事办了,等抱上胖孙子,娘死了,眼也闭得上了。

李水心里一阵悲哀,自打有了匪巢里那段经历,他就再也打不起精神了,他的脊梁再也挺不直。尽管部队上没给他啥处分,但他不能原谅自己,觉得自己犯了不可饶恕的错,不,甚至是罪行。他太希望自己能轰轰烈烈地战死在战场,能够清清白白一点污点也没有地有尊严地体面活着。组织上经常教育,让每一个人对组织没有半点儿隐瞒,甚至内心想的也要坦诚地向组织交代。而自己呢,在匪巢里那段经历,他交代得清清楚楚,但和桃花有过的苟且之事,他是严严密密地保留在心里,一点儿也没交代。这成了他最大的心病,尽管组织上念其剿匪有功,没有深究,但他是不能原谅自己的,有一种强烈的自卑感和负罪感。头,是永远抬不起来了。

婚终于还是结了,这是必然的,无可选择的。婚礼自然是热闹的,全村人都行动起来了。那年头,啥事都是热火朝天的,人们充满激情,向往着美好的明天。李水是村里唯一当过兵、剿过匪的人,这是村里的光荣。不用村长吆喝,村里人早就自发地行动起来,垒大灶的,洗碗沏茶的,布置新房的,做什么的都有。妇女主任比自己结婚还兴奋,整个场坝里只听得见她嘹亮的嗓门。李水蔫蔫地、满腹心事地坐着,结婚仿佛不是他的事儿,仿佛是别人娶了他心爱的人。妇女主任说大侄子,你倒是起来动动呀,你不要只认得上床,认不得别的事。时辰还早,跟婶子走走看看,还有啥没弄伸展的。李水只得跟着她,快快地走着。大家打趣他,他只得装作快乐的样子,心里却别扭着,仿佛是个俊俏的闺女,嫁个瘫子似的。

那天晚上,是李水和铃子最痛苦、最尴尬、最追悔的晚上。新婚之夜的所有过程都可以省去,那激动人心的时刻终于来临。铃子娇羞地吹灭了灯,在被窝里把自己脱得赤裸裸的,无比激动无比幸福无比娇羞地把自己打开，这是一个女儿最庄严最幸福的时刻，她要把自己交给一个深爱的人，一个可以托付终身的人。一朵鲜花悄然绽放，期待着雨露的滋润。李水呢，面对身边洁白如玉、丰满性感的女人，自然也有男人的冲动，他紧紧地搂抱着深爱的人，手伸向了饱满坚挺的乳房，嘴深深地吻着。铃子矜持着，身子却忍不住扭动起来，发出了呵呵的声音，期待着石破天惊、鲜花颤抖的一刻。李水准备行动，但魔鬼似的阴影瞬间出现，他看到了自己和桃花肮脏的一幕，看见了匪首的女儿正肆意与他交欢。他感到无比耻辱，无比肮脏，无比羞愤，激情瞬间消退。无论怎样努力，怎样地想把那不堪的场景消除，都无济于事。他瘫软如泥，僵硬地躺着，默默地流泪……

　　第二天，铃子眼睛红肿着，脸上是擦不干的泪痕。一夜之间，鲜花非但没有绽放，反而蔫头耷脑，憔悴残败。李水既愧疚，又羞惭，深深自责。他深深伤害了一个纯洁、善良的女子，这是罪行，是不可饶恕的。他躺在河边的树丛里，反复地梳理自己，决心忘记那不堪的场景，决心以崭新的面貌重新生活，决心埋葬过去。他用河滩上的泥，捏了个人形的东西，他说李水你已经被埋葬过一次，你还得再埋葬一次。他挖了个坑，很是庄重地把自己埋了进去，又垒了个圆圆的坟头，说李水你已经死了，你要再生。否则你就只有真正地死了。

　　李水相信，那个已经被击毙的匪首的女儿，一定阴魂不散，一定会缠他，直到把他缠死。他眼里出现桃花的形象，她倒在血泊里，头侧向一边，乌黑的长发披散着，白色碎花的衣服上一摊一摊的殷红的血，使她像飘浮的桃花，她的眼睛大大地睁着。他只瞥了一眼但那场景像梦魇永远缠住了他。她眼里尽是疑虑、怨艾、惊怵，似乎是怨恨他带部队来剿灭了她的匪首父亲，也剿灭了她。她心有不甘，手伸着，似乎要讨要啥。

　　接连半月，新婚之中的李水和铃子都憔悴了，忧郁了，新婚应该带来的幸福和滋润，全都没有。铃子脸色苍白，头发凌乱，脸上的粉红粉白消失殆尽，变得晦暗苍黄。李水自不待言，尽管他已在河滩上又一次埋葬了自己，在心里做出了彻底忘记那场景的决定，告诫自己为了铃子也为了自己重新开创新的生活。但那梦魇实在太强大，总在关键时刻出现，让他和铃子痛苦不堪。

在解放区长大的李水是不迷信的，但这长久的梦魇的折磨，使李水快崩溃了。他神情恍惚，郁郁寡欢，低头塌腰，萎靡不振，哪像个当过兵、剿过土匪的样子。他越来越怕见人，越来越萎靡，越来越卑微，恨不得把头低到裤裆里。村里有了议论，说他恐怕是在战场上吓破了胆子，说他恐怕有啥见不得人的事藏在心里。李水想，这样下去，自己注定要毁了。毁了自己不说，连带毁了铃子，罪孽就大了。娘更心疼，好端端的一个娃，生龙活虎的一个娃，咋成了这样了呢？娘凭直觉，这娃怕是中邪了。战场上要死多少人，死的这些人都是年轻力壮、血气方刚的人，哪个愿死呢？冤气不散，总要成邪气缠人、侵人。娘要去王郭庄请方圆几十里出名的陈五先生驱邪。李水死活不让，他是见过陈五先生作法的，身穿道袍，头上的长发束成髻，银须飘飘，手持桃木剑，又是跳又是舞，口中念念有词。这还不把村里人都惊动了？不管咋说，好歹他还是革命军人，在村里这样闹，还有啥脸待着？

李水尽管不信，但被这恶魔缠得心力交瘁，总得把它解决。李水想桃花是死不瞑目啊，一个活生生鲜颤颤的人，被他带着部队去把她打得血肉模糊。不管他爱不爱她，桃花是真的爱上他了。这邪气如果没有道法的人，总也治不了的，李水只得相信一回。

李水悄悄地到了王郭庄。陈五先生果然名不虚传，说小伙子你是中邪了，你看你印堂发暗，脸色发青，头上黑气缠绕，走路如踩云彩，再不驱邪，你就有性命危险了。陈五先生拿出道袍、桃木宝剑和做道场的法器，说先到你家，我看看地势环境。李水说我们村去不得的，村长革命得很，怕连累你。陈五先生问了他村名，说真去不得，去了我会被绑了游街。

陈五先生目光如炬，让他站定，取了酒猛地喷在他身上，绕着他走了一圈，说是女鬼，你被女鬼缠上了。再不驱邪，你命难保了。李水背脊一阵发凉，说那咋办呢？陈五先生说，你们村是不能去的，你是好人，我不能见死不救。这样好了，我去削一桃木女人，你拿去找一个僻静处，悄悄烧成灰，然后再挖一个坑，拿桐油浇上，她就出不来了。这女鬼血性旺，法力大，不这样镇不住。

回去，李水找了个僻处，在一块岩石下边，荒草萋萋、人迹罕至，鬼鬼祟祟找来柴火，把桃木人形放在上面烧。风大、火旺，桃木人形烤出油来，吱吱作响，声音像人的惨叫声。李水听得头皮发麻，背脊像浇透冰水。李水脑海里浮现桃花桃红粉白的脸庞，乌黑飘飘的青丝，顾盼多情的眼眸，心里五味杂陈。可他不能不烧，他不能被她缠上，他要继续生活，要过自己的日子。更何且，他是没爱过她的，她缠住他，连死了都要缠住他，不烧咋行？

李水跑到远处，见不到桃形女人扭曲燃烧的样子，听不到如诉如泣的叫声，心里宁静了点儿。估摸差不多了，返回，果然见到一堆白灰。李水用小条锄挖了个坑，把温热的灰捧进坑里，那一瞬间，他真的像捧着女人的骨灰。他不能多想，匆匆捧完，匆匆用土盖了，又用石头和土填满，用脚狠狠踩实。完了，把一小桶桐油倒上，也是奇了，土里竟然冒出缕缕白烟，似乎还有凄厉的哭声伴随着，不要浇我，不要浇我。李水虚汗直淌，脸色煞白，撒腿就跑，连条锄也记不得拿走。

情形果然好了许多，李水和铃子在床上似乎正常了，尽管不是那么称心如意。铃子脸上有了血色，眼珠活泛了，脸上的色斑也不见踪影。娘见这情形，心就放下了，娘说你不要太劳累了，重活、脏活让李水去做，屋里的活有我，娘盼着抱大胖孙子呢。

李水依然沉闷，依然打不起精神。那是个火热的年代，每天都有新的事物新的精神，大家都沉浸在不可抑制的激情中。他作为革命军人，村长对他是很器重的，希望他能激情满怀地做事，村长是很想把他作为干部培养的。村长找他谈过心，问他是不是有什么心事，说出来组织上会帮他解决掉。一听到组织这个词，李水的神经立即绷紧了，他是有事没向组织说清楚的，组织也没细问。但他却心情沉重，沉重把他压垮了。

村长说没啥心事就好，娃你还年轻，又当过兵，剿过匪，你要记得你的身份，处处起带头作用。叔年纪大了，指望你顶上呢。

好在有了个逃离村子的机会，县里要修一个大型水库，要从各个区乡抽人。见过修大型水库或者中小型水库的人，对当时那种气派、气势印象之深难以忘怀。那叫一个壮观啊，千军万马汇聚一处。工地上，无数的红旗猎猎招展，点缀在如蚂蚁阵一样密集的民工之中。数也数不清的人，挖土的挖土，推车的推车，打夯的打夯。口号声、吆喝声、歌声，大喇叭里传来的歌曲，热闹非凡，热气冲天，热血沸腾。那场景，让人终生难忘。

住集体宿舍，各区乡按军事化管理，成立营、连、排、班，各自按划定的地域，用竹竿、茅草、草席搭成窝棚，铺成地铺。七八个人一棚，并列而卧，腿脚交叉，酣然入眠。吃的呢，集体伙食，各自带了粮食交给灶上。垒起大灶，大甑蒸饭，大锅炒菜，大桶盛汤，大碗吃饭。

李水厌倦了村里的生活，渴望着部队式的管理、部队式的生活。他想也许换一种热气腾腾的生活，就会消弭心中的阴影，让自己重新迸发出热情，重新做一个生龙活虎的人。

走的那晚，李水想生龙活虎一回，毕竟一去就是半年，期间只能回来一两天。铃子的脸色是红润了，眼眸也波光粼粼，但肚子总是平平的。娘每天瞅她的肚子，瞅得她不好意思。瞅来瞅去，娘忍不住，干脆直接问，但也问不出个所以然。娘单独煮了红糖鸡蛋，炖了老母鸡给他吃。他拿给铃子吃，铃子红着脸，说娘专门给你吃的，娘想抱大胖孙子哩。李水赧颜，想想情形虽然好转，但在关键时刻总不尽如人意。

临睡前，铃子从厨房搬了个黑色的土陶罐来，脸红得像小学大门口的旗子，说吃了吧，煨在灶边还热的。李水说啥东西，软耷耷猪肠子样的。铃子说妇女主任送来的，舍不得让老公吃，专门留给你哩。狗的那个……李水明白了，是狗鞭，心是一阵热流涌过，村里人对他太好了，妇女主任和娘一样，一直惦记着他的事。李水本来对这玩意儿很反感，觉得脏，觉得龌龊，但这下顾不得了，闭着眼，忍住恶心一阵猛嚼，吃得眼睛翻白，恶心不已，强忍住，才没将那东西吐出来。

一切就绪，灯已吹灭，漆黑温馨。李水自己觉得下腹滚烫，精神百般振奋，正准备一展雄风，谁知屋瓦上吹来一阵凉风，一声凄厉哀伤、幽怨阴森的声音，长久地在头顶盘旋。李水一激灵，连原来的状态都消失了。李水愤怒，李水悲伤，李水想毁了一切，李水也沮丧、失落、颓然到极点。

天没亮，李水提了锹，找到那个不见人迹的僻地。他血红着眼，内心被愤怒焚烧得爆炸，身上的骨骼吱吱响，血脉偾张，恨不得把见到的东西都砸碎。在村口，他给一条对他吠叫的狗一铁锹，打得那狗呜呜哭，一看是妇女主任家的。他顾不了许多，长驱而去，到那僻静处，拿起锹，疯了样把那坑铲得灰飞烟灭，把那桃木形女人烧成的灰扬得漫天飞舞。他铲得痛快淋漓，铲得疯癫疯狂，铲得干净彻底，不留一点儿灰。

李水累得像狗样瘫下，但终于在心里彻底清除了魔障。

六

李水当过兵，剿过匪，自然就成了民兵营里的一个排长。那时啥都是按军事化要求来设计，他是他们村民工的排长。工地上的营长、连长、排长大多是当兵的出身。瞧人家那范儿，身躯笔挺，气宇轩昂，高门大嗓，威武雄强。可李水，身板儿尽管努力挺直，嗓门儿总是装大，但精神气总差一截，没人的时候，腰就塌了下去，底气总显不足。

开誓师会那天，场面的气派自不待言，会场上黑压压尽是人头，台子上的红旗猎猎作响，各营、连、排、班都要登台表态，接受领导授旗。各连、排、班上去，话讲得嘎嘣响，态表得气壮山河。李水按要求把回乡时带来的军装穿上，穿上军装，人变了一个样，说英姿飒爽也不为过。这套军装是走时首长送他的，让他以后保持军人本色，永远不忘部队，不忘部队的光荣传统。军装带回来，他深深压在箱底，从来不敢穿出去炫耀，更不愿让军装使他想起在匪巢的那段历史，尤其是和桃花的经历。军装穿在身上，让他火烧火燎得不自在，成了烛照那段经历的镜子。

有人推他，李水，快上台，轮到咱们排了。他懵懵懂懂地上台，一紧张，竟然连讲啥都不知道了。其实，讲的话都一样的，不外乎是不怕苦，不怕累，坚决完成任务，超额超标之类，讲得越气吞山河越好，讲得越慷慨激昂越好，气势越大，嗓门儿越高越好。李水一发蒙，一紧张就讲不出来了，那个梦魇挥之不去地缠绕着他。他腰佝偻起来，满头汗水，脸色惨白。一股红色的浪漫天铺陈，汹涌而来，班长的头颅在红色的波涛里旋转。他啊地叫了一声，倒了下去。

李水的威望严重受挫，他让他们村的这个排丢了大脸。其他村的人见了他们，说你们村太孬了，弄个排长，还不如蹲着屙尿的。李水愧疚、自责，他何尝不想在誓师会上慷慨激昂呢？李水一夜无眠，反复梳理思绪，他想他是死过一回的，村里为他造过坟，他不该把那坟挖掉。他应该是一个和坟里的人完全不一样的人，应该是崭新的，一切从头再来的人。如果可能，他真想把那坟再造起来，只是要造得小，造得不起眼，碑还是要的，没有碑没人知道他已死去。

李水拼命干活，他想自己是一个新的李水，一个普通的没有任何经历的农民，拼苦力是证实自己的唯一方式，也是与过去告别的方式。他们修的这个水库，在一个山坳里，过去是片沼泽地，全是淤泥。挑淤泥是很苦的事，一担淤泥少说也得一百四五十斤，挑着还淌着水，边走边淌，挑一个上午，可以把人累个半死。伙食呢，是各人带来的，白面多，可以吃大个馒头，后来不够吃，他们都太能吃了，没有肉食缺少油水，只有改为红薯、白薯，那玩意儿把人撑得胃胀肚圆，可一会儿就没了。李水拼命挑，泥把筐盖没了，还让人加。铲泥的人说李水你不能挣命呀，悠着点儿吧。他坚持要加，人家也只得加了。

李水是排长，他可以有很多理由少上工地，开会啊、研究工作啊、检查进度啊。再不济，拉个人在窝棚边聊天，也是做思想工作。但他不愿这样，他是一个新的李水，也是一个和过去割裂了的李水。他想拼命干，似乎是在表明什么。他挑得多，走得快，一上午下来，衣服裤子全湿了，拧得下水来，人累得飘飘忽忽，趔趔趄趄。吃完午饭，是可以午休一个半小时的。工地窝棚外横七竖八躺满人。有人拢一抱茅草，躺在地上睡得天昏地暗，鼾声连片，汗气成雨，那个酣畅难以叙述。李水呢，吃完饭，坐下一会儿，强撑着起来，又独自干起来。太阳很毒，没有风，山坳里热得像蒸笼。李水坚持着，很累很累，浑身都散了架，浑身酸疼，尤其是肩腿，火辣地疼，撕心裂肺地疼。衣服裤子是不能穿得了，他干脆全脱了，穿条短裤，汗水淌下去，把那玩意腌得像腊肠。也是怪，尽管如此，他仍能坚持到最后，那是疯狂了。那个再生的信念，使他像获得神力一般亢奋。

来检查工地的领导见状，感动不已。所有人都瘫软如泥，所有人都沉沉昏睡，只有一个人在孤独而顽强地挑泥。他说这个排长是个实诚人，虽然不会讲话，但实在。这样的人要多关注，该表扬要表扬，该嘉奖要嘉奖。

李水瘦得皮包骨，颧骨高耸，头发蓬乱如草，眼睛血红，脸色青白。其间昏倒过好几次，被人抬回去，灌了糖水，一醒过来，魔魔怔怔又上阵了。

月底，水库指挥部开表彰会了，依然人山人海，红旗猎猎，口号震天，但看得出人们已极疲惫，开着会就有不少人沉沉睡去。这个时候开表彰会，真是恰逢其时。在主席台上，依次坐着指挥部的各位领导，锣鼓震天动地，被表彰的人披红挂绿，喜气洋洋。念到李水时，李水是真的睡着了。他是太累太累了，觉得表彰和自己无关，一走神，就昏天黑地地睡着了。不光睡着了，竟然还做梦，梦见班长那血流满面的脸，脸上不是痛苦，而是笑，血花灿烂地笑。他说班长，你不疼吗？班长说我高兴哩，李水，好样的。他被捅醒，又是懵懵懂懂地、步履凌乱地上台，台上、台下一片哄笑。指挥长是颁发奖状的人，指挥长也是县长。他挥挥手压下了笑声，说李水同志是个真诚实在的人，不会讲话，不会表态，但实在。他见了那天的一幕，说我们需要的是更多真诚实在的人。

李水怎么也不愿意领奖，指挥长手里那个大红的奖状太耀眼了。它放出无以计数的一片金针，刺得李水眼花缭乱，莫名惶惑，莫名惊恐。这个奖状打破了他内心的平静和安宁，仿佛刚刚澄清的一池水，又被倒进了一桶尿。真的，他不需要奖状，不需要嘉奖，需要的是内心的安宁和平静。他觉得只有这样才能赎清他不堪言说的经历，才能让他的灵魂得到解脱，才能让他回到正常人的生活，才能一切从头开始，像婴儿一样迎接新的生活，哪怕以后的日子充满困顿、艰辛和磨难。几次催促，他都木怔怔的，中了邪似的站着。指挥长微笑着走到他身边，拍着他的肩，说小伙子这是你该得的，别谦虚了，我们永远需要你这样的人。指挥长把奖状塞在他手里，他下意识地松开手，奖状掉到地上去了，沾满灰。指挥长脸色有些不好看，说谦虚过头就不好了……

那个奖状真是好烫好烫，好重好重啊，李水捧着它真比挑沉重的淤泥还吃力。回到工棚，他把奖状和那套崭新的军装放好，压在枕下。晚上，他却怎么也睡不着，觉得头下有盆火，烤得他头昏脑涨、烦躁不已。想想，源头就在枕下，忙起身用袋子把奖状装好，放到窝棚后面，溽热和烦躁才消散了，但工棚依然燥热。

第二天，他托人把军装和奖状带回去，工棚才凉快起来。

指挥部要成立一个尖刀连，专攻险活、重活、难活，称为"硬骨头尖刀连"。李水知道后又报名了，仍然叫他当排长，他坚持不干，只愿默默地干。指挥长说李水同志，不是你想干不想干的事，这是组织的决定。一听到组织二字，李水头轰轰响，一座严严庄重的山，霞光环绕，闪现在眼前。组织无时不在，组织无处不在，组织不是形式，组织是你的骨髓，是你的肌肉，是你的血管，更是你的灵魂。组织永远照亮你的灵魂，让你的内心藏不住任何东西。

他接受了组织的安排。

七

这座水库，是县里的头号工程，面积宽，蓄水量大。水库建成后，几乎可以解决全县三分之二的灌溉和人畜饮水问题。这是新政权建立后的第一件惠民工程，举全县之力来建设，县里的重视程度可想而知。

工程进入到筑坝的关键时期，水泥是没有的，石头倒多的是，用什么来代替水泥？烧石灰，这是最佳选择。石头山离坝址有几千米，在坝址下面的一个峡谷里，石质好，烧出来的石灰质量也上乘，但要爬一段长达千米的山路，才能将石灰背上来。

工期紧，任务重，得赶在汛期前将坝筑起。李水他们尖刀连到了峡谷，但见峡谷里雾气蒸腾，呛鼻的石灰味扑面而来。李水忍不住打起喷嚏，紧接着一片喷嚏声铺天盖地覆盖峡谷。走到峡谷底，但见依着小河蜿蜒排着十几座石灰窑，每个窑口都堆着一大堆一大堆的生石灰。连长马脸看完后一脸阴云，说这生石灰不能背，生石灰遇水就爆裂，丢个鸡蛋在里面分分钟就熟。我见过一头猪掉进石灰池，捞出来就可以直接吃。不发过是不能背的，但发过要一两天时间，这就愁人了，现在正砌闸口，我立了军令状的……

尖刀连的人都是精挑细选的精壮汉子，且大多当过兵，流大汗吃大苦他们不怕，但他们都知道生石灰遇水爆裂得厉害，有的说急也急不得，等把生石灰发过我们加紧干，哪怕连夜连晚，不吃饭不睡觉也坚决完成任务。有的说干脆架个索道，把生石灰运到峡谷上，我们就好背了。连长马脸说就你聪明，架个索道要钢索、钢架、缆车，这些东西哪里来，即使从外面运来，等架好了，早就误了工期。大家面面相觑，一片沉寂。连长马脸走来走去，像盏暗夜的灯在大家眼前摇曳，摇曳得大家心烦意乱，但还是没人讲话。大家都是血肉之躯，不是钢浇铁铸的人。连长马脸突然停下，眼珠血红，热血喷涌，他说豁出去了，只有背，大不了就是烂背脊，我带头，谁愿报名……沉寂，依然沉寂。大家知道烂背脊的痛苦，眼前浮现出 大片溃烂的肉，红通通的、烂翻翻的。大家都感到背上锥心的疼，人就痉挛起来。这又不是在战场上，时间不能有分分秒秒差池。连长把张马脸丧得拧得下水来，抓起背篓就走，说老子死在这里算了，留下你龟儿传种。李水头轰的一响，一颗炸弹落下来，火光冲天，血花四溅。血海里班长浮出半张脸，露出森森白牙,说李水你不要以为大家不知道你的事,该咋办你自己看着办,你不是死了吗?你要再生,就拿出气魄来。李水热汗长流,心跳剧烈,大叫一声,抓起背篓,去追连长马脸了。

代价是惨痛的,那段千米陡峭的山道,空手空脚爬上去也吃力。李水背着一大背篓生石灰,这种背篓腰长口敞,很是能装的,才爬了一段山路,汗水浸泡着生石灰。生石灰像久旱的龟裂的土地,也像一个多年独守空房的寡妇,遇到甘霖似的汗水,欢快地吱吱地叫着,惬意地痛快淋漓地舒张、膨胀,散发出巨大的炽热的热情。李水感到背脊钻心疼,钻心痒,那疼是万根金针的锥刺,是无数寒光闪闪的尖刀的穿刺。他强忍着,班长泡在血海里的头颅,空洞的眼眶,森森的牙齿,头颅外的眼球深深地刺激着他。他觉得自己的眼球也跳出去了,鲜血在眼眶里喷涌,世界一片血红。他吼叫着,疯了般狂奔……

终于顺利完成任务,工期时间得到保证,大坝的闸口成功砌成。李水他们却住进了医院。他们不能不进医院,每个人的背部全部溃烂了,肿得老高,皮肤完全烧坏了,露出一大片红通通的肉。这种烧伤不是表层的浅层的,而是由表及里,深入下去的,如果溃烂、坏死,就见得到森森的白骨了。十几个伤员脸朝下背朝上躺在大病房里,那种惨烈,那种悲壮,让医生护士都掩面而泣。年纪小的护士失声痛哭,被人拉到病房外。

县里动用了最好的医生、最好的设备,成立了专家组。指挥长也是县长,他时刻关心,经常来看望,社会各界的代表经常来,要献血。医院里排起献血的长队。少先队员被特许进病房,为他们唱歌献鲜花。伤员们享受了荣誉带来的尊敬和尊严,尽管疼,他们却很高兴,很满足,伤很快好起来。

李水孤独地落寞地走在回村的路上。他报名去修水库时,偌大的平原上才有稀稀落落的高粱,小麦破土而出,黄土地上苍茫而萧索,稀稀落落的绿在眼前似有若无，连成一片，就有了淡淡的轻烟的绿。而现在，小麦高过膝盖了，高粱快要成林，再过一段时间，人一进去，就像一条鱼，淹没在茫茫的水波里了。受伤的尖刀连的民工，被特许回家休养。走的时候，工地指挥部还为他们开了表彰会，一样的红旗飘飘，一样的鼓乐喧天，一样的口号震天动地，一样的标语铺天盖地。指挥长，他们这个县的最高行政领导——县长，亲手为他们授奖。这次的奖牌尤其大，红底烫金，硬壳，沉甸甸，金光灿灿，坠手。还有奖金，虽然不多，在这个年代却是罕见的。红纸包着的奖金，把李水的手烫得满手水泡，比生石灰爆裂还烫人。他又感到一身的灼伤，又在灼伤里焦躁、疼痛，辗转不安。

台下是黑压压的人，他们头像鹅的头一样整齐划一地抻着，伸向台上。他们眼里尽是羡慕，尽是敬佩，尽是敬重。他们目睹了李水他们的血肉之躯，红通通地鲜艳成一片，锥心刺骨地刺向良心。他们真诚地由衷地敬佩这些不是在战场而和战场上的英雄别无二致的英雄、模范。李水村里的民兵头抬得特别高，腰挺得特别直，表情特别自豪和骄傲。获得头奖的是他们村的，这就够了，这就有充足的自信了。

走在高粱地里的李水，茫茫的绿色"海水"几乎将他淹没，他时而出现，时而沉没，随着风的吹拂。他腰依然佝偻，头依然低垂。他心里想着的是：把奖金交给娘还是交给铃子？那潜藏在心底的坟是不是还要再造？奖状、奖牌是交给铃子保管，还是深深地埋在一个不为人所知的坟里？坟上要不要写上"李水之墓"？

天　坑

一

他竟从悬崖上掉进天坑里了。

天坑太深，两百来米，崖壁刀劈斧削，岩体是花岗石，坚硬光滑。在岩体的裂隙处，长出一蓬一蓬的扭曲而蓬勃的树，树是东一簇西一簇的，互相守护，永不牵连。崖壁经千百年风雨洗刷，如国画中的披麻皴、斧劈皴，煞是好看。站在崖上朝下看，有雾霭在崖壁上缠绕，有山鹰从崖壁上掠过，森森然令人惊怵。

他试图从崖壁间找个可以下去的地方，沿着天坑走了很长一段路，终于见到一条巨大的长长的裂缝。这条裂缝像脚掌上的皲裂，细而长，是整个天坑中唯一首尾相连的裂缝。裂缝细若游丝，忽宽忽窄，宽的地方可容人的身子，窄的地方大概只容得下人的脚掌了。他反反复复地观察了半天，在心里盘算着可能遇到的情况，他知道光滑如镜的崖体上的这条缝，是没有任何可以用手抓住的地方，东一簇西一簇的树没有生长在这里。崖缝里，似乎有些小的石块可以蹬住、扶住，但不知道是否坚固，一旦松动，后果不堪设想……

下去，还是不下去，他内心冲突，一时拿不准主意。下去吧，尽管他年轻力壮，身手敏捷，爱好运动，勇于探险，但对这个光溜溜的没有抓拿的崖壁，心里还是没底的。万一摔下去，摔死或摔残，其后果都是难以想象的。他还没结婚，甚至没谈过恋爱，在遥远的地方，他还有年老的父母，在读书的弟妹。摔残呢？他更不愿意了，宁肯死，也不能成贫苦家庭的累赘……

但是，最终他还是下去了，人有时候是不会听从理性分析的。他来这里六年了，这个神秘的天坑让他充满好奇，日思梦想，但他就是下不了决心下去。现在，他要走了，要永远永远地离开这个让他厌恶，让他绝望的地方。他发誓，再也不会回到这个地方，即使撒尿，也不朝这个方向。因为如此，他在犹豫与徘徊中果断地选择了冒险一回。

事实上，他没有顺利地到达天坑的底部。尽管他身手敏捷、小心翼翼，但下到一半左右的时候，他还是摔下去了。他踩的石缝里的那块碎石，是风化了的，承载不了他的体重。他啊地大叫一声，出于本能，出于惊恐，他大脑里一片空白，只闪出一句话，完了，一切都完了。

他还是醒了，浑浑噩噩，不知身在何处，只是迷迷糊糊中看到了巨大的岩穴。洞顶下垂着奇奇怪怪的钟乳石，岩穴异常阔大，光被岩穴上的倒垂的树木和藤萝遮住了，过滤的光使岩穴幽暗而斑驳。他看见一群人围住自己，面目各异，但不狰狞，不至于使他觉得到了阴曹地府。有人说醒了、醒了，按住他，不要让他动。接着就有人按住他的头部、双肩和大腿。这些人一按，他发出了杀猪般的号叫，这是醒来后感觉到的锥心刺骨的疼痛，有如万把利刃刺向他的大脑、胸膛、骨头。他疼得拼命挣扎，有如被刀刺进喉咙的被宰杀的猪。按他的人差点按不住他，那人厉声说按好，一动，腿就废了。接着听见咔嚓的声音，他疼得汗毛直竖、眼冒金星，汗水雨样地渗出，湿了衣襟。剧疼过后，那人说取药来，继续按好，就有人捧了一碗捣得黑乎乎的泥浆样的东西，糊在伤口处。他感到烈焰炙烤的疼，渐渐地，就有了清凉的感觉。有人取了竹片来，新剖开的，刮得光溜溜的，那人像绑桌腿样用细竹丝绑好。细竹丝是竹青削的，麻丝样粗细，有韧劲。

还没绑完，他已疼得杀猪似的叫唤，疼得眼冒金星，大汗淋漓。他本能挣扎，无奈被人按得死死的。那人大喝，这点疼都受不了，像啥男子汉，我们这里的人，哪个受过的疼你能比？说着，从身上取下锃明瓦亮的葫芦，倒出一些泥丸似的东西，让人端了碗酒，让他就着酒吞下。他疼得龇牙咧嘴，被人像倒水一样将酒咕噜咕噜灌进。顷刻，他觉得胸膛里腾起一阵一阵的烈焰，烈焰把他烤得炙热无比、畅快无比，疼痛中有痛快，炙热中有舒畅。他在疼痛的炙烤中晕晕沉沉，很快睡去。

再次醒来，他觉得眼睛清晰了许多，眼前的景象，像动画片里的场景。有光从洞口上端泻入，长条形，一束一束的，和灯光布景无异，还有淡蓝色的雾霭，将洞穴内景物浸染得亦真亦幻，亦明亦暗。他终于明白，这个巨大的洞穴里藏了一个村庄，洞穴离地很高，至少百十米吧，洞顶钟乳石垂吊，怪石嶙峋，有成群的蝙蝠乱飞。洞底是参差错落的房子，虽然在洞里，但房屋的构件一样不少。所有的房顶都是茅草盖的，整齐、厚重。所有的墙都是土坯和石块砌的。所有的门窗都是木的。一律不上漆。这样的房，大约有十多座吧，房的格局还挺讲究的，是认认真真过日子的样子。他听到了鸡鸣，听到了犬吠，巨大的洞穴里的村庄，有羊舍、有鸡圈、有牛栏，这让他惊诧不已，这就是麻风村，这就是传说中麻风病人被圈在天坑里的生活。

二

随着日子的逝去，天坑里年纪大的正在一天天老去，随着时光的侵蚀，他们也在渐渐地腐烂。他们喜欢这样静静的没有惊扰的老去。小学老师刘家伦的腿被摔伤，只能静静地在天坑养伤。在这个神秘的天坑里，他见到了许多外面世界见不到的事，譬如乌蛇爷爷活着就要为自己举办丧葬。在天坑里，爷爷已经在谋划后事了。没有大树可做棺材，但他早想好了，他要将住的那间房的梁、檩条拆了，做个薄木棺材。这些木料是政府为了安置他们，为他们从天坑上吊下来的。麻风病人是不能土葬的，他们相信麻风病人不烧掉会随风传染的。乌蛇爷爷想到自己在天坑里还能有口薄皮棺材，就无比兴奋。他是个能人，啥活都会干，他在天坑向阳的一面选了个地方，自己凿石，一点一点地为自己建造坟墓。这是何等奢侈的事，麻风病人啥人有这样的待遇，死了还有自己的房屋，想想都会笑出声来。那些天，他亢奋不已，不知劳累，从天亮干到天黑。有月亮的晚上，他睡不着，爬起来又干。天坑里几个年纪大点的人也像他一样兴奋，想到他们活在天坑，死了也能在天坑里有了自己的居所，他们都高兴不已。他们加入了乌蛇爷爷的造坟活动，他们互相帮助，齐心协力地造坟。那段时间，造坟成了天坑盛大的活动。天坑里的人，不仅年老的，中年的也兴奋莫名，想想看，这在天坑外简直是无法想象的事，不要说死了有坟墓，就是活着，也是被四处驱逐，乱石轰打，群犬撕咬，甚至被丢在深坑里摔死。新中国成立后虽然不这样了，但他们仍然是被人们歧视、欺辱的啊。别说造坟，住也不能住在村里，连水井里的水也不准用。现在，在这里，抱团取暖，互相帮助，日子虽然寂寞、寡淡，却也平安祥和。

造坟使天坑里的人再一次燃起生的激情，这就是所谓向死而生啊！开头是乌蛇爷爷独自造坟，最后是全坑的人都参与，像个声势浩大的群众运动。天坑底部石头少，他们就到天坑的岩壁上去凿、去取，一时间，叮当而起的锤击声在天坑里萦回，宛如悦耳动听的天籁。妇女们则分了工，有的负责做饭，每家都拿出了粮食、蔬菜和其他食品，力气大的则负责搬运石块。各家的娃娃也加入造坟运动中。

没有多久，天坑一角就筑起了二十来座坟墓。这些坟墓虽然不算宏大,也不精致,连墓碑也没有,但他们是非常满足的了。这是他们在另一个世界的房屋啊!是天坑里麻风病人的村落,生在一起,死也在一起,还有啥不满足的呢?

不能行走的小学老师被乌蛇爷爷邀请,被人背到他们选坟的地方,乌蛇爷爷捻着山羊胡须呵呵大笑,怎么样,小刘老师,我这坟壮观吧。家伦心里不是滋味,天坑多好的景观被破坏了,崖壁上有很多好看的壁画一般的山石被敲掉了,崖壁坑坑洼洼,像麻子的脸了。天坑有小河环绕,树木苍翠,有浅坡长满绿草,有土地种满庄稼,多么和谐的一幅乡居图。突然出现的一片坟墓,突兀阴毒,乱麻麻得叫人闹心。但他不能讲,他是天外来客,没有任何话语权,况且还是乌蛇爷爷救助的。乌蛇爷爷很有威信,一言九鼎。他试图说服他,可一开口,就被打断,他说你不懂,这是我们新的家,新的家呀……漂泊了一辈子,苦难了一辈子,总要有个归宿……

当四十岁以上人的坟墓造完,天坑里的人欣喜若狂,他们想象着死了以后能住进自己建造的房里,喜悦之情油然而生。乌蛇爷爷哪天瞧不着,他就焦躁,跑到自己的"房屋"前,走走看看,喃喃自语,一会儿捻须而笑,一会儿心酸疼痛。他趴在坟上,双手抱着坟头,像拥抱自己的亲人。他把头埋在坟头上,嗅到了泥土的芳香,想到来自泥土的生命,终究可以回到大地的怀抱,他哭了,哭得很伤感,哭得很酣畅,哭得很亢奋。渐渐地,他睡着了,梦见出殡的情景,有人抬棺,有人摔瓦盆,摔瓦盆的小子像乌蛇又像其他娃娃,梦见出殡的人很多,举着纸幡,跳着四桶鼓,还有人诵经……

乌蛇爷爷自那晚做过那个梦之后,就有了一个匪夷所思的想法。这个想法折磨着他,他觉得太荒唐了,怕提出来全坑的人嘲笑他。一个在天坑享有很高威望的人,凡事都不能草率,不能率性而为。他怕大家不买账,怕劳民伤财,折腾大家,天坑毕竟财力有限。除了那年之后在坑底种庄稼,种蔬菜,以后又得到政府支持,为他们送来种子、化肥,甚至还有小猪、小羊,但天坑里的东西是拿不出去卖的,种的养的也有限,都是大家一年所需。搞这样的事,是要耗费粮财的。

那些日子,他为搞和不搞的念头折磨着,一天到晚蹲在他的"房子"前,茶饭不思,人也消瘦下去。有人看见这种情况,就反复做他的工作。做工作的是一个比他年纪小的人,说小也六十多了,算是天坑里的老人了。他说你有啥事就讲,莫憋在心里。天坑里几十号人,赵王张李都有,这病把我们拴成一家人了。你是这家人的主事人,憋坏了我们良心不安,大家也离不开你啊!望着赵老四诚恳的脸,乌蛇爷爷终于讲了他的心愿,最后说这事你掂量掂量,不要麻烦人,给大家添负担啊!赵老四一拍大腿,啊呀,老龟儿,亏你想出这种做法!乌蛇爷爷说我和你商量哩,你咋骂人。赵老四说这想法太好了,天坑的人,还没有谁享受过这出殡的待遇哩。你想想,大家活得猪狗不如,哪个把麻风病人当人哩?不要说出殡,死了不被丢在山洞里就算好的了,就算政府知道,也是要火化哩。你呀,你呀,你这不是活成人,把自己当成人,有了人的啥?……噢,人家说的尊严吧。

赵老四返回岩穴,扯开破锣嗓子大喊,天坑的人出来,都出来,来岩边开会。分散在岩穴里的人以为发生了什么事,多少年没有人这种惊乍乍、贼慌慌地喊了,大家蝼蚁一般从各处拥出。大家来到岩穴边开阔处,纷纷问四爷,你喊啥?咋呢?没有人追到天坑吧。赵老四说大家静静,叫乌爷讲他的想法。乌蛇爷爷看见大家齐刷刷地来了,齐刷刷地站着,心里很是激动。他环视了一下人群,说把小学老师刘家伦也请来吧,他是外边来的,又是文化人,听听他的想法。刘家伦被人背出来了,这些日子的调养他可以拄着棍子走路了。去的人等不得他慢慢走,索性将他背出来。

乌蛇爷爷吞吞吐吐地讲了他的想法,还是忘不了说这事大家不必放心上，不要勉强。勉强了，我心里反而不安。大家一听，先是愣了一下，人还没死举行葬礼，搞出殡仪式，这在他们是闻所未闻。他们进天坑前，是知道出殡这回事的，但他们只能远远地偷看，他们真心羡慕死去的人，享尽了人的尊崇。而他们自己呢？活着如猪狗一般，谁敢奢想死后的尊崇和尊严。现在，乌蛇爷爷竟然想到了，让他们感到震惊，震惊之后是感动、激动、震动。是啊，在天坑这个小世界里，他们自己应该把自己当成人，享受人应该享受的尊崇和尊严。他们都是没有文化的人，都相信人死后还有另外一个世界，那么，在现世得不到的东西，他们应该在另外一个世界得到补偿。

乌蛇爷爷是等不得死了之后的祭奠了，他怕人死灯灭看不到祭奠的过程，能亲眼看到人们怎样为自己送葬，怎样祭奠自己，是件多么开心惬意的事。这是以前他不敢奢想的事，在天坑这个与世隔绝的被人们遗忘的角落里，他终于可以实现自己的愿望了。

乌蛇爷爷特别问了刘家伦的意见，邀请他参加自己的葬礼。在他看来，仅是天坑的人是不够尊崇的，如果还有一个外边的并且是教书先生的人参加，那将是何等的荣耀，何等的尊崇啊。小学老师一时语塞，他觉得这种出殡匪夷所思，有些闹剧。乌蛇爷爷，你就带着大家在天坑里好好过日子，何必想些莫名其妙的东西折腾大家。见他冷着脸不开口，乌蛇爷爷脸色一下黯淡了，他想外面的人始终是看不起他们的，哪怕是救过的人。他们是什么人？是一群被人遗弃的猪狗般的贱人……想到这，他心里万分难受，从不轻易流泪的人，流下了浊重的泪水。家伦终于悟出了乌蛇爷爷及天坑里人的心思，他的心也难受起来，为他们卑微的愿望而感动。

出殡那天，是个风和日丽、蓝天白云的日子，这样好的天气，为他和天坑里的人带来了好心情。为了这一天，天坑的人做了充分准备，乌蛇爷爷的棺材，虽然简陋，但也是花了大力气打造的，没有漆，他烧了很多草木灰，一遍一遍地抹，让黑色尽量渗透到棺木里。他还做了决定，这个棺材自己不独享，天坑里没木材，总不能将每家房屋上的木料都拿来做棺木吧？当初政府是费了多大劲才把木料送到天坑的，岩穴虽然很大，房屋虽然有墙，但没有顶是不能御寒的。他决定用棺材将自己抬到墓地，挖开坑埋进去就行了。以后，天坑里谁死了，都是这样。这样，天坑的人死了都能享受棺材了。他的想法，得到天坑里年纪大的人的一致拥护，对他更充满崇敬之心。

根据大家的记忆，共同制定和设计了出殡的方案和具体方法。说来也让人疼心，天坑里的人竟没一个人完整地看过一次出殡，他们没有资格。他们记忆里的丧葬出殡，都是零星的、分散的、支离破碎的。好在大家凑在一起，你提供一点，他提供一点，家伦记录下来，作了整理修订，竟然就有了完整版的出殡方案。

乌蛇爷爷半夜"死"了，乌蛇挨家挨户地敲门，大喊孝子报丧。有人出门，乌蛇就咕咚地跪下去，口里喊孝子磕头。声音在漆黑的洞穴里回荡，凉森森的，有些瘆人。乌蛇爷爷紧闭着眼，一脸净是幸福和满足的神情。灯火跳跃，魅影幢幢。赵四爷说笑个屁，死人，要有死人的样子，你一笑，还搞啥子出殡？乌蛇爷爷掐了大腿一把，本想说不笑、不笑，但想到目前的身份，硬生生把笑掐回去了。

接着有人给他擦洗、换寿衣。天没亮，他死得匆忙，也就没准备热水，沁凉的水把他冻得哆嗦，身上起了层鸡皮疙瘩。他不敢声张，乖乖地听赵老四摆布。擦到胯下，赵老四提着他那软耷耷的玩意儿，说可怜、可怜，一辈子没尝过鲜，享过福，就乌蛇一个孙子，都是捡来的。这话让他一下子难过起来。赵老四好歹还娶了个女人，虽然也是麻风病人，毕竟是女人啊。自己这辈子，比太监多样东西，过的却是太监的日子。太监虽然没玩过，但伺候女人，终究是摸过女人的。自己这辈子，连女人的气味都没闻过，也真白活了。伤心的乌蛇爷爷控制不住自己，竟然流泪了。

两滴冷而硬的泪,在他干涩的布满皱纹的脸上悄然而行。接着他抽泣起来,几十年的光阴,啥艰难屈辱的日子都过来了,啥难受的事都埋在心底,倔强硬气地活了一生。想不到死了,老四的话却勾起了他无限的心事,让他再也抑制不住自己的感情,抽抽搭搭地哭起来了。

四爷知道是刚才的话惹他伤心了,人啊,人怕伤心,树怕剥皮,这是戳他心窝子。一个男人最怕提的就是这事。无心说了的话,变成最损的话,变成最恶毒的话。他后悔了,说我不是故意的,你不要难过,我收回刚才的话,我打嘴,行吗?他真的打自己的脸,打得啪啪响。乌蛇爷爷哭出了声,打啥?你讲真话嘛。只是我心里难受,不怨你的。老四更难受了,都是天涯沦落人,都一样地有着痛苦的经历,他也哭了起来。两个人相拥而哭,哭得很伤心,哭得很动情。

有人探进头,说还真哭,不是说装死吗?弄得像真的。

送葬的仪式开始了,人们把穿好寿衣的乌蛇爷爷放进棺材。寿衣也就是平时穿的衣服,只是他让人全穿上了,不是说死人要穿七套衣服吗?这就有些好笑了,他的衣服有对襟布纽子衣服,有早些穿的拖到脚后跟的长衫,有中山装,四个兜的,早些年叫干部装,还有羽绒服。这些服装是民政部门送的,代表了不同时期的服装,简直就是几十年的服装展,不伦不类,让人看着忍不住笑。但他坚持全穿上,这样到另一个世界也是一种享受。

随着起棺的一声断喝,天坑里的八个青壮年将他抬起来了。事实上,这棺木很轻,他也很轻,两人抬是没问题的,但他坚持要八人抬,这是一种待遇、一种威严、一种尊重。在摔瓦盆的一瞬间,幸福感充盈了他全身,颤颤悠悠地行走,让他无比激动。人哪,该满足了,一个在天坑的人,享受了出殡的全部礼仪,死了都会笑活的。乌蛇爷爷忍着没笑,他怕一笑出声悲哀的气氛就没有了。他在薄木棺材里偷偷地笑,胡须都颤抖起来。然而,才一会儿,棺材已到墓地,他听到刨土声,他觉得太短暂了,这送葬的路程也太短了，才有感觉就结束，他后悔没有定下规矩，抬棺要绕天坑三圈才行。他没忍住，突然说不行、不行，咋就停下了，绕三圈，在天坑里绕三圈。他这一出声，人们真的被吓蒙了。一些人已经在哀哀而哭了，在这样的时刻，大家已经进入到丧葬营造出的气氛里，已经把他作为自己的亲人来哀悼，心里酸酸的、涩涩的。每个人都有难以言喻的痛楚，他的去世引发了天坑里的人的悲伤，积蓄已久的痛苦哀伤，一经打开闸门，就一泻而下。然而，他这一嚷，让痛苦的人憕憕懂懂，他活了？还是诈尸了，所有的人在那一瞬间都有了人的本能，胆小的开始撒腿就跑。赵四爷说跑啥子，老东西没死，他是嫌没抬够哩。这一说，人们才想起乌蛇爷爷真的没死，所有这一切都是演给他看，也是演给大家看的。

那天，不仅乌蛇爷爷兴奋，天坑所有人都过节日般兴奋。他们像招待参加丧葬亲朋一样，垒起大灶，蒸起大甑，案板也支起了，鸡也宰了，羊也宰了，只是猪没杀，有腊肉有火腿呢。乌蛇爷爷本来该静静地休息的，毕竟折腾了大半天。可他不休息，他说是为自己办丧事哩，咋能歇着？赵四爷说你是死了的人，不要跟活人掺和。他说死了的比活着好，我满足了，总算在活着做了回死人。

那天，小学老师刘家伦沉浸在巨大的感动和伤痛之中。他目睹了天坑的整个丧葬活动，他才真正地理解了乌蛇爷爷，他是为自己、为天坑的人讨回了作为人应有的尊严，是对自己和天坑人的人性追求。

他真正地被震撼了，真正地感动了。他很想写点东西，有很多话堵在喉头，不吐不快，憋得难受。他想起这就是所谓的创作灵感和冲动吧，可惜既无纸笔，连手机也摔坏了。他拄着棍了，在暗夜里徘徊，回味着白天看到的一切，不知不觉中，走到乌蛇爷爷的坟前，挖开的泥土又被填上了，坟丘上新鲜的泥土芳香吸引着他。他丢了棍子，不由自主地匍匐在坟上，匍匐在大地母亲的怀抱里，潮湿的泥土气息，浸入到他的每一寸肌肤、每一个细胞，他感到融入大地，融入泥土，是多么幸福的事。

三

乌蛇说我不出去，家伦大哥的爹妈怕要急死了，他的手机摔坏了，和外面联系不上，他的家人怕急死了呢。小学老师刘家伦在离开这个偏僻得地老天荒，独孤得让人几乎发疯的地方之前，想了却他几年来的最后心愿，他想爬进这个神秘的与世隔绝的地方，想了解一下坑底这个传说一样的麻风村，看看他们的生活。当然，这是一种强烈的埋藏了几年的心愿，他并不想待在这个地方。谁知，他却摔下悬崖，谁知他把腿摔断了，谁知他的手机不知摔到哪里了。

手机这个平常得不能再平常的东西，这个在城里连捡垃圾的人都有，连在街上乞讨的人都有的东西，在天坑，却无异天上神物。他用最容易、最浅显的话解释，天坑里的人都想不明白，怎么比巴掌小的一小块东西，可以和千里之外，甚至和外国通话，只要一按号码，就清清楚楚明明白白地听见双方的声音。至于手机上的其他功能，诸如微信啦，游戏啦，百度啦，搜狐啦，他就越发地解释不清了。解释不清就不讲，但大家终于知道了那个叫手机的东西对他的重要性，至少是，他失踪了，下落不明，是死是活谁也不知道。他已经告诉他的父母隔几天就要回家，而现在他躺在这个与世隔绝的天坑里家人却不知道，他们会因此而急疯的，首先是他的父母会到处去找，活不见人，死不见尸对他们的打击何等之大。他们要沿着铁路、公路去找，整天拖着疲惫的身躯，张贴寻人启事，见人就问。一次次的失望，会使他们崩溃，使他们痛不欲生。

乌蛇为了找到刘家伦的手机，是费了天大的劲的。那个没有巴掌大的手机，掉在偌大的天坑里就像掉在茫茫大海一样。天坑里有树丛、草窝，有荆棘，更多的是高不可及、纵横交错、密密麻麻的石缝、石穴、石窝。乌蛇约了村里的伙伴，在他掉下来的附近搜寻。他们手持竹棍，叽叽喳喳嚷着，认认真真地扒拉、寻找，草丛被来来往往翻了几遍，刺棵用棍子翻来探去。有几棵临岩的树，他们怕手机掉在树冠上、掉在枝丫里，也爬上去看了，连树叶带枝丫弄下一大片。找了几天也不见踪影，乌蛇急得嘴角起了泡，他知道手机对家伦的重要性，没有手机，刘家伦的父母要急得上吊。没有手机，家伦急得一夜一夜睡不着，眼一闭，就看见父母仓皇急切、泪流满面的样子。

乌蛇分析，手机应该是掉在岩缝里，或者在岩上的一块凸出点的石窝里，它不会长翅膀，就算长了翅膀，也跌断了。乌蛇决定去绝壁上找，但他不想让爷爷知道，让他担惊受怕。也不想让小伙伴们知道，他们惊惊乍乍的，会让他分心。那天天才有一抹曙光，他就出发了，他知道爬到上面，天就大亮了，他要从头搜起，一寸一寸搜，一点空隙不放过。在爬的过程中，他也经了几次险，这种徒手攀缘是惊心动魄、命系一线的。一次是他踩的一块石头有了松动，好在他反应敏捷，迅速移开了。一次一只岩上的山鹰，被他惊扰了美梦，飞腾起来，巨大的翅膀从他背后掠过，刚劲的翅膀扇起的风，差点把他扇了下去。那鹰在他身边盘旋，犀利的眼睛盯住他。他知道，可能岩上巢里有雏鹰，他必须向相反的方向转移。终于，爬到崖顶，他站在一块巨石上面，被眼前的景象惊呆了。晨曦之下，山峦染上金色，树木、村庄、田畴在退潮般的雾霭消失后，渐渐清晰。他看到村庄依旧，土黄色的村庄中兀自跳出几栋白色的房子，高有两三层，好看得像童话里的房屋。这种房屋还是他在民政干部送来的书中看到的，这就是传说的别墅。他还看到原来坑坑洼洼的土路，现在变成黑色的打了堡坎、平平展展的路了，这就是柏油路。他甚至看到一户人家院坝上停着一辆白色的小汽车，还有三轮，电动的。这让他着实吃惊，也着实新奇。这些年在天坑里，除了季节轮换，人长大了、人老了，房屋越来越黯淡之外，就看不到什么变化了。外面的世界，变化太大了，内容太丰富了，还有多少他不知道的东西就不得而知了。有一刻，他跳下石头，想朝村庄田野奔去。尽管这里仍然是山区，但视野毕竟开阔，山仍然是山，高低错落，浅浅淡淡，迤迤逦逦。河仍然是河，但来得远，去得远。坝子，虽然小，仍然大，大得他心痒痒的。坝子里的学校、村庄，还有一街的商店、饭店、放电影的电影院，他太想一头扎进去，撒开脚丫子，去看看，去过过瘾啊。天坑在他看来，此刻就像个大的圈，他不过是圈里的鸡、羊、猪、狗了。

但他想起了刘家伦，想起那个为探索新奇而跌断腿的乡村老师，想起他丢失的手机，为手机而失去联系的父母亲人，他返回身，决定沿原来的崖壁下去。

在临近崖底的一个石凹里，他终于看到一个巴掌大小的东西。他是被一阵反光刺了眼发现的，他以为玻璃什么的。终于找到了，好在手机没摔烂，只是屏幕烂了，他以为这无大碍的，其实，屏幕烂了，手机也无法用了。

见到手机，家伦激动得手都抖了，这小小的神奇的比肥皂盒大不了多少的东西，连接着多少东西。它可是人和外界联系的必不可少的工具啊，撇开微信、游戏、百度、电视电影不说，最重要的就是和外界的联系了。有了手机，你就是躲在旮旮旯旯、厕所里都马上找得到，你就是在大洋彼岸，都可以联系到。他最关心的是父亲母亲的信息，手机里不知贮存了他们多少个电话、多少条信息。他们盼望他的信息，他们因为他失联恐怕哭瞎了眼，跑断了腿。尤其是妈，生他是难产，差点丢了老命，生下他后，又得了产后风，九死一生命悬一线。因为是早产、难产，他打小体质就弱，瘦得像只小猫。因为说不清的病和痛，他不舍昼夜地哭，嗓子哑了，哭得声音弱了，哭得只会抽搐，脸色青紫，仍然努力地哭。母亲为了他，不顾病体，背着他四处寻医问药，到处张贴"天黄黄，地黄黄，我家有个夜哭郎……"的帖子。有人说后山有个专治小儿疑难杂症的半仙，母亲不顾正值下大雪，背上他天不见亮就出发，几次跌在深沟里，差点要了她的命。每次跌倒，她总是本能地用手护着他，以至于头着地，跌得血流满面也不顾。他欣喜万分也焦急万分地拨弄着手机，凭自己对手机的了解，想尽一切办法想让它恢复。但任凭他急得满头大汗也无济于事，手机就像已经停止了心跳的病人，怎样也不会起死回生。他着急、他焦虑、他懊恼、他愤怒。他甚至想把手机砸了，手已经举起，但他又控制了自己。这个手机，可是他的生命线，失去了它，不知父母会怎样焦急、惊恐、绝望啊！他挣扎着爬起来，他的第一个想法就是走出天坑，走到乡场去修好手机，实在不行，马上买个新的。他的脚刚落地，一下就疼得大叫起来。听到他杀猪般的叫声，乌蛇、乌蛇爷爷以及其他人赶到他床边，乌蛇爷爷说你整尿啥子？左交代右交代不能下床，伤筋动骨一百天，现在才几天？你要再把骨头摔伤了，神仙来也无法。刚刚才有了效果，你就躺不住了。你不听招呼，我也治不好你了。他被骂得又羞愧又着急，像这样子，咋可能爬出天坑呢？爬不出……唉……

他哭起来了，哭得很伤心，哭得很绝望。这是一个男子汉的哭。他虽没做过轰轰烈烈、顶天立地的事业，他虽然一直很卑微很内敛，但他是个坚强的人，从来没流过一滴泪。就是在山区这些年的与世隔绝、无希望、无盼头、无交流、更无爱情的凄苦日子，就是生了病，躺在孤零零的宿舍里，几天几夜发高烧，没吃一口饭，没喝一滴水，差点死掉，他也没哭过。这次的哭，是伤心、绝望的哭。他的哭声凄厉而绝望，撕心裂肺，狼嗥一般穿人心肺、撼人魂魄。

乌蛇爷爷突然暴躁起来，说哭个尿，男子汉大丈夫，头掉了都不兴哭的。我那年被人丢进深坑，用乱石打得稀巴烂都没哭过一声。醒来，爬出来，找个水洼洗干净血，扯些草药吃了，嚼碎敷上，不是活到现今了吗？不就是个手机？叫乌蛇出天坑，去修，修不好就买，没钱，抢也抢一个回来。乌蛇也正是这样想的，他晓得在天坑，不经过允许是绝对不能出去的。爬上天坑本身就很危险，要拿命来冒险。这群饱经折磨、受尽屈辱、伤透了心、几乎是遗世而存的人，对外面的世界，充满了恐惧、排斥和憎恨。外面的世界、外面的人给了他们多少伤害、多少折磨、多少摧残和多少屈辱，只有他们知道。这是永远抹不掉的记忆，这是融在血液里刻在骨头上的记忆，只有他们变形的饱受痛苦的肉体消失了，记忆才会随着灵魂飞去。所以，出天坑几乎就是一种违反所有人意愿、所有人做的无形规定的事。除了那年外面将他们遗忘了，粮食药品断绝，几乎死去，乌蛇爷爷才带着乌蛇出去过一回。

那天的晚宴吃得很晚，他们像过盛大节日一样对待晚宴。现在的天坑，日子是很好过的了。天坑里有上百亩的地，都是好地，多年冲积来的肥土淤积成膏油似的黑土，捏一把都出油，水又方便。乌蛇爷爷带领大家在地势高的地方筑了个坝，河水水位提高了，天坑里的田地都自流灌溉了。因那年乌蛇爷爷带领乌蛇冒险出坑，偷回一些粮食种子，他们得以在乱世中幸存下来，乌蛇爷爷成了备受尊崇的人，乌蛇也成了同龄人中的英雄。政府终于派人来了，领头的领导泪如雨下，激动万分，他们以为天坑下面恐怕只剩一堆堆白骨了。以后，民政部门调来粮食、蔬菜种子，送来药品、食盐和各种生活用品，还为天坑扯了根电线，天坑在夜里就灯火闪烁，和外面世界大体相似了。

月光皎皎，洒满天坑。天坑里镀上银光，天坑里的景物变得清晰起来。河水清浅，从巨大的洞穴里流出，绕着天坑游了一圈，又潜入到地下了。天坑里的人百般感慨，这条小河，是神赐给他们的生命之源啊。在外面，也有山溪、小河，也有水井，可那不是属于他们的。他们来自周围几十里的村庄，他们的遭遇都是一样的，他们都有永远抹不去的梦魇，他们都有铭心刻骨的苦难记忆，还有难以言说、不愿提及的痛苦。是命运把他们丢在天坑里。在外人看来，天坑是恐怖的流放地，与世隔绝，终身囚禁，与鼠蛇为邻、与蒿草共哀荣，与孤独寂寞相守，自生自灭。但天坑的人却相信自己是幸福的、快乐的。一个麻风病人不能到水源地取水，不能随便倒水，不能洗澡，人人见了都鄙视，房瓦随时有人砸坏，窗子随时被损坏，背后有人丢石头，寂寞慌了，想到乡场沾沾人气，被人发现，成为众矢之的，大人小娃娃追着打，那叫什么日子？

天坑的人没有发过毒誓，没有举行过任何仪式，譬如燃起篝火，供起香案，列上三牲，三拜九叩，歃血为盟，永不出坑，和睦相处，共度余生。但他们却有不成文的规定，永不出坑，永远杜绝和外界的交往，让刻骨铭心的记忆随着生命的消逝而融入土中。他们对外面恐惧，这种恐惧来源于血与泪的记忆贮存，来源于灵与肉的惨痛经历。

月上中天，那轮巨大的明澈晶莹的月亮缓缓移动，月照九州，凡月光照得到的地方，都明亮清澈，翠竹摇曳，清风徐徐，流水潺潺的吧？都是瑞气升腾、祥和宁静的吧？天坑里的人心情却不一样，他们知道月亮下的阴冷、恐怖、隔绝和冷到骨髓的鄙视，就像月亮照不到的这面绝壁，巨大的阴影笼罩着天坑大部分狰狞的岩石，让人心生恐惧。这么一次简单的出行，他们看得很重。他们千交代、万嘱咐，王家婆婆拉着他的手，流着泪，说乌蛇呀，去了以后不要东张西望，不要和人搭话，不要乱逛。有人识出你，骂你、打你，你忍着，要跑呢朝门上有五角星的地方跑，他们会护你。在王家婆婆的印象中，门上有五角星的地方，就是政府家，政府家不会让人将人打死哩。

乌蛇和大家喝酒、吃肉，已经有些醺醺然。他体谅大家的好，体谅他们对外面世界的恐惧，体谅他们已经很满足现在的生活。一次出坑，对天坑的人是个大事件。上次出坑，是为了不被饿死，因为出坑最终使得大家活了下来，但其中的风险，不晓得会给大家带来什么？是喜？是忧？是平安？是灾难？

天终于亮了，昨夜的星辰还闪烁在天际，天坑上边的天空透出了晨曦。乌蛇爷爷最先醒了，他看了看，身边睡了七歪八斜的人。昨夜大伙陪乌蛇喝酒、聊天，讲七七八八的事，说不尽的苦乐欢欣。不知不觉夜已深，大家和衣而眠，睡在天坑露天的草地上。他们不怕临近天亮时的寒冷，也不怕露水会打湿衣裳。天坑的人相信，露水会拔去他们身上的毒气，对治疗他们的病有好处。露水是天地精华凝结而成，是天上的甘露，是神灵的泪珠。每隔一段时间，天坑的人就要出来"接露"。昨晚天气正好，又是为乌蛇送行，他们就露天而眠了。

听到乌蛇爷爷的喊声，大家醒了，他们将脸上、头上、身上的露珠小心地揉搓，让露珠像天地灵气一样渗透进每一寸肌肤。

在天坑，只有乌蛇和他爷爷出去过。那是个特殊的年代，外面的人忙着批斗，忙着夺权，忘记了天坑还有一群人，忘记向天坑投放粮食。天坑的人面临着他们不出去，将会被饿死的可怕遭遇。天坑四周，全是滑溜溜的垂直崖壁，把人放下去，仿佛放在长满苔藓没有任何可供攀缘的垂直深井里。乌蛇的爷爷在患病之前是个猎人，身体健康，矫健异常，在这崇山峻岭的山区如鱼得水，再陡再险的绝壁也能攀缘，再深再险的河流也能涉过，后来不知怎么得了麻风病，一下子人就变形了，就萎靡了。尽管残疾，但乌蛇的爷爷攀崖壁的能力是在的，当村里陷入绝境之后，他决定带着乌蛇走出天坑。

他找了一根绳子绑在十岁的孙子腰上，另外一头系在自己身上。乌蛇虽小，但却天生得机敏精灵，天生得敏捷，好爬高跳低，好冒险。坑底家家的房他都上过，坑底的大树棵棵爬过。

在全村人胆战心惊的注视下，爷爷接过他们递来的一碗酒，那是过年时政府送来慰问的，有谁家舍不得喝留下了。爷爷仰面，一口气喝完一碗酒，壮士出征一般悲愤地长啸一声，带着乌蛇向绝壁走去。他知道他和乌蛇肩头的重任，全村人命悬一线，他和乌蛇也是命悬一线。在爬的过程中，自然地出现过几次凶险，全村人都吓得尖声大叫，好在天佑苍生，好在乌蛇爷爷超人的技艺和惊人的胆魄，他们总算攀到崖顶。崖下的村民都哭了,爷爷也哭了,爷爷哭完抹了一把眼泪,大声呼叫,回去、回去,天不绝人,天不绝人啊!

乌蛇的爷爷曾向家伦讲过那段经历,那段经历再一次给他留下了难以忘怀的记忆。那段经历无疑给他已经结了痂的伤口再次撒了盐,无疑是一把至今插在他胸口的带血的利刃。那次经历不仅严重地伤害了他,也伤害了天坑下所有的人,使他们对外面的世界,对外面的人充满恐惧。

乌蛇的爷爷带着他去巡龙场,巡龙场是方圆几十里最大的乡场。那个时候乡场的建制叫公社,公社机关以及供销社、粮管所、食品站等都设在乡场上。爷爷带着乌蛇不敢走大路,专挑没人的山间小道走。路上他们带的两个苞谷粑都吃完了。他们已经饿了很长一段时间了,天坑下的树叶、野菜基本吃光了,随身带着的苞谷粑是每家从缸底刮出来的。爷爷舍不得吃,让他吃。他吃了仍然饿,神虚气短,走路像浮在水面上,摇摇晃晃的。爷爷更饿,但只能熬着,后来实在不行了,瘫痪在狭窄陡峭的山路上。爷爷想如果不弄点吃的,不仅走不到乡场,恐怕会死在大山里。爷爷看见一块悬挂在岩边的坡地,看见了连成一片的洋芋叶,爷爷知道那是种洋芋的地了。爷爷不敢去刨洋芋,这里的人看见刨洋芋的是麻风病人,那不仅看成是偷了,他们相信麻风病人弄过的东西是会传染的,他们对麻风病是恐惧的、憎恨的,他们会用石块将麻风病人打个半死,爷爷让他去偷洋芋。乌蛇是从来没有偷别人东西的习惯的。在天坑,家家都不兴锁门的,从来不会丢失任何东西。爷爷说这不是偷,这是活命,上天也不会怪罪的。你是小孩,他们看见也不会打你。乌蛇就去了,到了那块洋芋地里,乌蛇两眼放光,他还没见过真正的洋芋是咋生长的。按爷爷教的办法,他刨开下面的土,黄的、白的洋芋就露出来了。洋芋的清香诱惑着他,他的肠胃痉挛起来,清口水不断地流,他抓起一个,来不及揩去上面的土,就咔嚓咔嚓吃起来。他觉得这是世界上最好的美味,他从来没吃过这么好吃的东西。他一气吃了一小堆生洋芋,撑得眼睛翻白了才想起爷爷还没吃,他又挖了一小堆,用衣襟兜了送给藏在树丛里的爷爷。他返身到地里,还想再刨一些洋芋带着,谁知被发现了。洋芋地的石埂下,冒出两个人,他们是来挖洋芋的。他们看见有人偷洋芋,怒不可遏,冲上来围住他,那个年轻的过来就给他一脚,把他踢趴下了,接着过来拳打脚踢。爷爷远处看见,心里凉了半截,心疼不已,但他不敢露面,一露面,见是麻风病人,恐怕殃及孙子,连命都保不住的。乌蛇的鼻子被踢出血,呜呜地哭。年纪大的说算了,算了,打几下就行了。他说你是哪村的?你爹妈呢?咋来偷洋芋?他按爷爷教的说了个村名,说爹妈都死了,没亲人。年纪大的人说是孤儿呢,造孽呀。你刨点去,以后不要来了,我们也没粮了。

爷爷在远处抹泪,遇到好人了,遇到恶人,孙子今天就惨了,起码被打得一身是伤。

走进乡场前,爷爷在小河里洗了脸,他到处逡巡,想找一样遮住头、脸的东西,头上倒是有青布包头帕,那是脏得分不出颜色的油腻腻的东西,可脸上就没有遮拦了。他的脸因麻风病而扭曲变形,看上去很狰狞。为了不让人看出,他终于找到一顶烂篾帽,用来挡住脸。

乡场依然热闹,正是赶场天,人如浊流,滔滔而行。爷爷和乌蛇看见了他们根本不懂的东西,高音喇叭把人的耳朵都震聋了,还看见很多白纸写的糊满墙的字。不用说乌蛇是不懂的,就是爷爷也大惑不解,到底发生了什么,到底在干什么?乌蛇感兴趣的东西太多了,乡场上所有一切,对他而言都是陌生的、神秘的。各种各样的摊子,各种各样的货物,尽管物质匮乏,乡民们依然把可以卖的东西挑来卖。乌蛇缠着爷爷问这问那。爷爷心里疼得紧,都是些寻常的东西,对他而言却是那么新鲜、那么神奇。

突然,拥挤的人群一下把街的中心空出来,爷爷看见一群人把一个穿中山装的人推出来，跟在他后面的还有几个，每个人胸前都挂着牌子，写着字，打个叉。爷爷一看，这不是公社的许书记吗？这人他是认得的，他患病之后，还是许书记把他送去医院，之后又送到天坑，每年他都要下天坑来慰问。爷爷还看到民政助理刘同志，那时他们都管干部叫同志，每个月的粮食、药物，都是刘同志带人放下天坑的，定期的，还带着医生顺着长长的绳梯下来给他们检查、看病。爷爷终于明白，他们很长时间得不到粮食、药品的原因了。爷爷不敢问话，更不敢反映情况，也不敢让乌蛇去讲。

回来的路上，爷爷说看样子一时半会没人会来放粮了，我们要自己想办法救自己了。经过一个村庄，爷爷说乌蛇，你要想法去向村里的人要一些干的苞谷，哪怕一两包苞谷粒也行。干辣子也要上几个。洋芋呢已经有了，其他的菜籽能要一些更好。

爷爷仍然藏在树林里，不能让人看见，他知道被人发现的后果。

乌蛇是机灵的，也不晓得他用啥法，跟人家怎样讲，但他终究要到了想要的东西。

从那时起，天坑里的人就开始自耕自种、自给自足了。

没有工具，他们就用最原始的办法，将石块打磨成有刃的工具，原始人一般开荒种地。天坑底部，是富庶之地，有土丘，有草场，有河流，土地松软肥沃。第一年种的粮食，还吃不完。也不知道隔了多长时间，总算有人来看他们了，带队的人是公社的那个许书记，他已经是副县长了，分管民政。看到他们仍然活着，活得好好的，副县长流泪了，来的人都流泪了。他们万分惊讶，万分激动，说如果这里的人饿死了，他们就罪该万死了，一辈子都无法原谅自己了。

副县长听了乌蛇爷爷的讲述，他眼睛湿润了，他说没有你和你孙子的那次外出，天坑的人就出大事了，我们的罪就大了。老人家，你坐好，我要向你鞠躬致敬。副县长恭恭敬敬地给他鞠躬，跟来的人自觉地排列，恭恭敬敬地向这个患麻风病的畸形老人鞠躬。天坑里的人激动万分，他们流着眼泪，搓着手，不知用什么方式表达他们的心情。这群受尽歧视、饱经屈辱的人，没有什么比人们对他们的理解和尊重更让他们刻骨铭心了。面对巨大的灾难甚至死亡，他们都没有流泪，但现在他们真真切切地、无比感动地流下了眼泪。

尽管后来每个月都有人按时送来粮油和药品，但从此开始，他们从来没有停止过劳作，他们感谢上苍让他们有了生息的地方。政府送来了条锄，板锄，钉耙，粮食种子，蔬菜种子，月季花，桂花，牡丹花，洋雀花，是来给他们检查身体、送药的医生带来的。天坑底下，有了绿油油的庄稼，有了鸡和羊，只是没有大牲畜，那是送不进来的，唯一的一匹马，还是小马驹时自己掉下来的。

由于粮食蔬菜自给自足，麻风病人病情稳定，政府由一月送一次，改为几个月甚至半年来一次了。

四

乡村教师刘家伦脚上绑了像打桩钢筋一样的竹片，他和大家一起喝酒、讲故事、叙闲话，还听了乌蛇爷爷和几个年长的老人唱的山歌。这些山歌年轻一代已经完全陌生了，内容大多是讲古老的像创世纪一般的往事，讲洪荒、讲灾难、讲蟒蛇、讲虎狼、讲战争、讲逃亡。歌声苍凉，悠远而幽怨，听得人想哭。他看看大家，似乎没有太大的反响，依旧漠然地喝酒、吃菜、说闲话。他想，这个群体太苦了，他们经历了太多太多的苦难，九死一生，活着对他们来说就很奢侈了，他们的心灵已经结了茧，灵魂已经冰冻，他们将在这里终结他们的生命。一些年老的，已经在天坑里选好了墓地，他们坚信，这里是他们的天堂。使乡村教师刘家伦心疼的是，天坑里的年轻人和小孩子。巨大的石穴里的这个村庄，竟然有二十来户人家，五六十人。老的人行将就木,他们很满足现在的生活,对死亡并不恐惧,甚至期盼那一天的到来,没有啥能让人通透洒脱的了,苦难让人亲近死亡。而中年人年轻人,尤其是小娃娃呢?就让人很心疼很心疼了,他们自然也有他们的喜怒哀乐,悲伤时,他们会在天坑里一个隐蔽的地点把头埋在胯下,无声地哭泣。在天坑,是不允许你大放悲声的。那么一个洞穴,你一放声大哭,就会影响到所有人的情绪,就会引起决堤似的悲哀,洪水般将大伙淹没。高兴呢?天坑里似乎没有多少高兴的事,在一个被世人遗弃的世界里,在一个狭小的空间,过着与世隔绝的生活,日子长长的,生命漠漠的,像蒿草一样枯了又发,发了又枯,一个季节一个季节,一年一年就过去了,直到彻底枯死。天坑里的人,都知道是在熬命,熬到油尽灯枯,一切也就了了。每天,他们要做的事,就是跟天地万物一样自然,没有大喜也没有大悲。他们喜欢种庄稼,自从那年乌蛇爷孙带来种子,不仅让他们没被饿死,而且,让他们重新拾取了劳动的快乐。按说,现在政府每个季度都会向他们投放足够的粮食、生活用品、药物,他们不种庄稼依然有充足的物品。但他们热爱劳动,那是填充他们空虚无望的生活的最佳方式,庄稼无言,他们也无言,只有劳动过程。人与人呢,也是无话可说的,他们自身的知识是有限的,认知是有限的,又无文化,交流范围太窄太窄,就那么几句话,人自然就麻木、呆滞了。最使乡村教师刘家伦忧心的是,天坑里有十多个年龄参差的小孩。他们与草木无异,与小动物无异,他们简单快乐、无忧无虑,但他们啥也不知,天地万物,人间百态,不要说瞬间即变的世界,不要说纷纭复杂、光怪陆离的生活,就是最简单的常识性的东西也不知道。难道他们也要像他们的父辈一样,默默地生活在天坑,生长在天坑,老死在天坑?

天坑的孩子纯朴到极致,简单到极致,同时也善良到极致。一切都那么清,那么诚,没有白云的投影,没有树木的倒影,没有花朵的摇曳,没有水草的飘逸,更没有鱼儿的唼喋,一眼看去,清澈见底一览无余,空明得叫人心疼。自从他来以后，天坑里简直变了天，成年人围着他，听他讲外面的世界。他讲城镇的变化，讲高楼、讲水泥道路、讲蝗虫样的小汽车，讲电视机、洗衣机、微波炉等家用电器，他只能讲这些很日常。他们听得一头雾水，不明白路咋修那么宽，房咋建那么高，洗衣裳怎么可以不用手，电视机怎么会有人在里面又唱又跳，微波炉怎么不用火，煤气炉怎么不用柴。他努力地解释，其实，有的看似极简单的事，要解释清楚还真的难。开始他们听得兴味盎然，渐渐地也没兴趣了。

只有些娃娃对他的故事百听不厌，他们缠着他，拿出舍不得的东西给他吃，有的是煮熟的鸡蛋，有的是小河里捉来烤熟的鱼，有的是在柴火里烤得金黄的洋芋，有的是一个苞谷。他都吃，他知道不吃会伤他们的心的。他也知道，其实食物是不会传播麻风病的。开始，他只是本能地排斥，勉为其难地吃。他们看见他吃得痛苦，就说医生说过不会传染的，老师，你要不怕就吃，怕了就不吃。他果敢地吃，说不怕、不怕，你们能吃的老师也能吃。

他给他们讲故事，但觉得太难沟通了。他们的知识几乎是一片空白，难以产生必要的联系，更难让他们进入到故事的情景中，就像建一座庭院，连玻璃、砖、门窗、装饰什么都不知道，怎么搭建那幢建筑呢？他觉得他们应该识字，应该读书，应该在知识的海洋里遨游，而不是像草木一般自生自灭。

他不能行走，让娃娃找了些烧透了的木炭，在地面上教他们写字。他写的是人、手、口等最简单的字，他是教师，自然懂得咋样教，从一笔一画，横撇竖直教起。没想到娃娃们的兴趣很浓，求知欲也很强，学习进度很慢，教一个字，要做相关的解释、描述。乌蛇爷爷见娃娃们想识字，心生喜欢。天坑里的人都没有读过书，不识字，能让他们识些字，总是好的。他让人将一扇门板拆了，给他做黑板。天坑里的人也高兴，只是茫然，这字识了，到底有啥用？

乌蛇要走的时候,他又叫住了他,叮嘱了他一些事,最后把身上的钱包拿出来,也就九百元。他是用卡的,工资都在卡上。他说如果修不好,你就买一个便宜些的,几百元也很好了。余下的,你给爷爷和自己买点东西吧。对了,你买几支胭脂、口红、小圆镜之类的回来。他看了看围在乌蛇身边的人,除去中老年人,娃娃也有十七八人,其中有一半多的小女孩。这些小女孩中有才会走路的,走路摇摇摆摆像鸭子,蹒跚得好笑;有五六岁的,拖了个小辫子,或者是爹妈像剪羊毛一样剪个娃娃头;再大一些的,有十五六岁了。这人真奇怪,到了这年龄,不要人教,会害羞、会讲卫生、会爱美了。都是天性使然啊。她们要做活,要带弟妹,但总忘不了在天坑的小河里勤洗衣服,她们还自作主张地在小河的另一头,用收割后的苞谷秆在河里围了个栅栏洗澡。天坑的大人都打了招呼,不准男人到那里去,包括像乌蛇这样大的男孩。她们会把自己洗得干干净净,衣服样式尽管简单,也要穿得熨帖。往年民政干部从崖顶下放药物食品时,还有一些人们捐的服装,八成新,夹克、薄毛衣、羽绒服、裙子、衬衫啥都有,天坑里的人穿上,感到惊讶、震撼,几十年的长衫、对襟衣服、扇子摆姊妹装、布底鞋,一换上新的式样,人立即变了样。毛妹的妈穿了件红色羽绒服,立即艳若桃花了,在别人的打笑声中慌忙脱了。可天才亮,她就早早地到河边洗衣,有人看见她在清凌凌的河水边过来,转过去、低下身、仰起头,左右打量自己。确实,那红色羽绒服、牛仔裤,让她一下子美起来,俏起来,出来线条,靓起来。自此后,毛妹的妈爱洗衣服,爱洗脸,还趁小女娃不在,去她们围起的地方洗澡。

  十多岁的毛妹有了爱美之心,有了害羞之心。在窄窄的小小的天坑里,每天见的人都是脸贴脸、身擦身的,熟得不能再熟。可她莫名其妙地见人会害羞了,未曾说话脸先红,低着头,提着衣服,样子真可爱。大人都知道,她是到青春期了。她们不知道啥叫青春期,她们说的是发情了，就像她们曾有的痛苦而又美丽的经历。

他看到毛妹染指甲、抹嘴唇，才知道天坑里的小女孩依然是爱美的。也不知道什么时候，天坑的崖壁下竟然长了一蓬指甲花，想必那种子是一阵大风从不知道的地方吹来的。指甲花在农村被称为"女儿花"，再贫贱的家庭，有了女儿，都会种上几株的。小女孩大了，就会把指甲花捣成泥，用些布来包在指甲上，第二天解开布，指甲就红通通的了。红通通的指甲花照亮了小女孩的青春，让他们脸上有了酡红，心绪随着风儿飘扬，贫苦的生活也有了暖意。

爱美是天性。女儿本是水做的。小女孩无师自通地采来指甲花，无师自通地捣成泥。天坑里没有石碓，她在一块巨大的卧牛石上将指甲花捣成泥，用小河边的阔叶草将指甲花泥包裹起来。这似乎是天性也是天意，小女孩有了通红的亮晶晶的指甲，小女孩们艳羡不已，天天围着她转，不知道她是如何将指甲染红的。她成了她们的女神，成了美的象征。她不忍心看着她们乞求而羡慕的眼光，带她们来到指甲花那儿，一会儿就将指甲花采光了。她有些后悔，有些遗憾，如果不告诉她们，她可以独美这个季节。但看到她们嬉笑连天的样子，她又释然了，明年，是可以多种些的。

那天他看见她用捣碎的指甲花抹嘴唇，这个效果似乎不太好。他没有女朋友，但他知道嘴唇是要用唇膏、口红才抹得红的。以他的粗浅的知识，知道指甲花是草本花卉，没提炼过是抹不红的，即使有点红，也马上被嘴唇上残留的口水稀释了。他看见她在不远处的卧牛石边，边涂边用一面小镜子照。说是镜子，其实是一块镜子的不规则的碎片，巴掌大小，可能是一面陈旧破裂、水银脱落的大镜上的一小块。他看了心里很是酸楚，眼涩涩的。她又涂又抹，涂了抹了又照镜子，总不见想象的红。她又将指甲花泥敷在双唇上，用手捂着。捂的时间久了，她脸憋得通红。取了指甲花泥，看见的仍然是微微泛红的嘴唇。他看见她失落、失望的样子，看见她在破碎的镜片面前破损的面容和破损的表情。那表情里有期冀，有失望，有憧憬，有期待，有沮丧。小女孩大概太满足于指甲花染红的指甲给她带来的美感，带来的满足，带来的羡慕，带来的虚荣。而涂染嘴唇的失败，使她受到挫败，使她的愿望落空。她很委屈，委屈使她的脸阴云密布，使她的嘴角翘了起来，她眼里有了雾蒙蒙的东西。他看见她在揩眼睛，眼泪从她指缝里流了出来。他听见了她的抽泣声，开始是抽抽搭搭的，渐渐地，声音大了起来。她竟然大声哭起来了，哭得很悲伤，哭得很动情，哭得很凄凉。是的，真的是这样，他第一次感到一个稚嫩弱小的心灵，为了心里期盼的美，竟然如此悲伤。这种伤痛，简直不足与人道，简直是惹人笑话的，小得不能再小，与大悲痛无关，与大灾难无关，与苦难和死亡无关，但这微小的甚至不算伤痛的伤痛，竟然使他如此难过、伤心。这事深深地震撼了他，感动了他，他想走出天坑之后，一定要去买一面镜子，买些口红、唇膏之类送给她。别以为爱美是城里人的事，别以为被人抛弃在天坑里，被认为是肮脏的、可怖的，到处是疮痍的人是不知道美的。

五

爬出天坑，乌蛇感到天高地阔，胸襟开阔。天坑其实是不小的，有河有田地，能说小吗？但毕竟是坑，只不过是很大的坑罢了。

方向是记得的。那年他随爷爷爬出天坑寻求生路时，年龄还小，爷爷教他识别方向的方法。爷爷说记准方向，就是山高水阻，路断了，林密了，你也找得到要去的地方。他向西北方向走去，那里是巡龙场。

但他还是迷路了，当初记忆中的东西，没有一样得到印证。就说路吧，原来是坑坑洼洼的土路，那天下过雨，路上积满水，大的坑塘，有母猪带着小猪在泥坑里打滚。大概很长时间没下过雨，母猪和小猪兴奋异常，把个泥坑搅得沸沸扬扬，活像顽童戏水。爷爷和他穿的鞋陷在泥潭里拔不出，索性扔了，反正那鞋也烂得不成样子了，赤脚走在稀泥里，倒也柔软、惬意。土路边有蓬勃而开的野花，有通红的野火枸。路边人家，稀稀落落，房屋都是土房，东倒西歪，茅草顶黢黑，有的已经塌陷，野草在房顶倒是茂密。偶尔见到几个人，娃娃们都袒腹露腚，黑瘦羸弱。看到两个男娃为争一个煮熟的洋芋打起来，爷爷叹气，说咋还是这样呢，比坑里也好不了多少呀。

这些景象是看不到的了。他看到了一幢洋房坐落在崖坡上，那房子修得气派，有阳台，玻璃窗很大，样子很好看，有年头没出坑了，对洋房的印象还是来自掉进天坑的小学老师刘家伦。对于他的描述，乌蛇总也想象不出是啥样子的。天坑外，几岁大的娃娃都可以从画报上知道各种各样的汽车、飞机、动物，各种各样的房屋。天坑里的人可怜得很，对这些认知是一片空白。乌蛇看着洋房，惊讶得回不过神。房屋造型奇特，有前后阳台，有蓝色玻璃的巨大窗户，有圆柱。他看呆了，禁不住好奇想走近些看一下。乌蛇知道自己现在不会被人认为是麻风病人。乌蛇的穿着也和外面的差不多。他们的衣服都是从外面送进来的。他现在穿的就是一件灰的夹克、蓝色牛仔裤、白球鞋，来的时候还专门洗过，他和健康的人没有区别，不像当年，处处防人躲人。还没走进洋房，就有狗凶猛地叫，叫声瘆人，乌蛇胆子虽大，却也不敢去了，返身往回走。这时从门里出来一个粗壮汉子，穿着西装、皮鞋，也没打领带，背后跟着几个人，提着铁铲。乌蛇要跑，那人叫站住，哪儿的小狗日？大白天想偷狗。乌蛇说我路过这里，想来讨口水喝，他不敢说想看看。那人说讨水喝，现在哪里还有人讨水喝，你狗日拿着面包，想毒死狗。乌蛇手里拿着一块面包，还是昨晚蒸了带在路上吃的，才咬了一口。乌蛇说这面包是我自己吃的，咋会毒狗呢？那人说前几天就有人在我房子这里转悠，狗叫得凶才没靠拢，你狗日的怕是来打前站，先毒狗再下手，说，你的同伙呢？乌蛇说我哪里有同伙，就我一人呢。那人说你还抵赖，看来不给你点教训，你是不会说的。说着过来就给了他两巴掌，下手重，乌蛇鼻里流血了，那人叫随来的人把他捆了。随来的几人一个年纪大的人说老板，先不能捆人，我看这娃不像贼，打错了人家寻上门来就不好了。那人说寻上门，哪个狗日的敢上我的门？绑起来，打死了老子拿口小煤窑抵着。其他几个丢了铁铲要上来打。年纪大的人说先不忙打，反正他跑不脱。我说呢，既然他来毒狗，让他先把面包吃了，如果有毒，先毒死他。那人说要得，小狗日的你把面包吃了我看看。乌蛇抹了鼻血，含着眼泪把面包吃了。众人静静地看着会发生什么？如果倒了，出了人命也是老板的事，如果不倒，就没有理由打人家了。空气里有股农药的味道在弥漫，大家相信会出事的。有人悄悄地想跑，那人说站住，你狗日的犯奸心，想跑？真出了事，老子就说是你干的。那人站住，脸都白了。

乌蛇的脸渐渐白起来，尽管他脸上尽是血污，但他嗅到了一股浓烈的味道，这恐怕是爷爷说的"敌敌畏"，他曾经吃过，吃了肠子绞起地疼，疼得满地打滚。他额上的汗珠渗了出来，密密麻麻的。那人的脸也白了，开头还强硬地站着，渐渐脸上也渗出了汗，这毕竟是人，是条人命，钱再多，也要弄破产的，搞不好还要进班房。他撑不住了，说看看，狗日到底咋样了。年纪大的那人说老板，看也晚了，吃也吃下去了，等着收尸吧。那人暴怒，杨大发，就是你老狗日的叫试的，我不管，大家听着的，该咋弄你去弄。说着撂下众人跑回去了，叫杨大发的老头说没事，娃娃你走吧，不要在有钱人的房子周围转悠。

乌蛇流泪了，眼泪不争气，一流就流个不停。乌蛇是个很少流泪的人，在天坑，日子漠漠，活得寡淡，每天都很平静，也很寡淡，日子叠着日子，没有啥新鲜事。年轻人憋闷，总想出去闯一下，感受不一样的生活，但天坑很严厉地规定，谁也不准擅自爬离天坑。不要说很多人爬不出天坑，就是像乌蛇这样能攀上绝壁的人，不经允许也不能离开的。天坑的人都在老，这些老了和正在老的人，都不想离开天坑一步。天坑之外，有他们永远抹不去的屈辱，有一辈子挥之不去的噩梦。他们不轻易提天坑外的经历，那些经历是他们结了痂的伤疤，一揭就鲜血淋漓。日子虽然寡淡，但他们已经非常满足，无兵燹、无灾荒、无追杀、无围打，也无唾骂侮辱。他们只要能平平安安地活着，就是最大的满足了。

六

乌蛇快快地走在山间的小路上，是的，这路是盘旋在山上的小路，却是真正的水泥路，平坦，干净，整洁，路上没有石子，没有荆棘，光脚走也是舒服的。当年的路是什么样的路！当年的房是什么样的房！这让他惊奇、感叹，这又是他很想出天坑的动力。在坑里，乌蛇和天上掉下来的小学教师天天泡在一起，在洞穴外的麦草堆里聊天。刘家伦身边经常聚着天坑里的十多个小孩，他向他们讲外面的世界，讲外面的变化。事实上，他们根本不知道什么变化，他们从出生起就在天坑，他讲的任何一点微不足道的事，都会让他们惊讶得合不拢嘴。他感慨，已经第三代了，这些娃娃是没有麻风病的，应该让他们走出天坑，应该让他们读书。但他们的父母对此反应很强烈，外面世界对他们伤害太深了，在这个任何人来不到的地方，他们互相尊重、互相帮衬，日子是想象不出的艰苦，但他们其乐融融。

乌蛇是最想走出天坑的，他毕竟随着爷爷出去过一回。尽管那一次给他留下了痛苦的回忆，但外面世界的丰富和生动对他充满诱惑。天坑的日子太单调、太寂寞，日子是一天接一天地重叠，他不甘像草木那样终老于天坑。他不知道能不能返回外面的世界，融入外面的生活，但走一走是必须的。

刚才的不愉快，使他有些郁郁寡欢，但各种迎面而来的见所未见的景物，又使他兴奋。走下长长的斜坡，一片建筑赫然跃入他的眼睛。这片建筑沿着河流而建，很大的一片，新房子一座接一座，钢筋水泥的，高高低低，错落排列，五颜六色的招牌，看得眼花的货物，汽车也多起来，更多的是摩托。乌蛇有些惊慌，他到的地方是不是巡龙场？当年的巡龙场，土房土路，赶场天也是热闹的，但低矮的房屋里多是人家住户，卖东西的极少，是山民自己出售的土产。他们都披着披毡，裹着包头，黑压压一片，像骤然而起的山洪。偶尔见得到的车，是马车，更多的是赤脚而行的人。街道变宽阔，商店不少，五花八门的门市经营些什么，他简直闹不明白，甚至怀疑走错方向，来错地方。

凭着记忆，他来到了当年公社所在的地方。现在，这里变得很气派，当年的大门，是砖砌的柱子，两寸厚的木门，现在是水泥柱子，很好看的装饰，挂着十几个牌子。乌蛇不识字，不知道写的啥，凭感觉，是很威严的机关。当年的土坯砌的两层房不见了，一栋六层高的楼拔地而起，有很高的台阶，望着就敬畏。他不敢进去，也不知道管民政的人还在没在里面上班。

怯怯地走，却看见一个老妈妈突然倒在地上，她的身体在抽搐，脸色乌青，嘴角淌出白沫。乌蛇第一个感觉就是赶紧去扶，但他看到经过的人没有一个去扶，像什么也没见匆匆而去。乌蛇还不及想，救人要紧，他几步穿过去，去拉老妈妈。然而，奇怪的是，这个刚倒地的老人手却很有劲儿，紧紧抻着他。他使出浑身力气，拉起又倒下，倒下又拉起，怎么也拽不起。他迷惑了，说老人家，你起来，医院在哪里，我背你去。那人抹去嘴角的泡沫，去医院？你将我撞倒了，好说去擦点药就算呢。乌蛇一下就蒙了，明明就是她自己倒下去的，咋就成了他撞倒的呢？青天白日，街上这么多人见着，这么大年纪，咋能开口就讹人呢？这个从天坑里出来的小伙子，何曾见过这阵仗。天坑里的人热心，谁有了事大家一起出来帮，被帮的人感激，也不在嘴上说，都是默默地记住。感恩之心，是人的本性呀！他无助无奈地望着周围的人，周围的人熟视无睹，坐在门面里的人还在诡异地笑。他一脸茫然，简直以为到了啥地方，是不是人住的。掐了一把自己，真疼，他晓得今天倒霉了。

他被那老妈妈抓住领口，头被压得很低，弯腰撅腚，狠起心连人拖起走。老太婆更加无赖，大声叫打人了，打人了，这贼杀的撞了我想跑，还狠起心打人。尖锐的声音在大街上穿梭，刺疼人们的耳朵。终于有人说话，说既是撞倒你，就该去医院，在大街上影响秩序，要不然就到派出所去。老妈妈瞪了那人一眼，怏怏地抓着乌蛇的领口，像押贼一样朝巷口走去。

在巷里，老妈妈说医院不消去了，你拿伍佰元来，走你的，到医院，我一身是病，没得几千元你脱不了爪爪。乌蛇急了，他身上也就是几百元，是小学教师刘家伦的。他躺在天坑一个多月了，老爹老妈不晓得急成啥样，就等着修好手机和父母联系上呢。他宁可挨打也不可能把钱拿出来。他可怜巴巴地说大妈，我从乡下来，身上没一分钱，现在还饿着肚子呢。那人看他穿的虽然和乡镇上的人一样，寒酸之气还是透过衣衫流了出来。她问你是哪里人？乌蛇本想说个其他地名，但说了恐怕还是脱不了身，他狠狠心，说出他最不想说的地名。谁知老太婆像被烫了一样，猛地甩开她的手，一脸惊恐一脸嫌恶地说，你、你麻风病人，砍脑壳的哟，我今天倒血霉了，要被你传染了。说着一溜跑了，那利索劲儿，哪里像个老年人。

乌蛇虽然脱身，但他心里突然很难受，他呆呆地站在巷里，脸色惨白，屈辱的泪水涌上眼眶。在天坑，日子淡淡的漠漠的，孤独和寂寞常常涌上他的心头。天坑里年纪大的人，曾经有过各种各样他们不能提及，也不愿回首的痛苦和屈辱的生活，他们能聚在天坑里，他们就很满足了。可乌蛇毕竟没经历过外面世界的生活，心里总有一种希望能过过外面生活的愿望。外面的生活五光十色，外面的生活活色生香，但经历了出坑来的事，他的心一下就凉了。外面的生活，外面的人都是这样吗？如果都是这样，他宁肯蜗居在天坑，让岁月无痕无迹地将生命之丝抽净。

乌蛇慢慢地走着，他突然有了心事，心里五味杂陈。他不明白外面的世界咋会这么复杂，人心咋这么冷漠、扭曲。他知道的只有外面世界的人对麻风病人的歧视和欺辱，他们之间，咋也是互相欺诈，人变得这么冷漠、猜疑和欺骗？他低下头，赶紧摸了摸缝在短裤里的钱。出发时，天坑的婶婶嬢嬢不放心，他们说贼多得很，一不留神就被偷去了。一个婶婶将钱给他缝上，说乌蛇，这钱是救命钱哟，钱不在你就买不到手机。没有手机，小刘老师的父亲母亲就要急死了。他不大相信，天坑里家家都有门，但每家的门从来不上锁的，除了晚上，互相串门就像自己家一样，从来没听说东西会丢。他们基本上没有偷东西偷钱这个概念。刚才的遭遇，让他一下警觉起来，手伸进去摸，钱是在的，这让他放了心。

毕竟是繁华的小镇，新鲜东西太多，这些新鲜的景观和各式各样的东西都是乌蛇没见过的，好奇心牵着他，一路走了过去。走过街角，有一个不大的广场，广场很热闹，很多人聚在这里，有高音喇叭，放着他不知名的音乐。这音乐太强烈太亢奋，哐咚哐咚的，像拍盆底，乌蛇觉得很烦人。声音来源处，有个很大的帐篷。他是没见过这么大的帐篷的，至少可以容纳一百多人。有人在门口卖票，大声吆喝，走过路过，不要错过，真人表演，光胴胴亮闪眼……乌蛇不敢贸然过去，正犹豫间，一个人过来拉住他，说小伙还不赶紧去看，马上开演了，好看得很。乌蛇说看啥呢？那人压低声音，说看大闺女哩，白生生亮闪闪，腰又细、奶又大，看了你淌鼻血哩。乌蛇长这么大，没见过这阵势，怕被人坑骗，又很想看。这人说的,是他这个年龄渴求知道的。天坑里孤独寂寞的日子,是啥也看不到的。但他毕竟是人,到了这个年龄,本能会让他想很多。正犹豫,那人说才两元一张的票,也就是白天,晚上就要五元了。乌蛇说你转过身去,那人说转身干啥?他说我掏钱哩。那人明白了,这是深山里很少出来的人,怕钱被偷,藏在隐秘处哩。

进门,里面黑漆漆,闹嚷嚷,空气混浊,一大股骚腥味,呛得人透不过气来。有人在拍巴掌,有人在吹口哨,有人在跺脚。等了一会儿,灯终于亮了,音乐骤然响起,震耳欲聋,哐当哐当,把人心都震飞了。紧接着,出来四五个头发高挽、脸涂得通红、眼眶乌青、嘴唇猩红的女子。几个个子都不算高,胖乎乎的,一身的肉,像肉球窜来窜去。她们只穿着一点胸罩,胸罩小得看不到,只穿点短裤,把屁股勒得紧绷绷的。她们叉腰,踢腿,做些不堪的挑逗动作。乌蛇啥年纪,正是青春年少精力旺盛的年纪,他从来没见过裸的女人。天坑保守,成年妇女都把自己包裹得很严。他们从来不谈男女之事,日子苦巴巴的,生活寡淡如水。乌蛇是男人,不谙男女之事,女人的身体对他来讲是本神秘的天书,渴望了解但没有机会了解。眼下,炽白的灯光下,一个个几乎是全裸的女人,在台子上扭来扭去,风骚的胸、丰满的臀,让乌蛇一下就亢奋了,他呼吸急促,心跳加速,脸上滚烫,全身着火。他觉得那玩意儿一下硬了,肿胀得厉害,把裤子顶得老高。好在人多,谁也没在意谁。尽管如此,他还是臊得慌,觉得自己咋这么不要脸呢,还是人吗?只畜生才这样。他后悔不该来这样的地方,不该糟践钱。他有了犯罪的感觉,深深地自责。他想走,脚却挪不动,头转过来,又扭过去,台子上像有无形的手,紧紧牵住他。随着一片口哨声、尖叫声,台上的女子竟然跑到台下来了。她们分散开,走到台下的人堆里,近距离地晃胸口、扭屁股、拉乳罩。还没走到他面前,他头嗡的一声,下面竟然泄了,湿漉漉一片。

乌蛇昏昏沉沉地走出去。艳阳高照,到处明晃晃的,他感到好刺眼好刺眼，明亮的太阳把他照得一丝不挂。他感到有很多人盯着他看，这是个肮脏的不要脸的东西，竟然跑去看那种下流的舞，竟然还泄了。他感到前所未有的羞耻，感到无比的羞愧，满脸通红，目光怯怯，眼睑低垂，不敢看人。他恨自己，也恨这种演出，更恨那个拉他进去的卖票的人。恨来恨去，他觉得最该恨的还是自己，自己如果是正派人，就不该去那肮脏的地方。

七

外面的世界太复杂，外面的世界太精彩。乌蛇不知道外面的世界到底是什么样子，他没有经历，没有对比，更无所谓判断，只觉得咋会是这样？强烈的失落感涌上他的心，他孤独地踽踽地走着。热闹繁华的大街，来来往往的人群，更衬出他的卑微和渺小。

他看见一个四十多岁的女人，穿着橘红色的衣服，一头卷发，胖而臃肿。她手里拿着一条翠绿色的小蛇。那小蛇很神奇，它被线牵在一根木棍上，手一晃动，那蛇就忽长忽短地扭动。乌蛇凭感觉，这是塑料玩具，做得太逼真，做得很好玩。她身边跟着一个三四岁的小男孩，亦步亦趋地看着，跟着。胖女人说想要吗？跟婶婶到那边，那里有好多好多的玩具，婶婶买给你。小男孩说我不去，我妈说不准要别人的东西。女人说我不是外人，是你的亲戚。你爸爸没跟你讲过他有个姐姐，我就是呀，你该叫我婶婶。小男孩说骗人，我咋没有见过呢？女人说我住在很远很远的乡坝，前些年来过，那时你还在吃奶呢，记不得了？小男孩转转眼珠了，想了想，没见过。女人说你太小了，咋会记得呢？走，婶婶好不容易来一趟，要给你买好多好吃的、好玩的东西。

小男孩犹犹豫豫，走几步又停下，哄哄又走。女人脸上尽管堆满笑，但不耐烦还是显露出来。她想伸手去抱，小男孩拒绝，身子往后躲。路上的行人投来探询的目光,但大家都没停下脚步。乌蛇又觉得有些奇怪,在天坑,小娃娃是黏着大人的,别说有玩有啥的,就是招呼一声,立马跟你走。他有些怀疑,这女人是不是拐卖娃娃的呢?他曾听小学老师刘家伦讲过拐卖妇女儿童的事,说那些人贩子把小娃娃拐卖,有的卖到丐帮。那些人把他们的脚、手弄残,甚至把眼睛弄瞎,残忍得很,然后要他们去要东西、要钱。乌蛇恨得牙痒痒,世上咋有这么残忍的畜生不如的人呢?

乌蛇有了警惕之心,就慢慢地在不远处跟着。慢慢地,小男孩终于跟那女的走进一条巷子了,那条巷子冷背,人也不多。刚进巷里不深处,女的就一把抱住小男孩,撒开脚丫子就跑。乌蛇心里一惊,肯定是人贩子,他也加快了步伐。那女的毕竟太胖、太臃肿,跑了一段跑不动了。小男孩大声哭起来,我不去,我不要泡泡糖,不要玩具,我要妈妈,我要妈妈……小男孩的哭声尖锐而凄厉,女人慌了,拼命跑,说不哭、不哭,我带你去找妈妈。乌蛇几步蹿上去,大声叫站住,不许拐小孩。胖女人更慌,跑得又笨又急,忽然扑通的一声摔在地上,手里的娃娃也扔了出去。正在这时,蹿出一个男子,一把将小男孩抱住,扛在肩上,说我先走,老地点会合。男人身长力大,跑得贼快。乌蛇大喊站住,站住,有人抢娃娃,有人抢娃娃……乌蛇一喊,巷里的人警觉了,人虽然不多,但大家都停住了脚。有的说太猖狂了,大白天都敢抢娃娃。有的说大人呢,大人哪里去了?也有人在追,后边的女人说追啥子,贼有刀子,捅死你狗日的,老娘重新找人。追的人停下脚步,一脸惊恐地走了。

乌蛇听到有刀子,本能地犹豫了一下,他知道,外面的贼是很凶残的。出坑时小学老师就交代过,莫去看热闹,尤其不要管闲事,有人打架躲开,他们乱捅人的,安全出去,安全回来。不能不管,一个健健康康、活蹦乱跳的娃娃落到这些歹人手中,就断手断脚,就弄瞎眼睛,这太残忍了,比死了还难过。他加大力气,使劲地追。他是在天坑长大的人,耕地盖屋，攀岩壁，身体强壮，灵活得像蛇、像猿，要不咋叫乌蛇呢？但他也知道危险，他想自己是不能让歹人捅刀的，捅死也罢了。捅残，谁来养他、照顾他？

那人跑得贼快，乌蛇发力，闪电般冲到他前面，把脚一伸，那人一个大马趴摔在地上。乌蛇来不及管嗷嗷大哭的娃娃，他趁那人双手还伸在地上，冲过去，狠劲地踩，把那人踩得鬼哭狼嚎。那人的手已经血肉模糊了，但还是把手伸进怀里。乌蛇知道他是掏刀，不能让他得逞，凶器在手，就难以对付了。他飞起一脚，狠狠地踢在那人头上，那人被踢晕了，头低下去，手也软耷耷地垂下了。他迅速地从那人腰里掏出刀，然后大叫，快来人，快来人，抢人的拿着了，大家快来帮帮手。

人迅速地围拢过来，他们目睹了刚才的惊心动魄的一幕。他们没想到这个精瘦的土里土气的小伙子是这样精灵，这样有力气。他们看见那人趴在地下了，刀子也被小伙拿着了，他们立即豪气冲天了，抱的抱小孩，按的按女人。还有个很壮的汉子，一屁股坐在那人身上，说你狗日的跑嘛，有本事你跑嘛，你也不看看这是啥地方，老子不轻易出手，出手你就死定了。

有人打电话报警，一群妇女围着抱小男孩的女人，大家哄的哄，买的买东西，热情无比。有个年轻女人流着泪，说家家都养儿养女，我的娃娃被偷了，我肯定活不下去了。多亏了这小伙，没得他，我们肯定追不上这贼杀的。乌蛇此刻站在人群外，惊魂未定，气喘吁吁，脸色惨白，没有一点英雄气概。他有些后悔刚才的举动，也有些后怕，假如绊不倒这歹人呢？假如被他拿刀捅伤捅残呢？他似乎看见了自己的肚子划了个大口子，肠子一嘟噜拖出来，血流满地，疼得啊的一声叫起来，脚一软，倒地下去了。

大家围拢来，扶的扶他，拉的拉他，亲切地问他，咋啦，小伙，你受伤了吗？你的脸咋这么白？有的问你受伤了吗？伤在哪里，快瞧瞧，要不要上医院？有人弯下腰要看他的伤口。他清醒过来，说没有受伤，我只是觉得疼。有人说跑得太急了，休息一会儿就好。

远处一片惊叫声，我的儿呀，我的小心肝，你在哪里？你在哪里？你不要出事呀，出了事就要妈的命……妈就一头撞死……

踢踢踏踏的声音转瞬到眼前，有人马上把娃娃递给女人。女人抱着，又哭又亲，眼泪鼻涕弄得娃娃一脸，又忙着解衣，手在娃娃身上摸个不停，哭声哀哀，儿呀，你没伤到哪点吧，没伤到就好，妈妈发愿，到观音寺还个大愿，为你消灾消孽。

随即，来了两个警察，小镇上似乎没有警车，他们是跑步来的，跑得气喘吁吁。众人忽的一下闪开，那个坐在歹徒身上的壮汉，抬起屁股，说来了哈，来了我就将人交给你们了。听口气，似乎是他抓住的。警察也不多话，过去抓起歹徒的双手，咔嚓一声上了手铐，拉着就走人。有人说就走啦，也不问下咋回事？警察说带回去问。怎么，你可以作证？跟我回去。那人忙摆手，我不晓得，我不晓得，你问他们。

乌蛇被一个三十岁左右的男人抓住手，这人穿得干净、整洁，有文化的样子。他是被人带着找到乌蛇的，抓住歹徒，人们拥出来，把个现场围得里三层外三层的，人们异常激动，异常兴奋，每个人都是参与者，他们早将乌蛇忘记。乌蛇觉得腹部疼痛，弯下腰时，他们也关心他、扶着他，当他们得知他并没有被刀子捅着时，他们散开了，谁也不再注意他。乌蛇悄悄走开了，他觉得他完成了任务，没有必要再留在这里了。

这个人就是小男孩的父亲，在镇上开了一家手机店，既修手机也卖手机。这天是赶场天，他手机店的生意尤其好，来修手机买手机的人络绎不绝。小镇虽热闹，修手机卖手机的只有他一家。他忙生意，忘记了照顾孩子，孩子啥时跑走了，他一点也不知道。

小男孩的父亲显然不善言辞，只一个劲地感谢他，千恩万谢，转来转去就是那几句话。他要给乌蛇钱作报答，乌蛇怎么也不要他的钱。他说你是不是嫌少，跟我回去，我带的不多。乌蛇说我不要钱，这点事算啥？应该的，只是以后要管好娃娃哟。那人说小兄弟，你不要钱也罢了，只是无论如何跟我回去一趟，今晚我们好好喝顿酒，让娃娃跟你耍一阵。乌蛇说酒不喝了，我正有急事，麻烦你告诉我修手机的铺子在哪里？那人说你要修手机，还是买手机？我就是修手机的。乌蛇高兴得叫起来，你就是修手机的？那就太好了，我急着修手机呢。那人扯住他就走，那还站着干啥？快走，到我店里去。

鼓捣半天，手机最终是没修好。那人说兄弟，我尽力了，手机摔得太烂了，屏幕也换了，修是修不好的了。乌蛇急得差点哭，他知道修不好意味着什么，说你一定要想办法修好，这手机是救命机呢。那人说也不急，换个新手机，你用的是联通还是移动？乌蛇一头雾水，啥联通移动？那人说你用的是哪家电讯？乌蛇说我不知道，手机不是我的。那人说没事没事，你帮人带来修的？乌蛇不想说太具体，说我的一个朋友请我带来修的，我不懂。那人拆下手机的卡，说是移动的。兄弟，我帮你选个手机。乌蛇说要多少钱呢？那人说有几千的，有几百的。乌蛇想这事糟糕了，小刘老师拿的钱也就几百，要买就买几百元的吧。

选好手机，那人见他在掏钱，说兄弟，钱就不要了，我帮你选了一千五百元的，不算贵。乌蛇说不行、不行，咋能不要钱，不要钱我就到别处去买了。那人笑起来，说镇上只有我一家，别犟了，兄弟，我开张发票，人家给你钱，你就收了。

俩人像打架似的，争来争去，推来推去，谁也说服不了谁，谁也不让步。弄到最后，那人发脾气，说你不要就算了，你不要就拿钱走人。乌蛇咋可能走人呢？他费了这么多周折为啥？他悄悄将钱放在椅子的坐垫下，借机解手，才悄悄地跑了。

这天的经历，实在太丰富，实在太复杂，乌蛇五味杂陈，理也理不清，想也想不透。他懵懵懂懂，晕晕乎乎回天坑了。

八

小学教师刘家伦终于拿到手机,拿到手机的那一刻,他激动得手发抖,身发颤,眼泪夺眶而出。他立刻拨通了老母亲的电话,在电话里,他和妈妈放声大哭。老人在电话那头,比他更激动,比他更兴奋,她讲个半天,哭个半天不放手。电话里传来父亲的声音,他知道父亲等不得了,夺过手机和自己讲了起来。父亲声音嘶哑,情绪激动,说我和你妈头发全白了,已经向公安机关报了案,在报纸、电视上发过寻人启事,走了好些地方,一路见人就问,贴的寻人启事不晓得有好多张……

那天,天坑的人像过节一样高兴,天坑的男人女人陪着他流泪,陪着他大笑,陪着他伤心,也陪着他欣喜。遇到高兴的事,天坑的人又要聚餐聚会。聚会是他们平淡单调生活的调剂,是他们友情亲情的联系,也是他们独特的庆典和节日。

在父亲母亲还没到来的日子,他发了疯样地照相、录像,为天坑里的每个人都照了相,把天坑里的房屋、小河、田地、庄稼、果树、花草、小猪、小鸡、那匹老马都照下录下,把天坑里的各种日常生活都录下来。他要把天坑这个神秘的不为外界所知的一切的一切都照下来、录下来。接着,他按照分类的方法,如景观、习俗、人物、建筑、饮食起居等,一一配上文字。他是学中文的,平时也喜欢舞文弄墨,山居的日子是寂寞苦涩的,倒是有大把时间读书,也写了大大小小的文章,多是散文,文字自然是好的。

他的摄影和录像,加上他颇具文采、满含深情的描述,非常具有诱惑力,非常感动人吸引人。他把这些图片和文字发了出去,立即引起强烈的反响,外地的朋友看了,大感惊奇,怎么还有这么一个神奇、神秘的地方。天坑的陡峭险峻,壁立如削的山崖,天坑的溶洞,溶洞里的村庄，天坑里的小河以及田地、庄稼、树木、果蔬，尤其是天坑里的一个与世隔绝、独立存在的神秘人群，他们的日常起居、生活点滴，真是太神奇了，太具有诱惑力了。一时间，朋友的朋友，朋友圈的朋友圈，这样的微信群，那样的微信群，到处转，转疯了。在新媒体时代，任何人都与世界同步，只要你运用它。

还没等到刘家伦的父母赶来，天坑已有先行者到达，他们是本省及本县的摄影家、探险家。他们以敏锐的嗅觉，嗅到了天坑所蕴藏的巨大价值。他们日夜兼程，携带各种探险用具、摄影器材抵达天坑了。在这之前，他们之中有人加了家伦的朋友圈，他们和家伦聊了很多，从他那里知道了天坑更多的情况。他们表示要在最快的时间赶来，和他一起把天坑的神奇宣传出去。家伦内心既喜也忧，他知道这个与世隔绝的地方，这个被人驱逐而形成的村落，现在已经完全有了自己的生活方式，有了自己的规则，封闭而恬静，落后而满足，没有纷争，没有欺诈，没有欺凌，平等友睦。共同的命运把他们拴在一起，他们已经完全适应了这种生活方式，而外面的一旦进入，不知道对他们会产生什么影响。他们是接受还是排斥？他和他们商量暂时不要来，这是一个特殊的部落，要尊重他们，先听听他们的意见。

乌蛇爷爷召集齐了天坑的人，让家伦把情况向大家讲了。天坑的人惊愕了，几十年了，与世隔绝的天坑除了民政的同志和医生来过，外面的人概莫来过。有人要来他们本能地充满警惕。

四老汉说他们来干啥？我们又没犯法，躲在这深坑里都不饶，到底要咋办？杨家婆婆说我就说过不能出天坑，乌蛇一出去，就把这些人引来了。家伦说杨婆婆这不能怪乌蛇，他是为我修手机出去的，外面的人要来，也是我宣传出去的。乌蛇爷爷说这就是你的不对了，我们在天坑里日子过得好好的，你宣传到外面干啥？躲都躲不开，甩都甩不脱，我们好不容易才过上清静日子，你又把它打破。这一说，天坑的人气不打一处来，纷纷指责这个天外来客，还有几个激愤的，指着他的额头，大声地责怪。他一下蒙了，原想让外面了解天坑，让天坑了解外面，为天坑做点好事，没想到他们会这样激愤。他感到很委屈，脸涨得通红，眼里涌出泪水。乌蛇爷爷说行了行了，谁也不许再讲啥。小刘老师也是一片好意，只是他不知道我们的心思，这也难怪，他没有我们的经历。

经过一番争执、讨论，在乌蛇爷爷的提议下，大家还是决定让外面的人进来。天坑的人是善良的，只要对他们友好就行。当然，人家要来，也是阻挡不了的，这也有几分无奈。

以后的事情，不用叙述大家都知道会是什么结果。

紧接着，来了一拨又一拨的人，他们在天坑上架了绳梯，绳梯晃晃荡荡，但下来却不是难事了。他们多是有文化的人，来了不仅在天坑里四处走，拍摄了天坑的旮旮角角，他们还不厌其烦，还东家窜西家，逮住人就不放，问这样、问那样。家伦成了他们的义务导游，尽管他拄着拐行动不方便，但还是热心地为他们服务。他们为天坑的每个人拍照，他们很客气、很和蔼，一点也不嫌弃天坑的人。他们走的时候，都会送些天坑人喜欢的日常用品，有些还是天坑里的人没见过的。那些天，天坑像过节走亲戚般喜庆，天坑的人都很新鲜、很兴奋，觉得错怪了小刘老师，来的人并不凶恶，还很友善。小孩子们更是高兴得不行，他们叽叽喳喳地跟着来人跑，回答他们的问话，按他们要求摆出姿式照相。小学老师刘家伦的父母来了之后，一时也回不去，他们被热情的天坑人极力挽留，像款待失散多年的父母一样款待他们。他们也感念天坑的人纯朴善良，感谢他们对儿子精心照料。那些天，刘家伦比任何人都忙碌，是他率先报道了天坑里神秘的一切，他知晓天坑里的所有秘密，他成了来访者必须要找的知情人。出于对天坑的感情，为了想让天坑为外界所关注，只要能改善天坑人的生活，改变他们的命运，他再苦再累他也愿意。

渐渐地，天坑里的人有些厌倦，有些不适应了，来的人多，走了一批又一批。最先来架设绳梯的人，竟然在那里收费，下去十元，上来十元，没有人不愿意交这钱的，也就二十元嘛。二十元能探次险，也值。有人见了心动，又去制作了一架绳梯，降价，下去八元，上来八元。后来架绳梯的生意自然火爆了，两个人为此吵架、动手，有次甚至在盛怒中其中一人要砍绳梯，差点出人命。

来天坑的人，都是文明的富有同情心的人。他们和蔼、友善、亲切，他们和天坑的人近距离接触，坐他们的凳子，握手，一点也不嫌弃，一点也不防范，这让他们很感动。但外面的人不吃他们的东西，不喝他们的水，这就让天坑的人心里有些不舒服。乌蛇爷爷说人要知足，人家来了，进你屋，握你手，隔尺把和你讲话，这就了不起了，想想以前，就够了。天坑的人善良，想想乌蛇爷爷的话，真是有道理，以前，不把你赶走，不追打，不辱骂是不可能的……

倒是刘家伦不以为然，他和来的人讲，你们不要当着天坑的人吃东西、喝水，这会伤他们心的。没事的，尽管吃，即使不吃，你们也不要吃自己带的东西。

天坑的人是越来越厌烦了，他们的生活已不能正常进行。一天到晚被人围着堵着，问这问那，走哪跟哪，还做啥事？经常还有人提各种各样的要求，有的要摆各种造型供他们拍摄，明明才吃过饭，又叫做饭做菜，又要摆上桌，又要围在一起吃，弄得又烦又累。虽然也给点钱，但他们要这钱干啥呢？明明才挖过的地，又要叫挖，连猪、鸡、羊也不得安宁，不耕地被人撵着照相，真的像鸡飞狗跳了。还有那匹可怜的老马，当初也没被骑过，天坑的人爱它，养宠物似的养着，让大坑多点乐趣。现在被坑外来客一天撵着，一会儿要让啃草，一会儿要它饮水，还有人不顾它年老体衰，竟然要骑。

夜里，天坑寂静了，天坑的人舒了口气，他们觉得这样的夜晚才是属于他们的，他们聚在一起，看天上的星星，有流星飞过，他们说又有人去世了。娃娃们互相追逐，躲猫猫，追萤火虫。萤火虫明显少了，来的人多了，连草丛也被他们踏平了，只有小河边的草还茂盛着。鱼呢，也只有在夜晚才游出来，趁着夜里的寂静畅游。虫儿的鸣叫也还有，只是少了许多，即使叫，也显着疲惫。鸟声更少，白天基本听不到了。大家开始抱怨，说这日子是没法过了，幸好晚上没人，要不然冷不丁闯一个，他们还是有脸有面的人，不是啥都可以让人知道，啥都可以让人看的。乌蛇知道大家的抱怨中含着这样的不满，咋能把天坑的一切向外传播，如果外界不知道，他们可以与世无争，自得其乐地生活。乌蛇觉得天坑不应该永远地与世隔绝，你们老了无所谓，年轻一代也就这样草木一般生、草木一般寂寞枯萎，应该吗？小娃娃倒是很高兴，天天有人来为他们照相，还给他们新衣、玩具，还有有画有文字的书。他们缠家伦，为他们讲书上的内容，汽车、火车、飞机、轮船，各种各样的东西让他们大开眼界，兴奋不已。总要让他们知道外面世界有多大，天坑算大，但和外面比，也就是簸箕大了。月光虽然不甚明，但他们知道小学老师刘家伦脸是红了，惶惶自责，局促不安。乌蛇反驳大家的说法，招来一片谴责声。这倒让刘家伦更加不安，更加难堪。

  乌蛇爷爷制止了大家，说这不能怪谁，小刘老师一片好心，想让大家和外面世界有点联系。但谁想得到呢，会是这种样子。他劝大家不要责怪，慢慢适应，来的都是客。只是他对来的一些人提的一些要求很反感，譬如让他们重新再演练一次出殡，给的钱也多。乌蛇爷爷觉得这就太过分了，他搞出殡，是在坑外得不到来坑里过把瘾的，人咋能左死一回，右死一回呢？……他们甚至在天坑人视为神圣的墓地里窜来窜去，照相，甚至要看墓坑里是否真的是空穴，以此来说明天坑风俗的奇特……

  刘家伦也陷入了沉思，他不知道这样做是对还是错。天坑是为外界知晓了，天坑里的生活也改变了，但接下来有许多没想清想透的事。前两天，天坑的人和外面的人发生了冲突。这是多少年天坑没发生过的，外面的人知道天坑的事儿，竟然有人顺着绳梯下来，在天坑里摆起了摊。他们知道外面来的人不会吃天坑里的东西，他们就在洞穴的另外一面卖起凉粉、冷米线、冷面，生意出奇地好。天坑的人愤怒了，这么多年，他们被撵到这与世隔绝的地方，过的啥日子，他们出不去，可怜的娃娃除了乌蛇出去过，还没谁出去过，现在竟然来坑底摆摊赚钱，这是羞辱他们。乌蛇爷爷去交涉，他们还恶语伤人，好在天坑人多，愤怒的天坑人将他们的摊子掀了，走的时候，他们还扬言要报复。

九

天坑热闹了，热闹的消息不断传来。小学老师刘家伦的父母回去了，他打算要走的，但天坑面临的一摊子事，让他不好走。天坑人希望他帮着理清楚。有人下来，尾随一帮人，很气派的。来的人说他打算开发天坑，已经和镇上谈妥，由他出资在天坑外新修个村子，屋里屋外一切东西由他购置，大家搬去就住新房了。这个新村设计合理，条件良好，路是水泥路，还有个小广场，供他们休闲娱乐，还有小花园，花团锦簇，四季常开，有自来水，一拧就开，有煤气灶，一点就燃，有电视机，打开就看，娃娃还可以就近入学。他们打开图纸，天坑人看不懂图纸，但他们带有效果图，看着真羡慕。天坑人只看不说话，脸上一丝羡慕瞬间即逝。小孩子们倒蹦蹦跳跳，很新奇，但他们是没有话语权的。乌蛇内心是想搬的，但他不知道爷爷的意见，不好表态。再则，对搬出去他又心存疑窦，外面太复杂了，能适应吗？爷爷沉默良久，声音沉沉地说不搬，就是金山银山，就是金銮宝殿也不搬。他一出声，天坑的人就一致反对了。

老汉是态度最坚定的。红杏他妈、锁云她爹气不打一处来，不搬、不搬，外面的日子我们过够了，才在天坑过几年舒心日子，又来折腾我们，不搬，坚决不搬，死也不搬。

小学老师刘家伦消失了，从天坑、从小镇、从山区消失了，正是悄悄地从天而降，又悄悄地从此消失。此时此刻，他正坐在北去的火车上，内心异常复杂，也很伤感，很惆怅。因为他的率先发现、率先报道，天坑现在很火了。天坑的险峻、雄奇，天坑的神秘，天坑的景观、人物、民俗、风情，太具有诱惑力了。现代通讯使地球变成村，而居然还有一个完完全全与外部世界隔绝的地方。有着巨大好奇心和探险精神的人，从四面八方纷至沓来。各级媒体、各种宣传方式，使天坑成了一段时间里人们必提的话题。县上坐不住了，镇上坐不住了，有这么好的旅游资源而不用，真是抱着金碗讨口，放着金娃娃睡觉。县里立即成立了由一个副县长担任组长，镇里的书记、镇长任副组长的重点旅游开发项目领导组。这个组成立伊始，卓有成效地开展了一系列工作，一个有实力的开发商为县里解决了经费来源，规划设计一系列工作很快完成，而最棘手的就是搬迁了。天坑虽好，但它是麻风村，广大游客是不愿进去的。他们打算在天坑岩穴里建新村，让其他人搬来，将这个地方的民俗、风情、歌舞、节日等带来。他们打算既设绳梯供喜欢冒险刺激的人上下，又设缆车，从天坑上呼啸而下，同时开辟一条汽车可蜿蜒而下的路。万事齐备，就是搬迁的事进展不顺。

当他们得知刘家伦在天坑的经历以及他在那里很有威信时，决定任命他为开发项目组领导成员之一。他们答应他天坑旅游区建成后，破格录用他，不再去教书，但他要负责把天坑的人动员迁出来。

经过一天一夜的反复思考，小学老师刘家伦还是决定放弃这个绝好的机会。他怀着复杂的心情，坐上火车，一路向北，向北，飞驰而去。

毁 容

一

　　花儿是看不到的了,不仅花儿看不见,其余的都看不见。这样暗的夜,山冈、丘壑、沟沟坎坎、荆棘路径啥都看不见。生产队开会,这样的夜,每个人都会手持一个火把,把黑夜燃烧出一条蛇状的图案,火把逶迤前行。而她不要说火把,连根火柴都不敢用,她只能逃犯一般仓皇而行。尽管路径是熟的,但浓稠的夜使她偏离了那些熟悉的路,以为是平坦的,却是一条沟坎;以为是空阔的,确是一片荆棘。跌了几次,手和膝盖嵌进了沙子,破了,渗出血,钻心地疼。衣裤也被荆棘钩破,在夜里自己都看不清自己,也就没有羞耻心了。几次想回去,她太喜欢那些花了,现在正是花儿含苞待放的季节,似葳葳蕤蕤婀娜的少女。

　　这年头能有啥花呢?人们饭都吃不饱,每天扛着锄头上山下地,累且不说,主要是饥饿。人一饿,什么都想吃,什么都敢吃,饥饿折磨着每个人,每天寻觅着只要能吃的东西。谁在地里刨到一个鸡蛋大的绿洋芋,立即有几个人扑上去,谁抢到,连泥吞进嘴里,咔嚓、咔嚓,连泥一起吞下,快活无比。有人逮到青蛇,提着尾巴将它在石头上摔死,张大口一截一截地吃下去了,看得人胆战心惊。谁还有心肠在乎花花草草呢？更何况，那是资本主义的情调，是要批判的。

大地一片苍黄，不要说成片的绿，连仅有的树叶也被捋光，像光秃秃的秃尾巴鸡。一些树还有叶，那是不能吃的，但也蔫头耷脑，半死不活的。太阳很辣，焦黄色的大地使人心烦意乱，哪怕看到一丛青草、几棵小花，也会生些凉意的。但哪里有呢？人就在燥热焦躁中慌乱了。

嫣然却发现了那丛花，现在谁也不知道她还有这么个名字。在生产队的花名册上，她的名字是王翠英，其实连这个名字人们都记不得了。嫣然是在乱葬岗上发现这株花的。这个乱葬岗很大，年代是久远得很了，密密麻麻、重重叠叠的不知有多少座坟。乱葬岗很瘆人，墓碑是没有的，不少坟塌陷了，露出棺材板或者白骨，一不小心，就会踢到枯骨或者头盖骨。乱葬岗深处有几座高大的坟，那坟叫王家大坟。王家是百里之内出名的大地主，修那坟历时几年，据说辣子面就吃了几斗，想想就知道那坟有多么豪华了。现在，坟高大是高大，但只见到颓败，只见到高耸的土堆堆，哪里还有豪华精美可言。墓碑、墓石、石兽、石柱都撬了拿去修水库了。

嫣然是去解手时发现那丛花的。生产队的社员解手没多大讲究，随便找个背人点的地方就解决了。嫣然办不到，她觉得到处都是眼睛，无论如何也解不出。事实上，谁也不会看她的，就是村里的光棍二癞子，也不会看的。嫣然走进乱葬岗，避开白森森的股骨头、白森森的头盖骨，匆匆走进乱葬岗深处，走向那几堆高大的坟堆。她苦涩的眼睛蓦然一亮，在坟堆与坟堆之间，竟然有一株含苞待放的蔷薇花，这里叫七姊妹花。这种花的花蕾密集，像七姊妹般依偎，像七姊妹般开放，花是紫红色、鹅黄色的，极鲜丽，极热烈，勾魄摄魂的，花还没开，密密的花蕾和藏蕊的叶了，蕴藏着即将的绚丽。嫣然惊呆了，久久地望着有些茫然，有多少日子没见过这种颜色这种花了呢？她是记不清了，眼里有的，只是苍茫的空阔，焦辣的褐黄。她跪在地下，伸出微微颤抖的手，轻轻地像抚摸婴儿的毛茸茸的脸一样摸摸花蕾，抚摸叶子。花和叶子颤动，她的心也颤动了，完全干涸的眼里，有了蒙蒙的雾水。

她深情地凝视，细致地抚摸，眼里涌现出久已消失的景象。深深的庭院，虬枝斜逸的古树，假山、石栏、水池、花圃、曲径，雾气弥漫开来，眼前的景似有若无，一个白衣少女袅袅婷婷走来……疤鼻子，你死到哪里去了，一泡尿撒半天，懒人懒马屎尿多。远处传来合作社刘社长的叫声，声音遥远但很有穿透力，一下子，嫣然这个有着美好名字的人立即跌落到现实中。

二

嫣然是一夜之间变成疤鼻子的。现在，谁也不知道她曾经还有过这么个美丽的名字，就是后来她落户在这个生产队改成王翠英人们也记不得了，只一味地叫疤鼻子。从老头到小娃娃都这样叫，这个名字像叫一只狗、一只猫一样随意。

嫣然剖鼻子的时候，她已经从县城流落到小镇了。那年她刚从成都的一个名牌大学毕业归来，原本打算休息一段时间再出去工作的。县城里的"娴德女子中学"是她爹办的。她爹是这个边地重镇的商会会长，城里一半多商铺和货栈是他开的。随着远山隆隆的炮声渐渐逼近，济远的城门被打开了，她的父亲被关起来了，家里的财产全部被封存、没收，她的父亲被关押、批斗，等待处理。这个她是能理解也能接受的，她知道父亲的财产，大多来源于对盐的垄断。他还有个身份，是国民党的县党部书记。那时候，在边地，盐是十分重要的物资，关山险阻、土匪猖獗，在盐紧缺的时候，一块鸡蛋大的盐就可以买一头牛。许多人家，把石头似的青盐用线拴起，吃的时候放在清水里涮一涮，涮几下都是控制的。谁控制了盐，谁就可能成巨富。她在成都读书时，接触了一些有思想的同学，也读了一些进步书籍，对于家里的财产被没收，虽然有些失落，但还是能接受的。她想到她父亲创办的女子中学去教书，却被拒绝了。有关方面说这个学校马上就要接收，不是你家办的了，你等着安排吧。还没安排，她的父亲，那个商会会长已经被批斗死了，她的母亲也被关押起来，让她交代隐藏的财产。

她被下放到这个小镇来当农民了。这个小镇离城三十多华里，有青山环绕，有绿水萦回，盛产大米，又是南方丝路上一条支线的中转线。乡场上的人也是农民，合作化了，成为社员。乡场上的人淳厚，也打土豪，也分田地，也举着红旗开展轰轰烈烈的合作化运动，但对她总还是存有一些同情心的，一个金枝玉叶花朵样的姑娘，还是个大学生，人又美貌。那美，是叫人不敢多看的，看了总有各种各样的想法，看了是会睡不着觉的。乡上合作社的社长也没太多为难她，给她分了间小小的房子。那房子就在乡政府围墙旁，既清净也安全。

嫣然脱下了学生服，脱下了旗袍，脱下了所有的质地良好、式样新颖的衣服，换上了农村姑娘穿的扇子摆姊妹装，土布青色裤子，千层底布鞋，把头发梳成辫子，扎上花布条，和乡场上的姑娘完全一样了。妆是不化的了，丢掉所有化妆品，擦点供销社买的雪花膏，拿随身带的圆镜一看，依然美得出奇，依然俏得出奇。那种美，是刻骨铭心的美，看一眼就难以忘怀的。嫣然个子高挑，发育得正好。她虽然出身富贵人家，但读的是新式大学，各科成绩好，体育也没落下，酷爱网球，身材虽高挑而不单薄，凹凸有致。嫣然是鹅蛋脸，额头光洁，桃叶眼，柳叶眉，美目倩兮，顾盼生辉。其他都不说了，她的鼻子，修长、圆润、饱满、光洁、高挺，仿佛一片坦荡的平原，生出一座秀美高峰的山脊。令人难以忘怀的是月明稀星的暗夜，她那圆润修长高挺的鼻梁，也总是如澄澄明月，最先跳入你的眼帘。

那时的乡政府，每天人来人往，热闹非凡。乡政府过去是一个国民党师长的私宅，不仅阔大，而且紧致优雅，有前厅、过厅、花园、阁楼。乡场上的人大多数是没进去过的，只有城里的富绅、地方官员才进去过。嫣然倒是进去过的，那时她还小，随着父亲乘轿子来的，来乡下踏青、看花，来师长家赴宴，留下很深的印象。

现在的乡政府是人民的乡政府了，没有门岗，厚重的大门随时敞开，背着背篓、牵着马的乡民可以随便出入，每天熙熙攘攘，热闹非凡。乡政府庭院有块很大的空地，有坚挺的杨树，赶场的农民把马牵进来拴住，赶完场又来牵马，挺方便挺安全的。尽管这样，嫣然还是没有进去过。由于父亲的问题，她被下放监督劳动，这样的身份，是不能随意走动的。

政权更迭，使人们充满朝气和活力，乡政府随时都有各种喜事传出。一会儿锣鼓响起，鞭炮轰鸣，一个生产合作社又成立了，人们放着鞭炮扭着秧歌来报喜。一会儿新兵入伍了，人们簇拥着披红花戴彩带的小青年，敲锣打鼓不说，还要让他们骑上高头大马，在乡场上走几圈。送的人个个兴高采烈，仿佛自己就要上前线。嫣然心里五味杂陈，毕竟是年轻人，在学校又看了那么多进步书籍，她多渴望能融入这个新鲜的热气腾腾的洪流中去。她最羡慕的是乡政府的工作人员。那时候乡政府工作人员，有的是部队剿匪时留下的转业军人，有的是参加土改的积极分子，有学生也有城市贫民，乡村的贫雇农。尤其那些青年学生出身的工作队员，穿着列宁装，扎着小辫子，背着军用挎包、军用水壶，英姿勃勃羡慕死个人。嫣然想以自己的个子、身材、相貌穿上会是啥样？那还不成为乡政府工作人员里的灼灼耀眼的一朵榴花。

日子是孤寂而又艰辛的，嫣然努力地适应看似突然而又是必然的命运安排。她努力地把自己变成一个合格的农民，每天随着大家一起劳作。乡场后面就是山丘、农田。太阳毒辣，她尽管心疼自己白皙的皮肤依然让脸、胳膊和能裸露的地方去暴晒。娇嫩的皮肤被晒破了，疼得钻心脱了几次皮，她的皮肤变成古铜色了，健康饱满，一点也没妨碍她的美她内心的失落和孤寂是无法抹去的。她的小小的房子,被她收拾得简洁干净。她本来是可以在劳作之余点着煤油灯看看书的,但强大的孤寂和失落使她窒息而没了心思。每天乡政府门口发生的新鲜事,让她心绪不宁。一个读过大学的女子就这样在这乡场上,在这坚固的石屋内度过每一天。喧嚣的锣鼓和起起伏伏的歌声、口号声搅得她心绪不宁。过去,她是讨厌这个喧嚣的。而现在,她却渴望着能够加入进去,哪怕在脸蛋上抹两块高原红,穿大红的姊妹装,在头上裹块白毛巾去扭秧歌,或者混杂在老头、婆娘、小娃的中间摇着纸做的小红旗,喊着口号也是愉快的。但连这些她都没有资格,她有这样一个家庭,这样一个父亲。

那天,乡政府宽阔的大门外又响起了口号声。那时候人们特别爱喊口号,有人带头,他喊一句,大家跟着喊一句,气氛热烈,声势浩大。这次她听到的是:征集粮食,支援前线;清匪反霸,拥护共产党,拥护解放军。实在忍不住,她走出石砌的小屋,走到乡政府大门外的敞地里,混杂在披着黄扑扑披毯,裹着大包头的老乡当中,正在翘首观看,一行人从乡政府大门里走了出来。为首的那人三十多岁,高大粗壮,脸阔、目炬,一脸络腮胡子,挺有气势,后面一帮人簇拥着。那人看到了她,在她面前停住了脚步,问叫啥名字?咋不去参加大会?嫣然一脸窘困,一脸赧颜,低着头不讲话。那人说问你呢?咋不说话?嫣然更窘迫,嘴巴嗫嚅着,说不出话。有人说县长,我知道她,她是县商会楚茂源的女儿,在这里监督改造呢。络腮胡县长说哦,我晓得了,我知道你父亲,还知道你是个大学生呢,原来到这里了。也好、也好,好好劳动、好好改造,不要抵触,争取宽大处理,说着迈开大步走了。走了一段路,络腮胡县长突然站住,对跟着他的秘书说小胡,去把她叫来。众人面面相觑,他说现在正是用人之际,我们太缺乏文化人了,不要说大学生,连小学生都稀罕得很哩。

嫣然忐忑不安地跟着小胡,她不知道这个络腮胡县长咋要叫她,不知道要咋处置。县长说楚嫣然，想不想出去工作？嫣然头轰的一声，以为听错了，半天没吱声。随行的人说问你呢，快回答。嫣然从懵怔中醒来，脸色涨红，心跳加快，想、想，做梦都想。县长说现在解放大军正在向南推进，前方粮食紧缺，我们专区又闹灾荒，连驻军和政府的粮食都保证不了。现在县里决定成立征粮工作团，由我任团长，你愿意参加征粮工作团吗？嫣然想都没想就鸡啄米似的点头，愿意、愿意，一百个愿意哩。嫣然的头脑里，出现一个身材高挑、面色红润、鼻梁高挺的女青年，穿着灰色咔叽布的列宁装，扎着小辫，身上斜挎着军用挎包、军用水壶，脚上穿着草绿色解放鞋，亭亭玉立的女青年形象。她因兴奋而心跳剧烈，胸口起伏，脸色潮红，益发美丽。络腮胡县长瞥了一眼，忙把眼挪开了。

就这样，嫣然如愿以偿，成了征粮工作团的一名队员，她被分到一个山区乡。那个乡山高水险，与世隔绝，匪患猖獗，但那里有个小坝子，盛产大米，是征粮的好地方。

突如其来的喜事，让嫣然那晚怎么也睡不着。下乡以来，尽管满腹心事，忧虑伤感，但她总是一沾枕头就睡着。不是她无心无肺，而是她抢着做最苦最累的活，就连抬石头这样的活，她也抢着做，所以一上床，马上沉沉睡去。今天发生的事，让她兴奋得咋也睡不着。她做梦也不敢想的事，竟然在那个太阳当顶，尘土飞扬，人声鼎沸的乡政府坝坝头实现了，从天而降的喜事让她一时回不过神，以至于在睡意蒙眬中她甚至怀疑它的真实，会不会是想得太多出现的幻觉？但那又是实实在在的事，她还清清楚楚记得乡长说还不快快谢谢县长，没有县长，你恐怕就一辈子在这里了，看你咋感谢。她还记得她不停地对县长鞠躬，不断地说谢谢。他说不存在感谢，我是按政策办哩，关键在你自己。

在兴奋之余，她又有些忧虑起来，来得太突然的幸福总让人心里不踏实。她怕县长，征粮工作团的团长一时心血来潮，点名让她参加征粮。她知道参加征粮的都是出身好、表现好、有培养前途的积极分子，优秀的回来就成为干部了。而她一个本县的党部书记、商会会长，官僚加资本家的女儿，岂能让你进入革命队伍，能在大风暴中被忘却，安稳改造当个靠劳动吃饭的人就算不错了。况且，她的父亲在县里无人不知、无人不晓，如果有人反对，这个络腮胡县长能坚持吗？谁愿意为毫不相干的人担干系。

嫣然又陷入深深的忧虑中。白杨树上老鸹叫得凄清、寒澈。她跌入了深深的忧虑中……

果然，一连几天都没有任何消息，乡政府门前出人想象地冷清下来，所有的人都忙于抗旱救灾去了。和所有人一样，嫣然早出晚归，挑着硕大的木桶，到很远的地方挑水抗旱。太阳灼灼，大地枯焦，比大地更枯焦的是绝望，嫣然的忧伤、焦虑和绝望难以形容。正当她已经绝望时，乡政府的通讯员找到她，让她收拾收拾，马上去县城报到。

嫣然拿着那张纸条流泪了，她知道她的事肯定是一波三折的，决定的人肯定是要担责任的。这些天，她由狂喜到怀疑、到忧虑、到绝望，已经完全接受了这个事实，仿佛临近深渊，别无选择准备跳下时，又有人把她活活拽了上来。她太感谢这个络腮胡县长了，他给予她的，不啻第二次生命，甚至比父母给她的生命重要。如果毫无希望地生活在沉重、艰辛、苦难、没有盼头的屈辱的日子里，真是生不如死。

第二批征粮工作队住在县委招待所，他们要接受短暂的培训。这个地点，嫣然太熟悉了，其实就是她的家，只是大门改造过了，把那种有着砖雕的、卷花琉璃楼顶的大门，改造成可以开进小车的有五角星的门楼。鬼使神差，她住的房间恰好是当年的闺房。嫣然百感交集，没想到还能住进自己的闺房。如果没有这个县长，这辈子她恐怕连门都看不到了。她心里涌起一层忧伤和欢喜，一种复杂的感情占据着她的心。这种朦胧的感情撕裂着她，让她心神不宁，剪不断，理不清。她想现在重要的是，好好工作，奋不顾身地、忘我地工作，脱胎换骨，争取在征粮结束后，留下来参加工作。

这期间，络腮胡县长来给他们讲过一次课，他讲的是当前的形势和任务，也讲到群众工作经验和各种纪律。那天他穿着一套洗得发白的便装，平头短楂，有着络腮胡的脸刮得铁青，像刚刚收割后的一片庄稼地，人显得干练、精神，个子不算伟岸，却也英姿勃勃。嫣然不敢认真看，心里忽忽悠悠，眼里是崇敬、惊恐、喜悦和羞涩。恍惚中听见县长点她的名字，让她回答一个问题，她满脸通红，惊惊慌慌地回答了。县长肯定了她的回答，说你是所有队员中文化最高的，要发挥优势，好好工作啊。

走的时候，县长把她叫住，问她适不适应新的生活？她慌慌张张地点头，心里扑腾扑腾地跳。县长意味深长地说，要珍惜这次来之不易的机遇，好好工作、好好学习，我会来看你的。说着握了握她的手，她的脸腾地一下通红了，不敢抬头看县长，忙说我一定好好工作……县长说不要辜负了我的期望啊，又紧紧地握了一下她的手。

那天晚上，她严重失眠了，睡在她曾经的闺房里，辗转难眠。她不敢过分地翻身，更不敢起床在房间里走动，还有一名工作队员和她同住呢。她思绪飘得很远，心情复杂，忧伤、欢喜、惊恐交织在一起。她是大学生，也谈过恋爱，并且还深深爱着一个人。她知道，县长是喜欢上自己了，对于他，她知道得并不多，她已被下放到乡下，过着与世隔绝的生活了，她只知道他的现在。其实，只知道她看到的表层，其余的一概不知。她可以推断他在三十岁左右，那个年代，这个岁数并不年轻了。能当上县长，肯定有着丰富的革命经历，是不是南下干部，她也判断不清，有没有婚史，她更无从知道。况且，人家保护你、拯救你，对，应该是拯救，否则她只有永远陷在泥潭里了，并不等于爱你。一个共产党的领导干部，而且是相当级别的领导，会爱上一个本县最大的官僚、资本家的女儿吗？她多多少少也知道共产党的政策，真爱上她，会影响他的政治前途哩。

嫣然的心又悲伤、又温暖、又惧怕、又忧虑。她还有一段剪不断、理还乱的恋情，她还有真正的白马王子似的恋人。尽管已经很长时间没有任何信息了，但那个人是她真正地倾心相爱的人。他不是本县人，是成都一家富商的子弟，他的父亲经营着一家纱厂和粮行，但他没有纨绔子弟的习气。她和他的相遇是偶然的。那次她被混进校园的几个小流氓挟持到学校小树林里，她大声地呼喊，他冲进小树林，与四个小流氓混战。尽管是校篮球队的队员，体格健壮，还是寡不敌众，关键是他们有刀，他被捅翻了，血流满地，呼吸微弱……

当然是相识、相爱，大学几年，他没带她到他家里去过，一直住集体宿舍。他说他讨厌家里的奢华和父亲的几个姨太太，她们无休无止地明争暗斗。他也不想继承父亲的家产，去做厂长或经理之类。他想做个普普通通的中学教师，做他想做的事。

是在校园里的小树林分手的。她毕业了，要回千里之外的老家，那里关山险阻、匪患猖獗。他们相拥、相吻，像任何年轻人一样。他情绪高涨，难以压制，把她压在身下。事实上，她也激情汹涌，浑身战栗，渴望某种激情的表达。但她是个知晓诗书礼仪，家教极严的人。她猛地把他掀开，说我是你的人，我要把最美好的留到新婚之夜奉献给你。你不能强制我，我说过，我忠贞你，永远……

随着隆隆的炮声推进大西南，他们再也没联系上。只是听说，他好像也投入新生活，参加土改工作团了。

就要出发了，县长，也就是征粮工作团团长率领一群人来看他们。这是没有先例的，那年头，说走就走，那些看望、叮嘱什么的是没有的。县长在嫣然房间里待的时间多了些，照例抻说了许多话，眼光在她身上溜了溜挪开了，说记得好好工作……他本来想说好好改造，又咽回去了。他说你穿上这套列宁装真是太好看了，站起来走几步我看看。嫣然的心依然不听招呼地狂跳，脸依然绯红。县长说还不好意思呢，大方点，走几步。嫣然走了一圈，县长说真好、真好，像革命队伍的人了，只是走路要直、要快，不要扭。他还看到了墙角矮柜上有一瓶花，这花是嫣然在招待所的一个墙角发现的。虽然住的时间不长，但她还是觉得她曾经的闺房太凌乱、太简陋，只有两张木桌两个凳子，忍不住，她偷偷地剪回来，用个捡来的酒瓶插上。县长说以后不要搞这些花花草草的东西，记住，这不好……络腮胡县长今天依然把脸刮得铁皮般光洁，洗白的衣服越发洁净，人很精神。他瞄到了嫣然的挎包，说我可以看看吗？嫣然红着脸，说可以的。她心里有些异样的感觉，女孩子的东西，一般人是不好看的。他看到了里面的小圆镜，一小盒"百雀羚"雪花膏、香皂、牙膏、牙刷等。他还看到里面有管口红。嫣然的心吊得老高，很后悔把这些东西，尤其是那管口红放进去。革命岁月，参加革命工作了，还有这东西，不是要给领导留下那么不好的印象嘛。县长把小圆镜拿出来，说照照镜子，正正衣冠还是应该的嘛，但是要分地点、分场合哟。嫣然脸更红，心跳得更急，羞愧万分，窘迫万分。她怕县长把那管口红拿出来，那她就恨地无缝了。县长瞟了瞟，把挎包盖盖上了，说不该翻女同志的包包呀，不好意思，不好意思同志。嫣然清清楚楚、明明白白地到了县长的话。她头嗡地一响，震惊之余，感动、感慨、欣慰如海潮骤涨，铺天盖地而来。她有些眩晕，这是这两年她听到的最美好的称呼，是从深渊里传来的身份认定，是浴火重生的标志。她眼睛湿润，声音哽咽，在接过县长递过来的笔记本时，终于忍不住，泪水潸然而下……

三

嫣然选择住的一家，是村里最穷困的一家。这个乡虽然已建立了新政权，但地理位置太偏僻，太险恶了。从县城出发，要过一条大江，要过若干的湍急的小河、小溪，要翻好多好多大山，擦耳岩，跌牛坡，滚刀坎，鬼见愁，光听这些名称，就知道有多险恶。嫣然她们是走了两天才抵达米粮坝的，路上有狼、豹出没，有蟒蛇穿行，还有土匪的冷枪，好在他们有民兵护送，还有武装部的一个干事领队。再险恶的高山也有平坝，米粮坝就是万山壅闭中的小坝子。

这户人家只有俩孤老，房子快要垮塌了，房前屋后污水横流，粪草覆盖，屋里漆黑，一无所有但又被各种杂物充塞。嫣然放下行李就开干，把每个屋拾掇干净，又帮他们喂了猪食，帮着做饭。两个老人高兴地抹着红红的被烟火熏坏的眼，连连称赞她，感谢她。

征粮工作出人意料地艰难，这里建立政权晚，工作薄弱，政府影响力小。为了巩固政权，发动群众，推进征粮工作，政府在征粮工作队进驻之前，还专门组织了一次剿匪活动。这里的土匪太猖獗，剿匪异常艰难，土匪凭借天险有恃无恐，大军来时退入山中，走了又来骚扰百姓。山里百姓苦不堪言，深受其害而不敢声张。这里有好几股土匪，其中最强悍的是盘踞狮子山的牛剽子。大军几次剿匪，虽击毙不少土匪，但难动其根本。他率众潜入终年云雾缭绕、壁立千仞的狮子岩半崖中的山洞，难以攻克。

嫣然他们不仅是征粮队，还是工作队，要发动群众，要启发他们的觉悟，要和他们建立感情。恰好是收获季节，坝里的粮食成熟了，他们要帮着老乡抢收。那些年，山里的青壮年少，被抓壮丁了，被胁迫当土匪了，外出逃生了，农活大多落在年老体弱的老人和妇女身上。嫣然忙着帮她住的那家抢收抢种。那些天，气候变幻莫测，一会儿艳阳高照，把人晒得脱皮，一会儿大雨滂沱，挑着淋透的庄稼，像挑着沉甸甸的小山。

那些日子，嫣然疯了般投入到抢收抢种之中，她被晒得黢黑，披头散发，蓬头垢面。她虽从千金小姐下放监督改造，但劳动量是没有这样大的。她不能让一粒粮食掉在地里，更不能让大雨沤坏庄稼，每天回来天已漆黑。两个老人心疼得掉泪，将舍不得吃的鸡蛋煮给她吃，将过年才吃的大米煮给她吃。他们有些地是在坝子边缘的山坡上的,收割的庄稼只能背不能挑,路其实是没有的,只有摸索着从缓一些的地方一步一步走下来。在这样的路上她跌倒过好几次,手被尖利的石头子刺破,脚扭伤,肿了老高。老人用"雪上一支蒿"的药酒给她擦,疼得她龇牙咧嘴。晚上还要到乡上开会,她拄着棍子一步一步挪去。队长见这样子,心疼地说来不了就不要来了,让我看看成啥样了?队长摸着她肿得老高的脚背,说怪我太忙,没照顾好你。你可要好好照顾好自己,不要出啥事啊。走的时候,县长叮嘱过让他照顾好她。队长是明白人,忙点头答应。

队长来看她,送了从老乡家买来的十个鸡蛋,叫她卧床休息。那几天,她心急如焚,拄着棍子想出去,但疼得钻心。终于好了一点,她身上奇痒,她闻到了身上的汗臭味和其他味。这可是从来没有过的,就是在下放劳动改造时,她也每天都要煨水洗的。可自下乡来,忙得打脑壳,累得散了架,倒床就睡,接着崴了脚,更不能洗。她太想好好洗个澡了,可不忍心让年老体弱的老人去提水,从家里到小河边水井,一两里远的路。

太阳正好,艳艳的太阳,把山川、河谷晒得热气蒸腾,一片金黄。她带着还在新崭崭的列宁装和挎包里的女儿家用的东西。下乡来,她是舍不得穿这套列宁装的,换了乡下穿的姊妹装,拄着棍,觅到一处绝好的沙滩。那里,有合抱粗的一片老柳,有开着一丛丛泛着清香的野蔷薇,河水清澈,沙滩洁净,小鸟啁啾,小鱼游弋。

在清水河里洗澡,嫣然看见清得可以喝的水,经过她的身体时竟然变得浑浊。她一头浓密漆黑的秀发,竟然粘在一起,费了老大劲才打开。手指划过身上的皮肤,竟然如砂石般粗粝。嫣然有些悲伤,往事不堪回首。她何尝过过这种日子,一个如花似玉的千金小姐,瞬间变得比下人、老妈子还粗糙了。刚这样一想,她立即警觉起来,咋能有这种想法?真是太不该了,自己现在已经参加征粮工作团了,县长已经喊自己同志了,自己已经与过去的生活彻底决裂了,不能有丝毫的怀念,要真正地重新做人了。

河水清澈滑腻，太阳温暖怡人。她洗啊洗，从头到脚反反复复地洗，把自己洗成一条硕大的美人鱼。她抚摸着自己洁净无瑕的柔美修长的身体，看着坚挺饱满的乳房，不免有些自恋起来，有些伤感起来，她不知道这具美丽丰腴洁净的身子最后会属于谁。在她心中，有两个人影模糊而又清晰。那个救她于校园小树林的人，这个英俊而儒雅、健壮而细腻的人，在她心里占据了很大的位置，而现在他在哪里呢？他和她一样的出身，会不会在大时代的洪流裹挟下消失，抑或脱胎换骨，选择了新的生活，在烈火中浴火而生？而另外一个影子呢，在模糊中变得清晰，时间不算长，距离不算远，因此就触手可及了。这个人粗狂中不乏细腻，威严中不乏温暖，果断杀伐中不乏怜悯温馨。是他拯救了她，只有拯救这个词才准确。确切地说，是他让她看到了曙光，有了第二次生命。

当她穿上那套合身的列宁装，戴上那顶洗好发白的军帽时，她的这种感觉更强烈了，心里涌起一股暖流。她把挎包里的小镜子拿出来，把女孩子的化妆品拿出来，坐在临水的一块洁白的石头上，认真地化起了妆。她不明白今天怎么会化妆，自从下乡监督改造以来，她是不敢化妆的，最多擦点在供销社买的百雀羚。现在，她却心血来潮，给自己打了粉底，用那管口红涂了嘴唇，又在脸颊上抹了淡淡的胭脂。化完妆，她被自己的美惊呆了，她被自己的美陶醉了。鹅蛋形的脸蛋，挽起的乌黑的青丝，修长的眉毛，泛着莹莹波光的柔情脉脉的眼睛，抹了口红的嘴唇，圆润、饱满、丰腴。尤其是那管鼻子，是整个脸庞最为出彩的部分，如果说整个五官已精致、可爱，但组合在一起并不突出。这管修长、坚挺、饱满、圆润、晶莹的鼻子在脸庞中耸立，立即使整张脸变得生动、鲜明，富有特色，宛如云海青天中那轮皎洁的明月。她用镜子照，在水边照，娉娉婷婷，流连忘返，不能自已。这短暂的幸福，是留给自己最美的念想，也是心灵的伤疤上绽出的一朵雪莲花……

099

也是凑巧，县长来他们征粮的乡下，县长配得有马，但山道陡险，只好徒步来了。乡政府给县长安排了最好的一间房，作为征粮工作团的团长，他最需要了解的是征粮工作的进展。他看到粮仓里已经收进来的粮食，对队长说进展不错，还要加快步伐，大军急需粮食，政府急需粮食。队长说前段时间雨下得很多，有的粮食还在烘焙，还在抢收。县长说抢收完了还要抢种，光收不种老百姓吃什么？土匪呢，最近有没有动静？队长说经过那次打击，现在安稳多了。县长说要多观察，大意不得，你这里新同志多，要谨防严守……

嫣然被县长叫去的时候天已经晚了，她穿上已经脱掉了的新的列宁装，虽然才洗过澡，她还是忍不住打扮了一下。她不敢擦口红，那是犯禁忌的，只是多抹了些雪花膏，那味儿抑制不住弥散出来。她心咚咚地跳，脸色潮红，脚步匆匆，尽管肿还没有完全消除……

再穷的地方都有好宅院，乡政府在的地方依然是个大地主兼伪区长的宅子。县长住的房间门前有竹丛，暗夜中起起伏伏，在风中欢快地吟唱。嫣然站在竹丛前平复了一下心情，才敲门进屋。见面、寒暄、谈工作、问情况，渐渐问到个人情感。问到敏感问题，嫣然红头紫脸，胸口起伏，把一切都讲了。她觉得她不仅是对县长，也是对组织，不能有丝毫的隐瞒。县长坦诚，讲他有过一次婚姻，才结婚一个月就参军走了。他的家在北方老解放区，等到全国解放时他回去，才知道妻子已经被残匪杀了，老爹老娘也全死了，他大哭了一场，随部队南下了。他说的时候泪流满面，不知不觉地啥时候抓住了她的手。她也难过得哽咽起来。他哽咽着说她和你差不多大，样子也像得很哩，现在连个坟包包都没有……说着哭出了声。虽然哭出了声，但那声音却是低沉的、压抑的，他是不能也不敢大放悲声的。不知不觉，他们已拥抱在一起。不知不觉，他们亲吻了起来，不知不觉，他抚摸到了她的敏感部位。他呼吸急促、狂躁不已，长期积蓄的激情要爆发了，他把她抱到里间的床上，一边亲吻一边脱衣服。她也一样充满激情,也渴望着暴风骤雨的美好时刻到来。但她毕竟是大户人家的千金,受家庭熏陶,恪守着传统教育的防线。她坚持女孩子一定要到新婚之夜才能把最美好的贞操奉献,这是母亲一再叮嘱的。父亲已死,母亲和家人还在关着,她为他们的命运担忧,也为自己的命运担忧。她是有激情也有理性的人,她拼命挣扎,她的腿抬起来的时候,硌到了他坚挺的东西,他惨叫一声,一下瘫软了……

她伏在他身上哭,很愧疚、很难受,不断地忏悔。她现在真正地爱上了这个男人。他没有责怪她,没有辱骂她,如果他继续的话,他一定能得到想要的。他也没有叫她滚,如果叫她滚,她这一生就全毁了,她就重新跌入深渊了,永生永世不能翻身。他坐起来,拉着她的手,让她别哭,说他是真正爱她的,但一时冲动,真是千不该、万不该。如果她不爱他,他也会一如既往地对她。如果伤害了她,他做检讨,请她原谅。她哭得很伤心也很感动。走过门口的竹丛,她又站了一会儿,让心随着竹丛的起伏而波涛汹涌。

四

征粮工作虽很苦,却也算顺利,在大灾之年把粮食征齐,真不容易。

正当他们等候着县里的运粮队来运粮时,不幸的事发生了,卧牛山最大最强悍的土匪牛剽子下山抢粮了。牛剽子的土匪占据天险,深守不出,难以剿灭。但他的土匪队伍毕竟每天要吃饭,他们虽然囤积了不少粮食和物品,死水毕竟经不住瓢舀,他们已经断炊几天了,再不下山只有饿死在山洞里。

征粮工作队和乡政府研究决定,把乡上部分青壮年和全体征粮队员调来,集体住在粮仓守护粮食,嫣然也得到一支步枪。在集训时她已学会打枪,但拥有一支属于自己的枪,让她感到巨大的喜悦和深深的感动,把枪发给她，对她的信任，自不待言了。

最终，他们还是被击败了。牛剽子的土匪队伍人多势众，个个凶残无比。守护粮食的征粮工作队和乡政府的人，毕竟没有真正打过仗，尽管他们英勇顽强，视死如归，击毙了不少土匪，但最后，他们死的死、伤的伤，活着的也被凶残无比的土匪杀了。他们上山时，只带了手臂受伤的嫣然。

牛剽子被嫣然的美惊呆了。他嗜血成性，凶残无比，从当土匪起，杀了不计其数的人，糟蹋过各种各样的女人。但像嫣然这样的美，他真是第一次见到。在牛剽子心中，只有天仙才能这样美。尽管他在匪巢里已经有了三个压寨夫人，他决定无论如何要把这女子弄到手。

在幽暗曲折、阔大纵深的匪巢里，牛剽子表现出罕见的卑顺和温柔。他脱掉了常年穿在身上的鹿皮服装，洗了澡，胡子刮得干干净净，换上了雪白的府绸衣服，想尽量掩饰身上的匪气和凶残。他让嫣然住最好的房间，巨大的洞穴里竟然有松木的房子，吃最好的饭菜，受最好的服侍。他让匪巢里的医生，也是他掠来的草医，给她最好的治疗。但这些在嫣然心中简直不值一提。嫣然何等人家的出身，嫣然见识过何等有身份、有教养、有地位、有容貌的人。土匪，笑话，就是死三次活三次，进油锅、上刀山、坠深渊她也不会从的，还做压寨夫人，简直是癞蛤蟆想吃天鹅肉，亏想得出……

当然她也知道，匪首牛剽子的想法就这么简单，只要俘掠了你，一切都是他的。一个血腥、暴戾、凶残、歹毒的土匪，信奉的就是暴力。在他眼里，只要他想要的，没有达不到的，一个在他手心里的女人，没说的，啥都是他的。只是这个女人太漂亮太靓丽，仙女一般艳丽，冰雪一般晶莹。尤其是那管鼻子，圆润晶莹，冰雕玉琢，和精致美丽的五官组合在一起，突兀而和谐，赏心悦目。是的，土匪牛剽子虽然不懂美学，更不知道气质是何东西，但他凭直觉，嫣然的美，一下子击倒了他，俘虏了他。反过来，他要从肉体上俘虏她，占有她。

使用完所有手段，嫣然断然不从。匪首牛剽子失去了耐心，行也得行，不行也得行。结婚，举办婚礼，生米煮成熟饭，反正你是逃不出山洞的，还不得乖乖当压寨夫人。

巨大的匪巢里热火朝天，土匪们兴高采烈，像过年般热闹。他们可以连续几天大块吃肉，大碗喝酒了。打扫匪巢，布置新房，山洞外养的猪也杀了几头，山坡上放的羊也要宰的。牛剽子的几个压寨夫人轮流来劝说嫣然，还带来大婚穿的红绸衣服让她试穿。连续几天没吃东西的嫣然突然想吃煮牛肉，而且要大块的没切过的，她说想适应以后的生活。劝说的人喜出望外，忙叫人连盘带佐料，把刚煮熟的热气腾腾的一块牛肉和一把锋利的刀给她送来。嫣然还让她们教她怎样切牛肉，怎样吃牛肉。吃了几片牛肉，突然，她举刀割向自己的鼻子，只听她大叫一声，那管精美的鼻子已应声而落。土匪用的刀太锋利了，嫣然毁容的决心太坚决了，一道红光升起，嫣然倒在血泊中疼得晕死过去。

事情太过突然，整个匪巢乱作一团。事实上，这突然于嫣然并不突然，一切都在她的设计中。

嫣然得知匪首牛剽子已选择好黄道吉日，要和她强行结婚，她心如刀绞，痛不欲生。最后一个夜晚，她在铺着虎皮的床上辗转反侧，痛苦得想一头撞死。死是容易的，但她不能死，她要保留着她的贞操。即使死了，在这个巨大的有几百个如狼似虎的土匪群中，她也逃不掉被奸污的命运。牛剽了为了泄愤，会让充满兽性的欲火燃烧的土匪奸污她的尸体。这就是土匪。她痛心疾首，为了心爱的人，那个拯救了她让她重新获得新生，穿上列宁服，走进革命队伍，真正爱她的络腮胡县长，她发誓为他守住贞操，直到新婚之夜把最美好的贞操奉献给他，让他在女儿红的灿烂开放中收获她最美的爱情。

她终于想到毁容，只有毁容，毁掉最美丽的东西，才能保守住最重要的东西。

当解放军打进悬崖之上的匪巢，将凶残成性、拒不投降的土匪基本歼灭后，解放军战士对匪巢全面大搜捕。匪首牛剽子被机枪打成了烂筛子。洞里到处是土匪的尸体，就是不见嫣然。随同进洞的工作队队长焦虑万分，终于看到一个面目狰狞的人。这人披头散发，衣服烂成条条缕缕，脸就惨不忍睹了，问一个只有一口气的土匪，这是谁？土匪说她是，她是压寨夫人……说完死去了。

五

嫣然又回到命运的起点，甚至比原来下放监督改造还悲惨。那个络腮胡县长，征粮工作团团长已经调到外地去了。县里的相关部门拒不接受她。她本身是没在编制内的，征粮工作队是临时组织。如果县长没调走，如果她没出意外，可能会正式安排工作，但这仅仅是如果。

当她得知县长调走的消息，她是很绝望的了，她的事，早就传得沸沸扬扬。她的家本来在县里就是人人皆知的官绅人家，她的美，在小县城里也人人皆知，各个羡慕，谁知却变成一个只要看到她的真面目，就会吓得惊慌失措、落荒而逃，胆小的，甚至会被吓病的可怖的女人。想想看，一张秀丽的脸上，突兀地出现一个不小的洞，黑乎乎的吓死人，谁不怕？她把自己关在黑洞洞的小房间里，白天黑夜不敢也不愿出门，怕惊吓街上的行人，更怕吓到人家的小娃娃。只要一听到有人喊"疤鼻子"来了，一街的人吓得四处逃窜，比土匪进城更让人恐怖，比鬼怪出现更让人惧怕。嫣然万念俱灰，这样的日子真是生不如死。她也曾好几次起了寻死的念头，但命不该死，用两条丝巾结成绳，才把凳子蹬掉，丝巾却断了，人重重摔在地上，那丝巾是很结实的呀。她听人说他曾回来过一次，是来办理一些遗留问题的。她却怎么也见不到他，她还没到那威严的有士兵站岗的大门,就被撵走了。她想他要是知道她的现状,是不愿见到她的了。也是,任何一个正常的人,再有天大的包容心,再有天大的忍耐力,谁受得了她的这副面容呢?为了守住贞操而毁容,真是愚不可及呀。现在这具冰清玉洁的女儿身,是为谁守的呀?谁也不会要,哪怕再圣洁,再坚贞。

其实,络腮胡县长是知道她的情况的,在他调走之前,曾想去看她。秘书说最好不要去看了,我曾看见过她,真是太恐怖、太可怕了,简直就是魔鬼现身,胆子小的会吓得睡不着觉。县长说我是胆小的人吗?秘书说还不是这个问题,我知道你是喜欢她的,她现在这样的状况,怎样交流?怎样安慰?怎样答复?县长面色戚戚,内心伤感无奈,五味杂陈,十分矛盾,思虑再三,决定不再去。秘书说得对,怎样交流,怎样安慰,怎样答复,确实是个问题。面对曾经美丽无比、精致无比的女人,现在被毁灭得奇丑无比,令人惊悸,那是一种什么样的感受,你能接受得了吗?接受不了不如不见面,以免对她造成更大的伤害。

他拿出了当月发的工资,叫秘书送去,说任务很急,走得匆忙来不及看望,望她保重。他本来想写封信的,又觉得不妥,写了几行又撕了。

走时,他曾嘱托相关领导安置好她的工作和生活。

可这事却遇到麻烦,她所在的征粮工作队队长坚持说不能安排,自己亲耳听一个土匪说她是匪首牛剥子的压寨夫人,既然都压寨了,不是叛变了吗?至于她为啥毁容割鼻子,没谁能证明是啥原因。况且,她的出身是人人知道的。

她的事被搁置起来,百废待兴,百事繁忙,谁会为这事费心呢,况且,谁愿意接受她呢?

她的档案上就几行字:参加征粮工作,被土匪牛剥子部俘虏于匪巢,成了压寨夫人。

从此,小县城多了个幽灵;从此,她成为小县城的梦魇;从此,疤鼻子成了她的外号。

她不愿上街，也不敢上街。她一上街，许多人惊恐万分，尖叫逃窜，小点的娃娃会被吓哭，顽劣的半大娃娃，会在远处用石子打她，有时她被石子击中，打得瘀青，疼痛无比。她去追，这些十多岁的娃娃跑得比兔子快，眨眼就消失在巷道里。有一次她的头被一块石子击中，血流满面，她疼得蹲在地下哭了起来，周围没有一个人，都远远地避着。这时，一个白发苍苍的老人走到她身边，递给她一块白手帕，说孩子，以后你白天不要出来了，你看这血，造孽呀……你要自己保护自己。说完老人蹒跚走去。泪眼蒙眬中，她看清了，那是她家的一个老用人。

但她总不能不出来，她把自己关在小黑屋里，渐渐地觉得自己已成为幽灵。白天，被她过成了黑夜。明亮白炽温暖的阳光，让她惧怕。阳光下熙熙攘攘的人流，在她眼里成了飘浮的鬼魅。她若出现，他们会露出狰狞的面目，用锋利无比长长的鬼爪，把她撕成碎块。绿色的树荫，藏着无数个披头散发的魔鬼，尖叫着，张着血盆的大口。就是鲜花，也是毒蛇幻化而成，扭曲着腰身，奸邪地媚笑……

只有夜晚，成了她的天堂。漆黑的夜空，星星闪烁。远处的山峦，是酣然而睡的美女。她们互相依枕着，沐着天风，承着雨露，乳房高耸，腰肢轻柔，玉体横陈。广袤的田野里，河流像玉带横陈，婀娜地飘曳，村庄温柔如少女。梦中尽是春天，树木不再诡异，慈祥和蔼，像老奶奶样在夜里呓语；花朵不再怪异，吐着芳香，跳着舞蹈，就连土冈上成片成片的坟墓，也是杂乱无章的诗句，冷艳凄美，清丽动人……

嫣然成为夜的女儿、夜的精灵。在岑寂无人空旷无垠的夜晚，她的心得到最大的自由，灵魂得到最大的提升。她可以和天地对话，可以和万物交心，可以迎风长吟，可以在荒丘放声歌唱，可以对着犬吠而狂笑，可以在河边沙滩洗浴，可以坐在石头上毫无顾忌地号啕大哭，尽倾心中郁闷。这个夜的女儿，一出城就不知所归，直到天色将曙才匆匆赶回。

夜晚累极，白天酣睡，这成了她的生活。

很快，县里接到各种报告。有人半夜起床，到外面解手，见到一个黑衣黑裤长发飘飘的女鬼，眼珠血红，脸上一个大洞，森森白牙露在唇外，血红大口，吓得大叫一声，惊慌逃窜中又跌了一大跤。从此那人躺在床上，三魂少了二魄，又请端公又请师娘又送医院，折腾了好久才见好，但目光呆滞，行为怪异。有人听见过幽幽的凄厉的叫声，阴森森的、冰凉凉的，吓得汗毛直竖，背脊发凉，更有小娃娃被吓得惊悸抽风……

那时尚有敌对政权的人在活动，清匪反霸刚搞过，肃反镇反也在进行，县里先从这个思维来分析，来判断。他们派出人去明察暗访，晚上也加强了巡逻。很快，事情就搞清了，这一切，都来源于嫣然，那个被称为"疤鼻子"的女人。调查的人认定，这人得了精神病，否则咋会黑更半夜，鬼都打得死人的夜晚到处乱窜，穿街过巷，涉水爬坡，上树唱歌，下河洗澡，甚至在乱坟岗里和死人款款交谈，枕坟而眠。但那时没有精神病院，只好把她送到她征粮工作队前下放的村子。

六

她又住进了乡政府大门外的这座小屋。小屋是坚固的，只因在这里上吊死过一个白衣女子，据说是乡政府大宅院———过去主人的千金。但凡年纪轻轻，死于非命的女子大多会成厉鬼。但嫣然并不害怕，她甚至很想见见那个薄命的女子，她与她有相同的身世和命运，她多希望能和她交流，听她忧伤而美丽的倾诉，听她唱歌——鬼是会唱歌的，她曾在坟丘里听过鬼唱歌，也唱过歌给鬼听。但她一次也没遇到这个薄命的姊妹，也许是她的样子太狰狞太恐怖了，连鬼都怕她三分。她悲哀凄厉地笑起来，笑得檐上的灰尘唰唰掉下来，笑得梁上那吊死白衣女子的半截绳子，蛇一样扭动，经幡一般飘浮。

所幸的是，她在的这条热闹的街，她来之后引起一阵阵诧异、惊恐、惧怕，但这里的农民是淳朴的也是麻木的，从不适到渐渐相适，由憎恶变成同情。没有人辱骂她，也没有半大娃追着用石头打她。她也曾吓哭过吃奶的小娃娃，但人们告诉她晚上不要出来，以免吓到人。她点着头含泪答应……

在这座吊死过人的小石屋里，她的心渐渐平复了，平复了的心其实是对络腮胡县长的忘却。说是忘却，其实是强制性的忘。自在山区征粮时见过那一面，她再也没听到他的一点消息，只知道他调到另外一个遥远的地方去了。她对他的恨渐渐堆积起来，为了他，为了那个美丽的坚贞纯洁的诺言，她为他守身如玉，为他而毁容。现在这具除了脸之外，仍然是美丽的、窈窕的、干净的、纯洁的女儿身，有啥用呢……在多少个不眠的夜晚，她想他，他到底在干什么呢？他真的一点不知道我的现状？这是一个很大的事件，剿灭土匪牛剽子，毁掉他的匪巢，他不可能不知道。他也不可能不知道匪巢中还有一个毁了容的征粮工作队的女队员，那他为什么走的时候连问都不问一下她的情况？毁容，一切皆源于毁容。他是知道她毁容的事的，他不能接纳一个面目狰狞形象丑陋的女人。

她想必须坚强地活下去，要活着见到络腮胡县长，让他看到自己的"尊容"。让他知道她为啥毁容，让他去背负一辈子的良心债，让他深深地自责和忏悔，在良心的重负下度过一生。

她去参加劳动，尽管大家不歧视她，但总会惊扰到人家的孩子。听说王三姐家吃奶的娃娃被她吓着了，一天哭到晚，还发了高烧，她心里难受得不行。她戴着一块面巾遮住脸庞，买了十个鸡蛋，又用糖票到购销店买了十分金贵的一斤红糖送去。人家再三不要，她塞在她家门里，心里好过一点。

从此以后，她每天戴着一块黑布出门。黑布是土布，厚而不透气。

她现在是连块丝巾、薄绸也没有的了。每天，在尘土飞扬的山坡上，在担水抗旱的队伍里，总见得到一个戴着黑面巾的女人。她把这块布缝上带子系在眼睛以下，人们看到一个奇怪的形象，这张脸上的中间是平的，露出的眼睛却无比漂亮，柳叶眉，丹凤眼。虽然忧郁哀伤，但那种美却是摄人心魄的，以致一个县上下乡来检查工作的年轻小伙，为她乌黑的长发，娜婀的身段，修长的双腿所吸引，盯着她的背影走了好长的路，从乡街上走到田野里。他奇怪这么热的天她为什么要戴块黑布帕，他很想和她搭讪，讲上几句话。嫣然心里五味杂陈。她知道，如果没有毁容，光看背影，她就是个绝世佳人。她为还有这么好的身材而悲哀而愤怒。她在无人处猛地揭开了黑色面巾，一扭头，那人吓得"啊"地大叫一声，仿佛白日遇到鬼，拔腿就跑，跑到热闹的乡街时，才停下大口大口地喘气。

谁也不敢靠近她的小石屋。这座过去家丁看家护院住的房子，因为吊死了一个白衣女子而令人恐惧，现在，又住上了一个面容狰狞恐怖的女子，大家都害怕，谁也不敢靠近一步。尤其夜晚，门口那棵粗大的槐树上，盘旋、栖息着无数的乌鸦。乌鸦的叫声诡异凄厉，让人背脊发凉、头皮发麻。但嫣然却听出与她的心境相吻合的美妙，以致乌鸦不在的日子，她还十分怀念，站在槐树下，默默地念叨，希望它们尽快归来。尽管谁也不敢、不愿靠近小屋，她还是用土坯把窗子封死，只留后面靠近小院的窗子。小院里野草有半人高，还有各种荆棘，里面藏有蛇、黄鼠狼、癞蛤蟆、青蛙、蛐蛐，甚至还有狐狸。胆子再大的野孩子也不敢翻墙进去，尽管那里很神秘诱惑人。

乡下的日子是很苦很累的。尽管很苦很累，她仍然改不了爱卫生的习惯。她那没有人进去的小石屋，是她独自的天堂，她收拾得一尘不染。每天晚上，她都要到后院的井里汲水洗澡。水是冷水，她没有更多的柴火烧水。她在昏暗的煤油灯下把自己脱得赤裸裸的，像条美人鱼似的，用香皂全身涂抹，反反复复洗，洗得干干净净，洁白无比。她抚摸着自己细腻的皮肤，光洁润滑，滑润如脂，绸缎般滑。她知道自己是美丽吸引人的，凹凸有致的身材，坚挺圆润的乳房，纤细的腰肢，圆润微翘的臀，修长的双腿，女人应该有的美在她身上都得到完美体现。她的白肤尽管风吹日晒，但遗传基因太强大，她的川剧名角母亲的好肤色传给她，怎么晒都晒不黑，晒得久了，成了米色，更加健美。很多时候，她自恋地摸着自己的肌肤，尤其摸到坚挺饱满的乳房，也不免心里泛起阵阵涟漪，有了奇异的感觉。但一想到自己的容貌，她立即心灰意冷，骤涨的激情瞬间消失，代之的是心里无比的哀痛和冰凉。

她不免想起自己曾经爱过的两个男人，两个人都是比较优秀突出的。络腮胡县长虽是职务不低的人，但他有人情味，拯救了她。如果她不被土匪掳去当了"压寨夫人"而毁容，她应该是穿上了列宁装分配工作了。那样，她也成了革命队伍中的一员，意气风发地工作了。可是，命运捉弄人，如果不毁容，她被部队解救出来，即便被监督，被劳改，但仍然可以嫁人。现在，她连女人应该拥有的最基本的愿望也落空了……

她坐在木盆中，无比伤感无比绝望地哭起来。她不敢大放悲声，只能压抑地哭。这样的哭，更锥心刺骨，更悲切哀伤，哭声穿过后墙，在小院里萦回。在暗夜里鸣叫的青蛙、蛐蛐也噤声了，和她一起抽泣……

她重新燃起了煤油灯，伤痛之余，她仍要为自己而打扮。她还有一些不敢示人的服装，从质地良好，凸显身材的旗袍，到剪裁得体，青春突现的学生装，到最让人羡慕的女干部穿的列宁服。她每穿一套，就在屋里娉娉婷婷、婀娜多姿地走起来。穿上旗袍，她想象得出在家当千金时的感觉，旗袍把她青春年少、婀娜多姿的少女生涯渲染得淋漓尽致。学生装，白色上衣，宽大衣袖，青色短裙，长丝袜，带襻的平底布鞋，让她回到了青春萌动、英姿勃发的岁月。短暂地穿列宁装的日子，是她充满幻想，激情昂扬的美好日子。每种不同式样的服装，有不同的感受，但总有一样是相同的，那就是青春、美。她在昏暗的灯光下寻找已经消逝的美，缅怀曾经的美，享受想象的美。她在屋里不断地走动，她不敢瞟一眼挂在墙上的小镜子。那面镜子会粉碎所有的梦，会把美好变成一地的玻璃珠子一样的泪滴，会让她肝肠寸断，痛不欲生……

她要去供销社买香皂，买"雪花膏"，买"歪歪油"（一种用蚌壳装的润肤的油），买一些女人用的东西，但她不敢去，也不能去。她曾去过一回，供销社那个女售货员老远就惊叫，出去，出去，你来干啥？这不是你来的地方。她一下站住，脸色煞白，浑身发抖，买东西都像狗一样被人吼，被人撵，她还有一点点做人的尊严吗？另外一个男的售货员有些不忍，说人家来买东西嘛，又没规定哪些人不能买。女的说你倒是会做好人，你卖给她吧，我怕恶心了睡不着。她强忍着泪水，说了要买的东西，女的说你也不屙泡尿照下自己成啥样子了，还要收拾打扮，不要恶心死人。她一下哭了起来，她虽然受过很多污辱、中伤、诽谤、歧视，但像这样当面的污辱、恶毒的伤害还是第一次。她悲痛欲绝、号啕大哭，哭得绝望，哭得凄厉，哭得撕心裂肺，哭得石人落泪。来供销社买东西的人和那个男售货员纷纷指责这个女的，还有不少人安慰她，劝她不要和这种人计较。越劝，她越难过，越劝，她越伤心、绝望。突然，她站起身来，弯下腰，猛地把头撞向玻璃柜台。只听哐的一声巨响，厚厚的玻璃柜台被她撞碎了，她的头和脸也撞破了，血流满面。人们吓得纷纷出逃，只有那个男售货员叫道，还不救人，今天出了人命你脱不掉爪爪。男售货员和那个女的合力把她抬到了卫生所……

虽然有了那次锥心刺骨的难以忘怀的事，但她还是忍不住要买那些东西。这个出生在富家的读过大学的女子，总也忘不了浸入骨髓的对美的追求，尽管面目全非，还是难以舍弃。她洗沐、化妆，穿各种衣服在小屋里来来回回地走动。她恐惧自己的容颜，也憎恨自己的容颜。起初，她努力不去看镜子，甚至想摔了镜子。但她梳头需要镜子，她把镜

111

子反过来挂着，戴上黑色丝巾，欣赏想象中的自己。

她似乎不缺钱，原来她有些箱底，络腮胡县长也曾托人给过她一笔钱，后来她定期地不定期地收到地址不明的汇款。她的亲戚多，故旧多，她不知道是谁汇的。渐渐地，她分析出大部分汇款出自一个人，尽管汇款地址不断变更。

拿着那些钱，她心里有了丝丝暖意，彻底冷却麻木的心有了回暖的感觉，尽管像坚冰一样难以融化，但边缘部分起了变化。她开始厌恶不去取钱，有的汇款过了期甚至被退回去。后来去取了，取来也漫不经心地随意一塞，塞在哪里有些她都记不得了。渐渐地，她数起了票子。渐渐地，她的手指在纸币上轻轻摩挲。渐渐地，她把纸币贴在脸上，似乎感受到了一种温暖、一种气息。有的时候，她突然悲从中来，枕着纸币低低啜泣，继而号啕大哭，哭得撼天动地，悲愤难抑。她把纸币抓在手里，疯狂地撕疯狂地咬，随手扬去，碎片飘在暗夜……

村里的王三姐是她信任的人，这个娃娃吃奶被她吓了的女人，非但没骂她没污辱她，还宽慰她。最初来的时候，也有些十来岁的顽皮少年在她身后喊"疤鼻子，疤鼻子，跌下地，吃鸡屎"之类，也有扔土坷垃的，其中就有王三姐的大娃子。王三姐抓住他一顿狠揍，她骂了其他的半大娃子。王三姐还一家一家地上门，到那些骂过她、扔过土坷垃的娃娃家劝导，和他们的母亲一起感慨她的身世，哀叹她的命运。乡下女人最苦，她们都有女人的忧伤，只是各人的命运和忧伤不同而已，推己及人。由她而想到自己，她们都伤心地流了泪。那些顽劣的娃娃在旁边听了，心里也难受起来……

她请王三姐帮她去供销社买些女人用的东西，包括化妆品。王三姐很纳闷，这个被毁容的女人怎么还用这些东西呢？看着王三姐的眼光，嫣然说姐，这事你知道就行了，别说是我买的，行吗，姐？王三姐望着这个身姿漂亮戴着面巾的女人，心里软了，酸酸的、涩涩的。王三姐说你放心，姐不会和别人讲的。

王三姐去了几次供销社，供销社那个女的渐渐起了怀疑。这个乡街上的农妇王三姐，蓬头垢面，面黑皮糙，啥时用起这些女人的用品和化妆品了。这些东西，只有乡政府的一些女干部和学校的一些女教师，卫生所的女医生才会买，销量很少。她一个脸朝黄土背朝天的糙妇，啥时爱上美了？况且，靠工分吃饭，能填饱肚皮就算不错了，她啥时发了横财来买这些东西呢？这个女售货员自视甚高，自我感觉极好，人又无聊，说话又冲，王三姐来买的时候，她就说了些不三不四的话。王三姐是雇农出身，虽然穷，但底子硬，怕谁，就和她吵上了。吵着吵着就乱骂起来，女售货员虽然泼辣，但毕竟是未嫁的姑娘，渐渐就败了下来，抽抽搭搭哭起来。男售货员出门回来了，说你呀尽找些麻烦，这是你不在理嘛，供销社的门是敞着的，没规定谁能买谁不能买，只要出钱就是。女售货员说我知道是谁托她买的，就是那个疤鼻子丑八怪买的。人家脸丑身不丑，水蛇腰，胸口又高，腿又长。我看见你偷看人家的背影哩。男售货员气得说你放屁，你讲的是人话？女售货员说咋不是人话，你是出身不好耽误了还打光棍，你是看上人家了，蒙着脸还是漂亮得很哩。男售货员气得把算盘啪地拍在柜台上，说你这毒蛇女人，一天就是看不惯所有人，你有本事你去嫁给刘书记。刘书记是乡里的书记，女售货员看上了，可刘书记没看上她。俩人开始乱吵，供销社本来就是热闹之地，一时间拥进许多人，惊动了供销社领导，把人劝散了，对两人进行批评教育，又说这不是第一次了，你们的事开会研究后作决定，和尚打伞无法无天，供销社成啥地方了？

那时处埋这种事雷厉风行，供销社领导研究后决定让女售货员写检查，工资降一级，大会批评。男售货员出身本来就不好，还一而再再而三地扯皮，除了写检查大会批评，工资同样降，还要调到山区购销店去。都是在一个乡，但坝区和山区差别就很大了。供销社是在热闹的乡街子上，交通方便，生活方便，热闹。山区购销店离乡街子几十里，在荒寂陡峭的山区，且一人一店，其艰苦不言而喻。

王三姐仍然去帮嫣然买那些女人用的东西，女售货员不敢再言三语四、夹枪带棒说无聊话了，低眉顺眼把东西递给王三姐。她把怨恨迁怒在嫣然身上。没有这个疤鼻子丑女人，她就不会丢人现眼写检查，大会批评还降工资。她现在要想再追乡里刘书记更不可能了，刘书记听了她的事后只说了两个字："泼妇。"试想，谁会找一个泼妇让自己一辈子不安宁呢？她恨得牙痒痒，想着一定要收拾这个疤鼻子丑女人。

她听说嫣然经常去邮电所去取款取包裹，她奇异地兴奋起来。她想嫣然出身于本县的大资本家大官僚家庭，母亲虽然被关着，家产也没收了，但这样的家就像大船，船烂了也有千斤钉哩，保不准就是她的某个亲戚把藏匿的资财寄来给她，让她继续过剥削阶级的生活。想到此，她兴奋起来，下定决心一定查个水落石出，以解心头之恨。

六

天是太热了，嫣然很想去河里洗一次澡。这些日子，她的心平复了许多，虽然她的日子依然是禁锢的，依然局限在黄尘弥漫的土地上和那间小屋子里，心里却泛起了一些暖意，过往的生活时不时窜出来诱惑她。游泳就是她过去的最爱，在成都读大学时她是学校里的游泳健将，曾为学校赢得好些荣誉。虽然她每天坚持用后院水井里的水洗沐，但毕竟囿于一个木盆，怎能和大自然里的水相比，怎能像鸟儿融入天空，鱼儿跃入大水里的感觉？那是人和自然的融合，是心灵与天地万物的渗透。

赶场天，生产队放了一天假，她悄悄地从小院后面摸了出去，带上了洗浴的东西和泳装。泳装是读大学时买的，是她青春年华的信物，是她自由快乐的见证。自返回小城后，就永远地压在箱底，她是把它作为青春祭奠一般收藏，现在终于派上用场。

乡场背后有一条河，这条河是山区少有的大河，河宽、水清、沙滩洁净，更主要的是有迤逦数十里的合抱粗的大柳树。天气晴朗的日子，河柳连绵，水汽蒸腾，朦朦胧胧，长龙般游弋，谓之烟柳。嫣然不敢在附近游泳，尽管河宽水深人烟寂寂，她要寻找到绝对没有第二个人的地方。往上走了十多里，是坝区和山区的交汇处，空阔寂寥，蝉声清寂，选了一处烟柳浓密得化解不开的地方。她戴上面巾，即使在水里，她也不让波光粼粼的水映出一点她的面目。在大柳树的掩映下，她脱掉了经常穿在身上的黑色扇子摆姊妹装，换上了艳丽的宝蓝色的泳衣。这种泳衣比后来的要长点大一点，属运动型的，但也是很紧很凸显身材的，即使是在当时的大学校园里，也是很开放的，只有在比赛时穿。

她一换上，波光粼粼的水里立即映出一条绝世的美人鱼，修长的曼妙的凹凸有致的身姿，在水波轻轻地漾动下更是美若天仙。她想起了大学时代的美妙生活，想起青春萌动的羞涩激动。她活动了一下四肢，站在弯腰的柳树的干上，飞燕展翅一样跳进河湾深潭里。在水里，她一会儿潜水，一会儿仰泳，一会儿蝶泳。她已经融入清澈见底的河流中，回到了令人难以忘怀的学生时代。她激越地兴奋地游，沉浸在对自己美妙身姿的自我欣赏自我迷恋中。突然间，一个浪头掀开了她时刻戴着的黑色布子，她猛地呛了几口水，回到了残酷的现实。幻想破灭，美被击碎，她心如刀绞，悲痛难抑，她在水中大放悲声。一时间，水声哭声蝉鸣鸟叫声混合在一起，演奏出一曲悲怆的令天地动容绝望的声音。

刚才还艳阳高照、白云轻浮的天突然变了，山区的天气瞬息万变，乌云滚滚，阴风劲吹，雷声大作。上游涨水了，本来宽阔的河床变得更辽阔了，清澈的河水变成滚滚浊流，巨浪连排，树木漂浮。她意识到了危险，奋力向岸上游去。她的游泳水平是一流的，终于在滂沱大雨中游到岸上。她惊魂甫定，庆幸自己终于上了岸，还没等她穿好衣服,她突然看见浊黄的巨浪中有个黑点,黑点发出了微弱的"救命"的呼叫声。她立即意识到有人落水了。她知道山区山洪的厉害,就是一条牛被卷在旋涡巨浪里,也会被急流和水里的乱石剐成骨架。她刚刚爬上来,力气已经消耗得差不多,但她不能不救人,否则一辈子都会良心不安。

她跃入水中,追赶着浪头,奋力地向黑点游去。终于,在下面一段河里她抓住了那个黑点。她已经非常疲倦了,四肢无力,头脑一片空白,只听得到轰隆隆的水声。她已经划不动水,只有凭借技巧在水里漂游。谁知那个黑点却紧紧地抓住她的手臂,让她像失去一支桨一样更加危险。她大喊放手,我会救你的,抓住只能一起死。谁知那黑点抓得更紧,她本能地给他头上一拳,手下得重,他的手松开了,那黑点叫了一声"疤鼻子"。她一听气得炸了肺,认清了黑点正是村里最顽劣的村长家的小子,小名叫黑狗的半大娃儿。正是他带着几个半大小子向她扔过土坷垃,喊她疤鼻子,跌在地,吃鸡屎……让她羞辱难当,躲在小屋里痛哭失声。现在,这个被她救了命的半大小子,竟然又喊她疤鼻子,这简直是拿刀剜她的心,让她鲜血淋漓,疼得震颤。她真想松手,让他随着滔滔浊浪葬身水底。这个念头让她一激灵,吓出了汗。尽管在水里,她的良心告诉她不能,这是一条命,一条活生生的生命。刚才那一声也许是他本能喊出来的,即使是故意的,她也不能松手。她一松手,这个十来岁的娃娃就阴阳两隔了……

这个半大小子是村长的独儿子,村长一家三代单传。农村男尊女卑把男丁看得极为重要。这个叫黑狗的男孩在他家被溺爱到何种程度,就可想而知了。他如果死了,他家的香火也就断了,乡里最恶毒的咒骂是死你家独丁丁。这顽劣的小子带着一帮半大小子去捡菌子,别人不敢下水他偏要下,结果被陡然暴涨的山洪冲走了。

七

在那个月黑风高、阴风阵阵的夜晚,嫣然鬼魅般飘过乡街,飘过村庄、树林、河流,来到了土坡上面的那处荒冢。夜晚的土坡上有一片黑松林,有凄凄荒草,有七高八低的无数荒坟,有暴露于野外的白森森的死人的头盖骨和枯骨,还有点点鬼火和凄厉惨切的老鸹的叫声,阴森恐怖,叫人毛发耸立,但嫣然不怕。她熟悉地找到那几座高大的坟,那丛叫"七姊妹"的花,其实是野蔷薇,在忽隐忽现的月光中开得绚丽,开得香气四溢。嫣然半蹲下来,将花捧到脸上,嗅着,亲吻着,摩挲着,无比的深情,无比的眷恋。花儿也颤抖着、呢喃着接受她的亲吻和爱抚。嫣然的手颤抖起来,心也颤动,眼泪悄无声息地流在她残损的破败的脸上……

她在荒芜的后院里开辟出一小块地。她不愿将那些荆棘、野花、荒草、藤萝除去,那是蛇、黄鼠狼、蚂蚱、蟋蟀、青蛙、金蛉子、菜花蝶的家园。那丛在荒山坟堆里挖来的野蔷薇,在她精心养护下成活了,接着到了开花的季节,野蔷薇开得蓬蓬勃勃,一串串、一丛丛,如火如荼。嫣然欣赏够了,剪回一捧,插在一个破损的瓶里,那花,使冰凉的石屋生出缕缕生气。

尽管如此,嫣然仍然是忧郁的悲伤的,一个有着绝美身材的青春年华的女子,却因毁容变成了一个丑陋的令人厌恶恐惧的人,她实在心有不甘。她做梦时梦见自己长出了鼻了,那鼻子是在那丛野蔷薇下一点一点地长出来的,长得灵巧光润,品堂挺拔。她以为是野蘑菇,谁知竟是一个鼻子,她欣喜若狂,匆匆地也小心翼翼地将它挖出,她把它安在割掉鼻子的地方,立即那鼻子就长上了。她跑到井边,在溶溶的月光下照看。井水里,一张自己熟悉的俏丽无比的面容出现了,她喜极而泣,轻轻地触摸自己的鼻子。谁知一摸,"啪"地掉到井里了,她伤心地大哭起来,及至哭醒,才知道是南柯一梦。

这个梦让她更伤感、更悲哀,再也睡不着,想一阵,伤心一阵,哭一阵。这个梦,让她绝望之中也生出梦幻般的希望。她是读过大学的,知识毕竟丰富一些,在成都读书时,她知道那里有家全国出名的医院,是可以做移植的,但要当时割下当时再缝合,就是将自己的鼻子再移植。即使不能,他们也有不晓得啥材料做的器官,供教学用的,栩栩如生,至少看上去是真的。

梦是会使人如痴如醉、如癫如狂的。自此,嫣然沉溺于鼻子再生的幻想之中。现在她是不能够去成都的,她被监督劳动改造,请半天假都要左批右批,行动还限制在乡里,不能走出半步的。况且,她还知道,那些医院教学用的器官的价格是很昂贵的,材料都是从外国进口的,要量身订制,这不是癞蛤蟆想吃天鹅肉——没门吗?

她决心攒钱。她原来是不太在乎钱的,人都活到这份上,还要钱干什么?她随时把钱借给合作社里的人。她们知道她有钱,经常取汇款,况且,瘦死的骆驼比马大,她是有箱底的。她也知道借就是理由罢了,再也要不回的。她们都很穷,不是万不得已她们也不会"借"。娃娃生病严重了,才到卫生所看,要不没命了,只得借钱。老人去世了,七凑八凑也凑不齐棺木钱,总不能没棺材,余下不足也只有"借"。她有些不舍,也有些乐意。听着人家千恩万谢的话,看着他们可怜巴巴的脸,她既高兴又哀怜。

她知道,自己人缘好,既有人们对她的同情,也与她的大方有关。但现在,她要攒钱了,为了那个渺茫的虚幻的不切实际的梦。她开始数钱、藏钱,在这个小石屋和后院里,藏点钱简直是稳妥极了的。

有了梦就有希望,有了希望就有了盼头,有了盼头生活就变得有些奔头。出去劳动时,她看到山上有一种和人的肤色很接近的泥,她悄悄带了些回来。这种泥黏性极好，乡场上的匠人取来做些小公鸡、小鸭子、泥口哨、泥娃娃在赶场天卖，价钱极便宜。娃娃买了，欢天喜地玩得不亦乐乎。她把泥细细碾碎，反复揉搓，使泥柔软细腻。她反反复复地捏，反反复复地研究，开始做得笨重粗拙，不透气，捏薄了又不成形。在无眠的夜晚，她精神亢奋，一遍一遍地做。毕竟是劳苦之人，一整天的劳作使她做着做着就睡着了，手中的泥掉在地上，那个梦马上出现在大脑里。这个越来越完美的梦，让她在梦里哭，在梦里笑，青春靓丽的身姿，完美无缺的姣好面容，总向一个模糊的虚幻的飘动的黑影奔去，总在要追上时跌入悬崖，又是伤心地悲恸着哭醒。

渐渐地，她做鼻子的技艺越来越娴熟，她在泥里掺了面糊，还托人买来胶水，甚至将煮熟的糯米混在泥里反复舂，反复揉，终于做得超薄、轻巧、透气、精致、逼真。她把它们摆在柜子上欣赏，想象着安上这种鼻子的模样。但她也知道这只能是一种自我安慰，这种泥做得再逼真再细腻的鼻子，是粘不上脸，没有温度没有血脉，没有疼痛，没有感知的，关键是安不上，只能任凭想象。

八

嫣然开始攒钱，也不再轻易地把钱"借"出去。人们发现她在钱上小气了，借惯了钱的一些人开始对她不满，更多的人觉得"借"的钱没有还过，人家不再借也是应该的。

问题是她再也收不到汇款和包裹，她开始焦虑起来。凭直觉她感到那个汇款人出了问题，否则汇款将会继续。

正像她猜测的，那个神秘的汇款人确实出了问题。供销社门市的那个女售货员因嫣然而遭到批评，受到处分，降了工资，她把这一切都迁怒于她。女售货员在爱情上也受挫了，乡里的刘书记拒绝了她，她把这一切都归于那个丑陋的毁了容的女人。她发誓一定要报复嫣然，她从汇款这件事入手。她费尽心思，找到乡邮电所的一个朋友，这个朋友说人家是正常的汇款，咋能查呢？她买了好些稀缺的东西送给这位女友。那年代，很多东西都只有供销社的人才买得到。

费了很多周折，终于查清汇款的就是一个人。这个人尽管换了不同地方，但汇款单上的字迹却是一样的。她们不当侦探真是可惜了，连这么复杂的事她们都弄清了，这就是那个络腮胡县长。

这就清楚了，一个堂堂的人民政府的县长，干吗要不断给一个全县出名的官僚、地主、大商人的女儿汇款？她的老爹不是被批斗死了吗？她不是当了土匪的压寨夫人又被送回来监督劳动改造吗？他和她到底是什么关系，有什么见不得人的秘密？

也正是那个时候，一场声势浩大的运动开始了。这个到其他地方任职的络腮胡县长，啥事都要带头。他带头在县里的会上发言，而那些发言也是他在工作中看到的一些问题。接着，风向逆转，他作为被批判的对象，有人揭发了他的作风问题，就是和一个大商人、国民党党部书记兼商会会长的女儿勾搭的问题。本来是虚得难以落实的问题，正在这时，接到了供销社那个女售货员的揭发材料，他敌我不分，长期寄钱养情人。这当然是大问题，他被撤了职，戴了帽，送到原来任职的那个县的一个劳改农场劳动改造。

作为农场，这个农场真的选得好，它不是在森林密布、沼泽遍野、野兽出没、毒蛇横行的地方，恰恰是在满目赤黄、寸草不生的一片山地上。这个地方出硫黄，过去土法炼硫黄，把一大片地全炼得焦煳赤黄，连虫虫蚂蚁都没有。太阳出来，满山遍野跳跃着赤黄色的火焰，辛辣的硫黄味，毒热的气浪，没有一棵小草，没有一洼清水，其烦躁、焦虑、绝望可想而知。

几经周折，嫣然终于弄清没有再汇款的原因，嫣然心如刀绞，痛楚莫名。她为和他的这段爱情深深地感动，也深深地哀痛。如果没有被土匪掳去的变故，她自然不会毁容，也许他们能顺利地走在一起。而为她毁容后他弃她而去，让她万般痛苦，心生怨气。知道他暗中仍在汇款，她有些欣喜，也感到厌恶，这不过是他良心自慰罢了。

现在，知道他落难了，沦落到比她更悲惨的境地，她的心里涌现出无限的悲悯，无限的疼痛，无限的情思。他的落难和她有很大的关系，真是剪不断理还乱啊。她开始失眠，一夜一夜睡不着，想着和他的相遇，想着相处并不太长的点点滴滴，想着美好的坚守，想着突然的变故，人生如梦，梦如人生，大起大落，悲喜交集……

嫣然决定去看看在劳改的络腮胡县长，她为他寝食不安，六神无主，挖地都会挖到脚趾，走山路跌到深坎下面。村长怕她跌到崖下摔死，恰巧这些天正在崖上的那片地劳作，就特许她在家养伤。

她悄悄出门了，走的时候还是半夜，鸡不鸣犬不吠万物沉睡。她背着好多东西，都是那个年代稀缺的东西，凭票购买，攒起来的，包里有四斤白糖、两块香皂、几对电池、两瓶酒，还有两条毛巾等等，当然还有一截蓝咔叽布，缝一套衣服是够的。很难想象，她是怎么积攒起来的，所有的东西都要票，并且票很少。

决定要走的那几天，她最为揪心的依然是鼻子，那管圆润的挺拔的晶莹的鼻子永远不在了。她知道他尤其喜爱她的鼻子，曾经轻轻地捏过它，亲吻过它，那呼呼的气息曾让她心旌摇晃。现在，如果他看见森森的黑洞，连吓都吓瘫了。尽管是为他割的，但厌恶是人的本能，他的厌恶和恐惧也是正常的。

她知道戴着黑面巾能遮掩鼻洞，但脸上是平坦的塌陷的，他一定会感到怪怪的，尽管他见多识广，毕竟他是被她的美丽、挺拔、圆润的鼻子吸引的，被她的美深深征服的。她想这次见面是艰难的，这次之后她就不再见他了。等攒够钱，多多的钱去成都，去上海，去大城市安装个鼻子。尽管她不知道有什么材料,或者是人工植造之类,但她总觉得是可行的,哪怕不像天生的一样自然熨帖,但让人感到舒适美观就好。但眼下最重要的是让他在短暂的时间内不会厌恶,不会恐惧,有点念想。

她做的鼻子已经做得很好很好了,那是多少日子的反反复复的不厌其烦的结果。她的手指灵巧人更聪慧,做鼻子时满怀深情倾注心血,简直可以以假乱真了,灵巧、通气、轻薄、柔软而不变形,安在脸上几乎看不出破绽,难就难在无法固定。

托人买了一卷胶布,药用的,只有卫生所有。她小心翼翼地试了几次,终于把泥做的鼻子贴在了脸上,虽然难看,终于有鼻子了。她用黑色布巾盖上,那管挺拔的鼻子又隐隐约约地出现在脸上了。她的手颤抖了,心颤抖了,泪水潸然而下。她赶紧止住自己,怕泪水打湿胶布,打湿鼻子。

终于见到了,一切如她想象的荒凉,令人绝望的被硫黄浸染过的土地,比战火过后还让人忧伤。土地是被这群人深翻过了,但见不到一棵草,更见不到出土的禾苗。她不知道这片土地还能不能泛出绿色,绽放生机。

是在一间废弃的土屋里见面的,那是过去炼硫黄的工人住的。当然有人"陪"着,这让她不自在的同时也有些欣喜。她费尽千辛万苦,终于可以见到日思夜想的他了,他们连单独在一起,哪怕一会儿的机会都没有,真叫人心酸。欣喜的是她和他是不可能近距离地接触了,这就避免了久别重逢的激动,激动之后的接触,他们可能会拉手、相拥,甚至亲吻,那她最担心的鼻子就会露馅了,难以接受的现状和令人恐惧厌恶的鼻孔就会暴露……

"陪同"他的人冷冷地说有啥话赶紧说,只有五分钟时间,随即坐在离他们很近的地方,两眼鹰隼一般冰冷凛然地盯着他们。他瘦了,瘦得皮包骨,面色泛黄浮肿,脸上的胡子更加杂乱稠密,头发也半白了,走路踉踉跄跄,哪还有虎虎生风?看得出是营养严重不良。看见她,他疲惫苍凉的眼里还是泛出一丝惊喜。他说你怎么来了？路这么远，你还找到了。她说再远再难找也要见到你，你还好吗？他说还好，放心，我会好好改造等着见你。她说真的？你真的想见我？他说时刻都想，你怎么戴着面巾？他的眼里出现疑虑，她知道他在问你不是毁了容吗？她说风沙大，我有鼻炎……，他说鼻炎？不要紧的，看看医生就好了。她说本来坏了，到成都医好的。他满腹狐疑，又盯着她的脸看了几秒，她紧张得一身是汗，脸上的汗又泛出了，汗水在浸湿胶布。她太担心胶布松开，鼻子脱落，她假装擦汗，用手压了压胶布。她说这天气怎么这样热，他说炼硫黄的地方比别的地方热。

"陪"他们的人不耐烦了，说不要讲恁多废话了，没有别的，就走了吧，看也看了。她感激地看了一下"陪"他们的人，她心急如焚，汗水出得更猛。她怕那个鼻子在关键时刻挺不住，啪地掉下来，她甚至听到了鼻子啪的落地的声音，她甚至看到鼻子粉碎的样子，四面开花，玻璃碴子似的溅起伤心的旋涡，玻璃碴子似的开出泣血的花朵。

他缓缓地站了起来，体力似乎有些不支，用手撑了一下桌面。她眼里是忧伤，是悲戚，是期盼，是渴望。他说一定保重，不准出任何问题，等着我，我们会永远在一起的……她的眼泪夺眶而出，她再也忍不住，夺门而去，边哭边喊你要挺住，我等你，我一定完好无缺地等你……

歇云小区

一

猫栋，猫栋，猫栋咋不见了，这么大的东西会躲到哪里去了？遍山跑的羊老子都找得到，这么大的东西咋就找不到？德恒老汉像被掐了头的苍蝇，在一片树林般密山崖一般高的高楼里蹿来蹿去。这片楼，有二十多栋，叫歇云小区，是政府为安置迁居的山区群众而建的。这些楼很高，二十二层，高得白云都歇在顶层了。为小区取名的人太有才了，取得形象，取得诗意。德恒老汉腿跑酸了，眼望花了，脖颈子也酸得不行，用手背擦了擦眼，终于看清那片白云，是顶层那户人家晾的被单，和被单晾在一起的还有大大小小、花花绿绿的几件衣裤。

这些楼，外形都一模一样，塔一样高耸，墙面都是米灰色，蜂巢样的窗子，一个挨一个，看得人眼花缭乱。德恒老汉跑了半天，找不到自己家，心烦意乱，开始骂起人来，啥龟儿杂种设计的哟，几十栋房子一模一样，生个双胞胎、三胞胎是稀罕事，这些龟儿硬有本事，几十栋整出来不走一点模样，眉毛眼睛鼻子嘴巴不差分毫，你叫人咋找？想起住了几辈人的老房子，赶个街回来，就是喝醉酒，走得歪歪倒倒，走到天黑得像吊锅底，也不差分毫地走得拢。哪里有条河，哪里有道坎，哪里是山包,哪里要爬坡、转弯,哪里有树,闭着眼,打着瞌睡都摸得到。现在青天白日的,在自己住的小区转了半天,找不到就是找不到。这种事,他只碰到过一次。一次他去赶场,遇到邻村的一个老朋友。两人喝醉了,在场口分手时天已挨黑,道了别,俩人跌跌绊绊地各自回家。走到一个地方,他实在醉得不行,瞌睡到了脑门心,倒下就睡。醒来,月明星稀,浓霜覆地,发现自己竟然睡在一座石碑下,惊出一身冷汗,忙爬起来匆匆忙忙疾走。走来走去,走得头昏眼花,腿酸脚疼,就是走不出那片地。直到东方有了一抹曙光,听到一声鸡叫,他才认准方向,终于走出那片地。

这个时候,小区的人都基本出去了,娃娃去上学,年轻人有的进城打工,有的去自己经营的小店,有的到苹果基地、蔬菜基地上班了。小区寂寂,偶尔遇得到几个年龄和他一般大,甚至比他大的老头老婆婆,扎堆在某个地方晒太阳、闲扯篇章,他也懒得去问。他知道他们跟他一样一问三不知。他们不管多晚,都要守候在一个地方,等待放工放学,或者是儿子、媳妇或者孙子、孙女来领他们回家。

竹笋老远就看见一个身体佝偻、走路蹒跚的老头嘴里咕咙、咕咙地念叨,走近了,听他在讲猫栋、猫栋、猫栋在哪里?猫栋会在哪里?竹笋说德恒老爹,你找猫洞,你的啥猫洞,这里没有猫洞哟。你养猫了,新小区没有老鼠了,你养猫干啥?养了可要搞好卫生哟。德恒老汉说我没养猫,我养猫干啥子?我说的是猫栋,我住的猫栋。竹笋说这里只有A栋、B栋,哪有猫洞,再说你也不是猫嘛,咋会住猫洞。德恒老汉手指高楼,比画半天。竹笋终于明白,他要找的是他住的那栋房。因为经常找不到,他常常在小区里徘徊,在路上溜达,直到儿子下班、孙子放学回来才带他回去。为这事,他很苦闷,为了减少他们的麻烦,他就尽量猫在家里。但家里太清寂,看电视他又不感兴趣,大半天、大半天地坐在家里发呆。还是孙子聪明,那天放学,孙子说爷爷我们今天下午上美术课，我画了只猫，我们在老家不是养过一只大黄猫嘛。老师表扬了我，说画得又生动又形象。我给你画一只，在楼下侧墙边。你不是经常找不到我们住的这栋楼吗？以后你只要记住有只猫的这栋就行。

爷孙乘电梯下楼，在楼的侧墙上，孙子用蜡笔画了只猫。猫太小，孙子个子矮画得低，不走近是看不清的。别说，这只猫还真像在老家喂的那只大黄猫，蓝色的眼睛，棕黄色的毛，弓着背，前爪伏地，后背耸立，一副虎视眈眈、随时做出捕获猎物的样子。德恒老汉很高兴，他说有了这猫就找得到我们住的房子了。啥，A栋、B洞（栋），又难记、又难听，咋听都是骂人的话，只要记住猫洞就行了，多好。

王竹笋听了他说的，哈哈大笑起来，她觉得这个创意太好了，她正为这事犯愁。这座小区的移民来自周围几个县，都居住在乌蒙山的深山区，山高岩陡，气候恶劣，有点地都挂在大山上，土地瘦瘠，出产极低，年成好勉强能填饱肚子，经济收入基本没有，是贫困程度很深的地方，基本丧失了生存条件。政府下了大决心，投入大量资金建了新区，让他们移民出来。这些来自云遮雾锁的深山区的移民，年轻一代还读过小学、初高中，老的这代就没读过书了，他们记东西都是数苞谷籽、蚕豆籽，那些B栋A楼，AB楼对他们来讲就是外星人的符号了。现在的建筑格式，确实难以区别，没有设计上的差别，没有标识，栋栋一样，就是年轻人初来乍到，也会弄得晕头转向。最初，有志愿者帮他们识别，带路，志愿者撤走后，老年人就抓瞎了。

王竹笋是上级部门派到这个社区来的主任，社区的大事小事，吃喝拉撒、鸡毛蒜皮啥都要管。她正为这事犯愁，想不到德恒老汉的孙子有这么好的创意。她把老汉送回"猫栋"后，立即回到办公室，火急火燎地召集开会。

几天之后，这个庞大的社区几十栋高楼上就出现了很多图案。这些图案都是人们最熟悉、最亲切的动物或者植物，有牛头的，是牛栋，有羊头的,是羊栋,有马头的,是马栋,有鱼的,是鱼栋,当然不能有狗栋、猪栋、鸡栋、蛇栋,这些听着实在难听。一时间,这片小区就像幼儿园一般喜气洋洋,充满生活气息了。每栋楼的高处,都请专业的装饰公司画了最容易识别的图案,老远就看得到自己住的楼房,又好看,又好识别。有人来,你告诉他是羊栋或者马栋,不用去领,准确无误就来。

德恒老汉像只猎狗在小区花园里东奔西窜。这个小区修在远郊,有空阔的绿化地和花园,树木是才栽上的,草地上的青草已经泛绿,但没有遮蔽性强的灌木。老汉内急,而且不是小便,他才感到肚子有点反应,就匆匆下楼去找地点了。搬迁来这里后,啥都是新的没见过的,厨房、客厅、阳台、卫生间一应俱全。在这新的环境里,他像一个原始部落的人突然坠落在一个崭新的环境里,所有的都要熟悉、适应。其他的不说,坐抽水马桶他就无论如何适应不了,从小到老,他从来没为此犯过愁。在山上放羊,漫山遍野大树茂密,灌木丛成片,有深深的沟壑,有巨大的岩石,随处都可以方便。抽水马桶是必须坐在上面的。看见这洁白的东西竟然是用来方便的,他大感意外。坐在上面他十分别扭,无论如何也不能顺畅解决问题,吭哧半天,憋得脸发紫,憋出一身大汗,终究也不行。老汉恼怒起来,说啥尿东西,活了几十年,头发胡子活白了,哪里见过解个手是坐着的。起来坐下,坐下起来,急是很急,就是不行,老汉愤怒起来,管它的,还是蹲才行。他抬腿蹲上抽水马桶,左脚上去有些声音,右脚上去就有异样,抽水马桶的坐垫是薄薄的,全身重量压上后就发出断裂声。老汉想糟了,急忙跳下来,薄薄的盖子已经断了,老汉想这事弄糟了,咋向儿子、儿媳交代呢?这可是用钱买的呀。内急使他顾不了多少,烂了就烂了,他索性蹲在马桶上解决了问题。

晚上,儿媳从卫生间出来,脸色丧得拧得下水,他知道糟了,惹祸了。儿媳把儿子叫进卫生间,儿子出来,脸和媳妇一样难看。他知道这事躲不过,心一横,爱咋的就咋的,老子说不下山你们硬生生将老子弄来,现在来了啥也不对劲,弄得提心吊胆的。人活啥,就活个舒服、自在,在山上,虽然穷点、累点,但舒心。活到要进棺材了,到处要小心谨慎,活得小媳妇一般。那天晚上,摔东弄西,儿子也没多讲一句话,只是脸色难看,一家人都不讲话,丧着脸看电视。德恒老汉憋闷,倒不如大家痛痛快快吵一架来得痛快,那样,他也有离开这里,回到山里的理由。

德恒老汉怀念山里的日子,这个时候,猪已吃饱,在圈里哼哼,牛在缓慢地吃草,反刍。山风虽然劲疾,但屋里的柴火正旺,吊罐里的水煮得嗞嗞作响,通红的柴火里有大量炽热的白色柴灰。这样的火,烤洋芋正好,烤出的洋芋一点不煳、不灰,浓郁的香味弥漫。一家人围住在火塘边,吃烧洋芋、烧苞谷,煮罐罐茶,抽水烟筒,惬意无比。静谧而古老的时光,最适合讲遥远的历史、怪异的传说、神奇的故事。在远处的犬吠中和风的呜咽中昏昏睡去。

终于在一处假山后找到隐蔽的位置,德恒老汉迫不及待地蹲下去,这下,他感到无比的踏实,无比的惬意,酣畅淋漓。他现在一进卫生间,一见抽水马桶,就一身不舒服。家里无人时,他曾经狠狠地踢过抽水马桶,他由厌恶到憎恨,他要让抽水马桶感到疼痛,自己离开这里。抽水马桶没有疼痛,倒是他的脚疼痛了,踢得狠,脚脖子都有些肿了,蹲在地下揉了半天。起来,见洁白如玉的抽水马桶上有许多脚印,他又虚了,他知道儿子一家爱干净,经常擦拭,擦得纤尘不染,洁白如玉。他用了不少纸,才把抽水马桶擦干净。他想老子一辈子都没有好好洗过,老了抱着这个东西擦呀洗的。

德恒老汉在假山后正痛快,突然不知从何处飞来土块,土块密集而迅疾,并且准确,好几块打在身上,好在没打在头上。土块虽然不太坚硬,是新翻的地里的,还潮湿,有些松软,但依然疼。德恒老汉气急败坏,提上裤子就开骂,哪个龟儿杂种,眼睛长到屁眼里了,你没看见有人在这里吗?他以为是哪家的顽皮小子,谁知一个苍老沙哑的声音,你是人？我还以为是狗哩。你是人做的不是人事，只有狗才随处乱屙乱尿，老杂毛，胡子都活白了，还不守点做人的规矩。德恒老汉一听，糟糕，这不是新上任的刘笆斗老汉吗？他新上任的是小区公益性岗位——卫生清洁员，他管的就是这事。上次他因有人乱屙被扣了五十元，这对他来讲可不是小数，可以买一个月的粮了哩，老汉为此恨得牙痒痒，红着眼在小区日爷捣娘地骂了半天。竹笋听到，来劝他，说刘大爷你不要吵了，吵得太难听，太不文明了，这是小区，你已融入了城市，就要讲文明了。刘笆斗听了鬼火更蹿，文明，啥子叫文明？屙的人文明？屙的不罚罚扫地的，这就是你的文明？竹笋说你说的也有理，问题是屙的人没被发现，没被你抓现行，当然只有罚你了。笆斗老汉说这就怪了，管天管地，还管屙屎放屁？管个半天被罚款的还是我。既然这样，你走开，我来吵，不把狗日的吵出来，我就不歇气，吵个三天三夜，总要吵出来。说完叉着腰，又祖宗八代地乱吵起来。竹笋是搞基层工作出来的，对于这种吵也是见过的，但一个老汉，这么不停歇脏话泄闸样流淌，她还是受不了。她知道笆斗老汉心疼钱，根源在钱哩。她掏出五十元，说大爷，你被罚款是规章制度要求这样做的，谁也不能改变，这钱给你，你再骂就是骂我了。笆斗老汉期期艾艾，咋能要你的钱呢？你给我的帮助够多了。我不是心疼钱，是见不得不讲规矩的人。接了钱，老汉不再骂了，但撂下狠话，骂我就不骂了，但拿到这个狗日的，我不把他的头砸烂我不是人。竹笋说也不能乱砸了，砸人是犯法的，可以把他送到社区，社区按规定处罚。

那事确实不是德恒老汉干的，老汉坝在有经验了，每天跑到社区外的一个公厕去解决问题，虽然有几里路远，但对一个跑山撵羊的老汉也不算啥。只是，今天这事儿急，不知是吃了霉变的食物还是什么，反正他感到腹泻了，虽然坚持着到了楼下，可再也坚持不住了。

不可避免地两人就打起来了。德汉脑门上有个土块砸的包，虽然没砸得头破血流，但起了个鸽蛋大的包，疼得眼冒金星，沙子还眯了眼，这架能不打吗？两个老汉扭在一起，都被愤怒烧红了眼，先是互相用拳头打，用脚踢，打着打着就扭在一起了。德恒老汉个子高一些，但身子佝偻。笆斗老汉个子矮一些，但壮实。两个山里汉子虽然老了，但蛮力还在，狠劲还在，就打得激烈，打得认真，打得酣畅。不知不觉，他们身边已经围拢不少老头、老太婆。日子太寂寞，很少有激动人心的事发生，他们就觉得很饱眼福，都说别打了，别打了，打出人命要吃官司哩。说归说，没有谁去劝。老头们饶有兴致地评判，谁的拳头不到位，谁的腿脚不麻利，谁的"桩子"不稳实，谁的腰杆太弓。有人把竹笋叫来，竹笋气得骂他们不去劝架，倒在看热闹。费了天大劲把他们拉开，两个老汉还在气哼哼不服劲。

二

谁知这一架两个老汉倒打成了亲兄弟。两个老汉性格迥异，刘笆斗就是烈性子，遇事不转弯，爱发脾气，遇到硬茬，角抵断了也不回头；德恒性子软，爱琢磨，但也认死理。那天从小区卫生所出来，笆斗老汉说走，喝酒去，架也打了，累也累了，喝了好睡觉。德恒老汉说不去，谁耐烦与你喝酒。笆斗老汉说枉你还是男子汉大丈夫，打一架就不喝酒了。在我们寨里，打完都要喝酒的，喝了就不记仇。德恒说记屎的仇，你我面都难见到，记了有啥用？笆斗说对了嘛，小区这么大，上班时没人，就只剩些老头老妈，下班人多了，全窝在屋里，互不走动哩，你说孤不孤寂？德恒老汉说我宁可孤寂，也不和你这种人喝酒。话虽是这样说，他的嘴角却动了动，混沌的眼光更加迷离。德恒老汉是个馋酒的人，儿子买了一大塑料桶酒任他喝。但他却喝不起劲，没劲，一个人喝酒有啥劲，又不能大声嚷嚷，猜拳划拳，又没人搂肩搭背，称兄道弟，打胡乱说，醉了，互相扶着，歪歪倒倒，或吼或叫，或唱或闹，多么随性。

笆斗老汉猜透他的心思，一把抓住他的手腕，说走吧，走吧，你不走会后悔一辈子，像我这样好的酒伴你哪里去找。德恒老汉装模作样扭捏一会儿，终于去了。

那天，他们是坐公交到离小区十几华里外的羊市镇去的。德恒老汉说这里的羊肉汤锅好得很，酒也地道，要喝就好好喝一回。德恒老汉说不要在小区餐厅喝，贵不说，不自在，又是不准这样，不准那样，喝醉了还要叫家人来领，难看。羊市镇是个大型的乡场，虽然也修了不少高楼大厦，街道也改造得宽阔敞亮，但始终保持着农村集镇的特色。这里是个很出名的羊市场，周遭几十里的羊都在这里交易。大街背后，小河边，是片开阔的场地，泥土路，尘土飞扬，羊屎疙瘩铺满一地，腥膻味弥漫。有一排白杨树，但树皮被羊啃光，树就蔫头耷脑的。在市场边，有两个简陋的羊肉馆，事实上，就是支几根木桩，上面盖了水泥瓦，通风照亮，也就是两张油腻腻的桌子。一个土基的大灶，烈焰腾腾，香味袅袅。灶上永远坐着一口硕大无比的锅，锅里永远熬着香喷喷的羊杂碎。案板上，有红红的剁椒，嫩绿的芫荽，碧绿的薄荷，白色的米线，羊杂碎吃够，用烫热的汤泡米线，那是个绝。

走进羊的交易市场，德恒老汉的腿就迈不动了。这里的市场真大，恐怕有几百只羊在交易，羊群密密麻麻，白山羊、黑山羊、绵羊，高加索羊、奥洲羊、本地羊，品种汇集，灰尘弥漫，人声鼎沸，灰尘、腥膻呛得人连打喷嚏。不少人走到这里，忙不迭地飞奔离去。德恒老汉痴痴迷迷，眷恋无比，深深地吸了一口气，透彻肺腑，无比惬意。多少日子没来这里了，放羊老汉德恒梦中都经常梦见这个场景。在小区新家，屋里是油漆和家具的混合味，他还不习惯，常常一连串一连串打喷嚏。德恒老汉想起山上的日子，想起已经卖了的羊群，尤其是那只角弯弯，四肢强健，白色和黑色相间的头羊。那只在自己怀抱里长大的既温顺又顽强，既调皮又勇敢的头羊,现在在何处呢?会不会被宰了,做了羊肉馆的菜?他一下忧伤起来,边走边看,用眼睛搜索,在这浊浪滚滚的羊群中,会不会出现那只黑白相间、壮硕雄壮的羊。

笆斗老汉早就不耐烦,他的酒瘾早已上来,恨不得直奔酒馆。德恒老汉走走停停、停停走走,摸摸这只羊的头,拍拍那只羊的背,眼睛贼亮,四处搜索。喊他好几次了,他还是装聋卖哑,想强拖来呢,刚打过架,在这羊市场打架,倒真的牛羊猪狗不如了。

这羊肉馆真的好啊,木桌、木板凳,一碗油泼辣椒,一碗剁碎的大蒜放在桌上,土基的大灶就在身边,热浪扑涌,香味扑鼻,硕大的锅里,羊杂碎汤翻滚着,搅得人口水淌。碗是土陶瓷大钵,半个篮球大,满满的汤,足足的羊杂,大把的薄荷、芫荽、香葱、姜末,桌上的油泼辣椒、蒜泥任你舀。

酒是散酒,纯苞谷酒,大坛子装着,一人一土碗,这才叫大块吃肉,大碗喝酒。把鞋蹬掉,一只脚在地下,一只脚踩凳上,二人开始喝酒、吃肉。笆斗老汉把酒举到眉间,你是兄长,我敬你,本来是先干为敬的,酒碗大,我喝小半碗为敬。说着抬起碗,咕咚、咕咚几大口,喝了小半碗。那碗是盛半斤酒的,这几口酒,少说也有二两。德恒老汉也好喝酒,但他喝的是慢酒,放羊时背在背上的军用水壶里的酒,是一小口、一小口抿的。这样喝,肯定醉。德恒老汉稍一迟疑,笆斗老汉说你喝一口吧,能喝多少算多少,喝酒讲的是个诚,是个敬,你随意。德恒老汉就不过意了,喝就喝,难得笆斗老汉实诚,终究不过是个醉,又不是没醉过。德恒老汉一抬手,碗里的酒蚀去二指了,少说也是二两。酒烈,味醇,情真意切。笆斗老汉见他青紫的脸现了酡红,额上有豆粒大的汗珠,知道老汉是动真的了,忙劝少喝点,少喝点,我俩没在一起喝过,现在知道你的实诚了。多吃菜,多吃菜,心诚为敬,老哥,我服你,你是值得深交的人。说着夹了一大筷羊肉放在他碗里。

两人推杯换盏，你来我往，热情归热情，但不过瘾。笆斗老汉说你敬我，我敬你不过瘾，老哥，干脆划拳，又热闹，又过瘾。德恒老汉觉得那样更好。他一样不习惯在城里喝酒，不高声喧哗，不痛痛快快喝酒，斯文是斯文，但显得假，显得装。喝一口酒，讲半天话，拍着胸，搂着背，你哥我弟，话肉麻，情虚假，好像喝了那口酒，下大狱，割头颈都办得到，但过后……你就是请他做个顺手小事也办不到的。

哥俩好呀，四季财呀，五……两个老汉蹲在凳子上划起拳来，声音苍老激昂，震得羊肉馆的顶棚簌簌地抖，也就是两三张桌子，各吃各的，各喝各的，各划各的拳，互不嫌弃，互不相拢，情致正好。老板提了酒瓶，说两个老哥好兴致，我好久没这样喝了，满上、满上，我敬你们。有老板的加入，两个人更忘乎所以，他们开头只要了两碗羊杂碎，一盘羊肉，也就二两，两筷子就夹完了。笆斗老汉说加斤羊肉，今晚我请客，哪个狗日和我抢，我就和哪个翻脸。德恒老汉说你不要欺人太甚，就你有几文钱，来显啥摆？我出，这钱我出，好歹我大儿子还包有工程哩。笆斗老汉说你儿子包工程？莫说笑话了，包工程你还会在移民小区？他就是在打工，帮人背砖抬水泥，会点泥水匠手艺算好的了。酒是喝高了，德恒老汉不高兴起来，说今晚的酒钱我出，老子拿出一只羊腿来，值不值，你不信？不信我带你去沈家山提羊？笆斗老汉说咦，我就不信你老杂毛藏得有羊，你哄鬼，就是有也饿死了。德恒老汉又气又急，走走走，不跟老子走就不是人，羊提来，就送给老板，你信不信？说着就去抓笆斗老汉的肩。笆斗老汉说死老头，还要打一架？老子还没打够哩。说着去脱外套。老板怕两人打起来掀了他的摊子，老板说都是老汉了，平和点嘛，这样好了，你俩一人出一半，学城里人的什么ＡＡ制。俩人又不服了，学啥城里人，我请就是我请，不要整得恁个酸溜溜的。老板说实在不行，你俩再划三拳，谁输谁请。

又划三拳，德恒老汉输了，笆斗老汉说你没话说了吧，我请了就行了，非要赌个输赢。你不晓得,我才领过工资哩。德恒老汉问你多少钱一个月？笆斗老汉说一千五百元呢。德恒说也没好高嘛。笆斗老汉说还不高,我还嫌用不完哩。德恒老汉想这人对人实诚、慷慨,但爱死要面子,爱说大话哩,被扣了五十元奖金,不是骂人骂了几天嘛。

出得羊市集,公交车没有了,两人又在路边拦车。人家见是互相搀扶、歪歪倒倒的醉酒老汉,没人愿意拉,弄不好吐一车,那个晦气哩。好在月明星稀,凉风习习,两个老汉干脆不再拦车,笆斗老汉豪兴大发,大声地唱起山歌来,唱个率性,唱得酣畅。德恒老汉说唱个尿,你五音不全嗥啥,听我的。这一唱,俩人再也收不住,歪歪倒倒走路,尽心尽意唱歌,虽然五音不全,狼嗥似的,却吼得路边草木萧瑟,落叶飞旋。

三

德恒老汉漫无目的地在小区走,日子漫漫,光阴漠漠,活得寡淡。要说,比在山上,这日子可算滋润了,有沙发可躺可卧,有电视可看,节目一个接一个,可老汉觉得腻味。房子不算小,一百二十个平方米,客厅也是二十多平方米,可老汉还是觉得憋闷。二十多层的楼房,一栋接着一栋,密密麻麻,蜂巢样,看得眼花。

刚到牛栋,那个画着巨大牛头的房下,头上扑扑响起一阵风,忙仰头,一个巨大的活物不偏不倚正砸在他头上。他感到一阵晕眩,身子摇晃一阵儿,努力稳住才没倒下。那个东西砸在他头上,掉下来,也是呆愣了一下,拔起腿,咯嗒、咯嗒惊叫着跑了。德恒老汉一看,六楼窗子开着,正是笆斗老汉家。他想小区不是严禁养家畜禽鹅吗？刚迁移来时,好些人家将鸡鸭鹅偷偷带进来,有的养在厨房里,有的养在客厅里,有的养在阳台上,还带到小区路上、绿化带上放养,弄得小区鸡鸭鹅叫,鸡屎鸭毛到处都是,空气中弥漫着难闻的气息。竹笋主任急得不行,开会,登门动员，耐心细致讲卫生的重要。不行，社区的一干人嗓子讲哑了收效甚微；又开会，又订规章制度，还出奖励办法，谁逮归谁，还有奖金。这才将养生禽的风气控制住。

费了好大劲德恒老汉才将鸡捉住，是只大公鸡，五彩羽毛，羽冠鲜红，脚长趾巨，尾翼漆黑，死沉沉的，很壮实。大公鸡惊恐地看着他，眼睛滴溜溜转，脚拼命蹬，身子拼命扭，就是不叫。老汉惊奇，仔细一看，这鸡的嘴壳上套着个塑料套呢，再看，不就是孙子新买的毛笔上的塑料套子嘛，写大字的毛笔。老汉说老杂毛我算服你了，笔套变嘴套，只有你龟儿想得出。

笆斗老汉永远戴着那顶竹编笆斗，来小区也依然如此。笆斗老汉说你咋把我的鸡捉来了，门是关着的呀，你会飞檐走壁？德恒老汉说你那个窗关了吗？幸得好砸的是我，砸到别人，你吃不了兜着走，不住十天半月的医院是了不了事的。老汉的头疼起来，嗡嗡直响，蹲在地上哼，嘴歪眼斜，口水也流了出来。笆斗老汉慌了，说我送你去卫生所看一下，不要整成脑震荡就麻烦了。德恒老汉说我这脑壳早被你震荡过了，今天又被你家的鸡震荡了，我这脑壳和你家有仇。说着哈哈大笑起来。笆斗老汉说肯定是老婆娘没关窗，给她说过多少次，她总记不得。还好家中没小娃娃，要不麻烦了。她说的老婆娘是他老伴，山里人就这样称呼的。这只鸡是山里亲戚送来的，我说不要养，不要养，宰了吃算了。她不听，弄个纸箱来，偷偷养在阳台上，听见有人按门铃，半天不开，硬是要弄清来人才开。上次竹笋主任来，她慌忙把鸡藏在被子里，怕鸡挣扎出来，又加了两个枕头，还关紧房门。等竹笋走了，忙去看，鸡差点闷死了，还屙了泡屎在床上……

后来，她被我骂了一顿，她哭天抹泪，说儿子孙子也见不到，左邻右舍也没个摆龙门阵的人，鸡鸭猪狗也不准喂，不把人闷死。有只活物，总有个伴，总可以讲讲话，散散闷。确实，这只鸡被她喂成了宠物。她学城里人养狗的样子,给鸡洗澡,在纸箱里垫了条棉毯子,吃食喂水还有专门的碗,还要洗干净。看电视时要抱着看,还说又没空调,省得用热水袋。每天和鸡嘀嘀咕咕讲不停,时间久了,那鸡似乎听得懂她的话了,还会和她对应、交流,有时摇头,有时点头,小眼睛滴溜溜转个不停,还有表情,有时忧伤,有时高亢,有时激昂,把老伴喜爱得不行,一个下午就悄没声息过去了。可是也有麻烦事,鸡要打鸣,这是天性。这只鸡体格壮硕,精力旺盛,声音洪亮,每天早上喔喔喔叫起来,又脆又悠长。老伴急坏了,忙把鸡抱回房间,又是拿衣服盖,又是关紧所有门窗。有次把鸡用毯子捂,差点捂死了,抱着鸡哭,直抹泪,心疼得很。

有人举报牛栋有人养鸡,查,自然又是一番查,好在笆斗老汉采取了紧急措施,连夜把鸡送到老家请人喂养,又把老婆骂了一顿。老伴不吱声,她不敢反抗。笆斗老汉性子本来就暴躁,又是自己做得不对,咋还敢反抗呢。只是自此以后,老伴神思恍惚起来,一天神神道道的,一会儿要给鸡喂食了,一会儿要给鸡洗澡了,一会儿找个枕头来抱着,和枕头絮絮叨叨讲话。笆斗老汉怕把老伴憋出病来,又连夜连晚溜出小区,到乡下把鸡背回来。

鸡回来了,老伴又活泛了,笑口常开地和鸡说话,絮絮叨叨讲她的往事。只是鸡打鸣是天性,为防止鸡打鸣弄得他和老伴神经分分,时时紧张万分。那天住校的孩子回来,打开书包,说爷爷我们开书法课了,我买了新毛笔,我写几个字你看。孙子没写过字,买的毛笔大了一点,他把塑料笔套脱掉,正要拿去丢,笆斗老汉脑子里嚓地亮了一下,这笔套,不正好套住鸡的嘴吗?鸡的鸣叫是有规律的,天要亮时叫,打鸣,打鸣,这就是打鸣,这是天性呀,谁也无法改变的。笆斗老汉一拍大腿,忙把鸡抱来,一只手捏住鸡头,一只手轻轻一按,刚刚把鸡的嘴套住了,鸡挣扎着,就是叫不出声来。

笆斗老汉高兴坏了,老伴更是高兴得不行,忙去给孙子煮腊肉,煮荷包蛋。笆斗老汉说大宝，你去学校多捡几个笔套回来，你看这鸡叫不出声，你奶奶高兴疯了。大毛说这东西多了去了，我多多捡些回来。

哪曾想，笆斗老伴今天有事出去了，走得匆忙，竟然忘了关阳台上的窗。那鸡没人抱它，没人和它讲话，就不耐烦起来，它想叫，就是叫不出声音来。临走时笆斗老伴给它套上了"嘴套"，怕它挣脱，还用棉线给它紧紧绑住。它从纸箱中挣脱出来，一看阳台窗子开着，公鸡大喜，好长时间没出去逛逛了，一直闷在家里，走，机会难得，出去逛逛再说。它一振翅，跳到窗棂上，哇，好高呀，自己住的地方竟然这么高。公鸡来不及多想什么，一跃，就飞下去了，再一撞，就跌落到一个人头上了。

笆斗老汉邀他去看割青草。这个小区好大、好大。小区没建时，这里是一片黄沙地，这里临近大山的脚，是片缓坡，全是沙石地，干旱、瘦瘠，种不出好庄稼。原先有几户人家，建小区时将他们也规划进去了。地宽阔，小区的绿化面积就很大了。小区买来草籽，又接通管道，草可以用水管灌溉，又撒了化肥，草就长得葳蕤，麦苗般青翠。笆斗老汉老是想不通，青草长得刚及膝盖，正是青翠可人时，却要把它们割去，为了割青草，还置办了割草机。笆斗老汉不理解也要执行，他是小区聘的人员，由上面拨款的公益岗位，一千五百元一月呢。每次割草，他既心疼又惋惜，那些齐刷刷的膝盖高的草，婀娜秀丽，泛着草的清香气味，像青涩美丽，正在发育的女孩儿，咋啥得割掉呢？推着割草机，看着齐刷刷的青草茬子，老汉心里难受得不行。每次要割，他都尽量拖延时间，让翠绿的青草多活几天，实在拖不过了，才割。

德恒老汉比他更痴迷青草，德恒老汉是放羊的，对青草能不熟悉，能没感情吗？每天清早，顶着薄霜，踏着露水赶羊上山，露水很快打湿鞋子，打湿裤脚，青草在薄雾中释放出涩涩的清香，那味道他太熟悉了，几乎闻了一辈子，只要一吸到这味，五脏六腑就洗过似的清亮。可是，以前的绿水青山只能在儿时的记忆里寻找了，经过一次次大规模的砍伐，陡峭的山梁上只有灌木丛了。渐渐地，灌木丛也少了。没有钱买煤，总有人偷偷砍灌木去烧，罚款也没用，总不能吃生的呀，况且哪有款可罚呢？

德恒老汉喂羊是很艰难的。家在悬崖边，悬崖上光秃秃的，卧着比牛大的满山的石头，树木是没有的，草是长在石缝中的，羊一上去就无踪影，全隐在石丛中了。他就要在高处瞭望，在石缝中寻找，每天下山累个贼死。这石缝里的草后来也没有了，只有到二十多里外的赵家山。那是有片草场，水草肥美，但禁不住各个地方的羊都一起来放，羊比草多，蝗虫样密集，蝗虫样凶狠，这片草场很快又连草茬也啃光了。

在山上哪有这么好的草呢，青草又鲜又嫩，比麦苗儿还壮实，又有水，又有肥，又有人专门伺候，能不鲜嫩吗？德恒老汉抓把青草在手里，贪婪地看着，混浊的眼里灼灼有光，他扯了根青草在嘴里嚼着，青草汁多，鲜嫩，甜甜的、涩涩的味充满口腔，沁入心脾。老汉陶醉地咂巴嘴，说这么鲜的草也舍得割？割了拿去干啥？笆斗老汉说能干啥？沤肥呗。德恒老汉说造孽呀，我在山上找草，爬坡过坎整一天，这么好的草要喂好多羊呀。

不远处，竹笋主任来了，她很急切，德恒大叔，德恒大叔，谁家的鸡飞出来砸到你的头啦？砸伤人不说，弄不好要出人命的，你说说，谁家的？在几楼？非查清不可。德恒老汉急了，忙刨青草把脚下的鸡盖住。笆斗老汉脸都白了，这事太严重，才开过会，小区到处都贴着宣传画，不准高空抛物，造成的损失要赔偿，要罚款，重大的负刑事责任，该判几年的判几年。老不死的老婆娘偏要养鸡，养了鸡偏又不关窗，这次是砸到人了哩，只是没砸死。

德恒老汉说没事、没事，那鸡飞下来，从头皮上擦过，没伤到。大叔壮实，只是迷了眼。竹笋说鸡在哪里？几楼飞下来的？德恒老汉说我没看清哪层楼，眼睛被鸡毛擦着看不清。竹笋说那鸡呢？鸡在哪里？先把鸡找着。笆斗老汉见草在动，急得不行，好在鸡叫不出声，他脱了褂子盖在草上。竹笋朝前走。事情眼看就要败露，德恒老汉说我看着它朝兔栋那里去了，我跑了阵儿撵不上就回来了。竹笋说走，我们去找，只要在附近，就找得到。

第二天笆斗老汉找到德恒老汉，说走，我今天调了班，羊集喝酒去。笆斗老汉昨天把鸡的事和老伴说了，老伴感激不尽，说多亏了他，要不然，这次罚得就重了，弄不好你这个月的工钱还不够罚。这个人仗义，值得交往，你把他请来家里吃顿饭。我去取腊肉、烧火腿，再去买些卤菜。笆斗说吃饭，在家里？你那手艺也做得出？我们还是去羊集痛快。

德恒老汉说昨天割的青草呢？笆斗老汉说在平房那里堆着呢，你要干啥？德恒老汉说我想看看，闻闻味道。笆斗老汉说有啥味道，不就是青草吗？又不是梅花、牡丹花、桂花。德恒老汉说比那些好闻。靠围墙边，是一排平房，是工棚，堆杂物、堆工具，各种用不着的东西都堆在这。老远，德恒老汉就耸起鼻子，深深吸气，说这青草香味就是不一样，我只要一闻，就晓得这青草是哪面坡的，背阳还是向阳，石头多还是泥土厚，挂在岩壁上还是平坡上，就分得出青草里面混合的灰灰菜、野紫胡、芨芨菜、蒲公英、蛤蟆叶的味道，就知道清早是啥味，中午是啥味，晚上是啥味。现在我只能闻到水泥地皮的味了，只能闻到油漆的味了……笆斗老汉说这世界上的人也是日怪，闻啥都有还有闻草味的，你来，你来，只要你闻得起。德恒老汉说除了草味，我还时刻想闻羊的膻味哩，从七八岁到现在，我都在羊屁股后面，闻了一辈子的羊膻味，就是在家里，羊圈和人住的地方也是一墙之隔。有几年，偷羊的猖獗，连偷带抢，我住进羊圈了，都说羊膻味难闻，我是闻不着睡不好啊，你说，贱不贱？不瞒你说，我是隔几天就去羊市镇一趟，专门去闻闻那膻味，也去摸摸羊，看看羊，过下干瘾。笆斗老汉说一样的，一样的，你看见青草想起羊，我看见青草想起麦子。我家住的比你那里好，在坝子边，平坦，地力好，水源足，我种了一辈子麦子，地被征去建工业园区了。我喜欢麦子，一看到这么高的草割掉，就想起麦子。割草时我的脚在疼，真的，疼得腿肚包突突跳。

老远，德恒老汉就闻到青草的香味了，越近，那味儿越浓。那股清新的，像乳汁般的，涩涩的，浓得化不开的青草味，那种源自大地母亲怀抱里的味，那种和生命血肉相依，水乳交融的味，让德恒老汉深深地陶醉。他停住，大口呼吸，眯着眼，像羊羔吸吮乳汁样呼吸。打开门，里面堆积如山的青草堆上蒸腾着袅袅的白气，空气潮湿，水泥墙上凝结着水珠，隐隐约约地有了似有若无的霉味。德恒老汉说这草有三天了吧，有霉味了，堆着不怕沤烂哩？德恒老汉抓把翠绿的青草在手里，那草秆壮、叶宽，翠绿而厚实，是上等的青草哩。他习惯地拿一根含在嘴里慢慢咀嚼，青草脆嫩，汁液多，味青涩而甘甜，是羊最爱吃的，也是催膘的精饲料。德恒老汉惋惜，这是糟蹋呀，多可惜，够一群羊吃好些天了。笸斗老汉好笑，你这老杂毛想羊想疯了，见到一堆青草你都三魂不见两魂了。这么多草，不把它沤烂，留着喂你？来来来，只要你要，我全送你。德恒老汉说你狗日的说话算数？你送我我全要，就怕你的话是放屁哩。笸斗老汉说这算啥，凭你老哥的为人，送你啥也不为过，不要说一堆青草。只是，你要这堆青草做甚？是啊，我要这堆青草做甚？德恒老汉反问自己。他现在已经移民搬迁到小区了，已经住上高楼，家里设施和城里人也差不多了，客厅、沙发、电视机、洗衣机、厨房、卫生间都有。他放了几十年羊，羊群卖了，羊圈拆了，只有放羊鞭舍不得丢，偷偷藏在卧室里，不时拿出来把玩一下。羊群没了，要青草干吗呢？光是闻味道，那味道也会变了，况且要一大堆草。他要草完全是一种本能，就像饥饿怕了的人见到食物，管它吃过没吃过，管它吃得下吃不下，全要下了。青草，羊的青草，给他留下了许多酸涩辛辣、痛切悲伤的记忆。为争草场，他和其他放羊人打过好多架，打伤过人也被人打伤过。有次和两个牧羊人争,明知道打不过还是要和人家打,他的羊群几天没吃到草了,他被俩人打得气息奄奄的,还是不退让。那俩人被他吓到了,怕出人命,主动撤走了。一下子有这么多、这么好的青草,他肯定是不假思索地要了。

他说老杂毛,草既然归我了,你就不要管我拿来整啥子了。只是,我没地点,还要堆在这里,还要借房子后的空地晾草。再堆下去,这堆青草又要沤成烂泥了。笆斗老汉说没问题,你想咋折腾咋折腾,只是过不了多久,又要割一茬青草了,你得腾出地方来。

这排房子背后是片水泥地,有围墙挡着,又空敞,光照又好,又隐蔽,是晾草的好地方。德恒老汉开始一抱一抱地往外抱青草,笆斗老汉帮他抱了一阵,说我不能多耽搁了,一大堆事呢。德恒说你去,你去,我慢慢抱,反正我也是闲着的。那堆青草有上万斤,小区面积大,割一茬有一大堆。老汉嘀咕,当初有这么好的草就好了,省得翻山越岭,起早赶晚羊还吃不饱,省得我跌断脚。德恒老汉家在深山区,山是绵亘不绝的山,坡是一面接一面的坡,地广,人稀,石头多,就是没树,没草,连续多少年的折腾,山上的树砍伐完了,灌木、荆棘也被砍去做饭、喂猪了。山陡峭,山洪一来,山体上的泥土都冲刷完了,成为典型的石漠化地区,裸露的山蓄不住一点水,干得冒火星,生命力最顽强的草也长不出来。但偏偏这片山区不少人家就是以畜牧为生的,种不出庄稼,再不养点羊,养点牛咋办,主要是养羊。德恒老汉喂了十多只羊,为羊的饲料,真是费尽神、伤透心。

为了一片稍好的草坡,他赶着羊天不亮就上路,心力交瘁赶到,那里早有羊群,赶早的遇到熬夜的。于是,人和人打起来,羊和羊打起来,说起来是他理亏,这里的规矩是谁先来谁先放,先来的不答应,就得挪窝。但去哪儿呢,羊早就饿得见草就啃,咋都赶不出。人家去赶,羊鞭是甩狠了点,打在羊身上,疼在他心上。俩人就打起来了,两群羊就打起来了,一个草坡,人畜大战,仿佛成了古战场。

那次，他把人家打伤了，没钱，赔了三只羊。没多久，他跌伤了，那段时间，天太干，远山苍茫，烈日炎炎，遍山大石、小石、砾石，就是找不到草，一群羊东一只西一只躲在大如卧牛，甚至像房子大的石头背阴处喘气，饿得连赶回去都赶不回去了。他头昏昏沉沉的，不敢歇下去，他去找草，好歹也给羊吃个半饥半饱，攒点力气回去。翻过一个崖头，他见崖的半腰上有丛绿草，他在呛鼻的热浪里嗅到一股草的清凉。他喜不自禁，背上背篓踩着岩石的缝隙向下挪动，眼看快接近了，脚下的石块一松动，手上抓的石头把不稳，啊……大叫一声，他坠下崖去了，那次，他的脚踝断了，身上被棱角突出的石头戳得烂糟糟的。多亏了盗马寨的一位远近出名的骨科医生为他接了骨，用自己的秘方，草药外敷，酒药内服，躺了几个月终于好了，只是天阴下雨，仍是酸、涩、疼叠加在一起。

现在，政府让他们搬出了那片丧失了生存条件的地区，让那么荒芜了无生机的地方慢慢恢复，改变生态环境，让小草没有羊啃让灌木没有人砍。他也搬入新区，有了基本的生活保障。可是，他仍然忘不了那群羊，忘不了深入骨髓的羊膻味，忘不了浸透五脏六腑的青草味。

要把这么多草抱完，是够费劲的。老汉一抱一抱，抱了又铺开，铺满一层又抱。抱到中途，他感到累了，浑身又酸又疼，手臂肿胀酸疼，汗水一层一层渗出来，被怀里的青草撩来拨去，又痒又涩，连眼睛都睁不开，尤其是断过的右脚，不堪重负，越来越疼，他只好歇了一会儿。草堆下的草，越到下面霉味越重，也才两三天时间呀。他知道，天气太热了，重压之下更容易发酵沤烂，再不搬出晒干，这堆草就毁了。

这里没有翻草的竹耙，要翻草只能弯着腰去翻。太阳很好，要抓紧翻晒，草才能干透，不会霉变。弯腰翻草是很吃力的，弯一阵儿，他的老脚杆就吃不住，又酸又疼，要命的是脚是支撑点，受过伤的脚当然更疼。最后，他只有伸出一只手撑地，一只手扒拉，这样要好一些。但时间一长，脚、手、腰都受不了，手一松，他跌倒在地，好在离地面近，好在有青草垫着，没伤到头。

笆斗老汉回来放工具，说以为你走了哩，还在扒拉呀，看你脸白煞煞的，眼红通通的，累惨了吧。何苦呢？一堆青草，你又不喂羊，你又不卖钱，即使卖，也值不了几文钱，何苦呢？德恒老汉说管它的，先把它晾干，看着心疼，沤成粪更是糟蹋。笆斗老汉说那也用不着这么卖命，能晾多少算多少。太阳快下山了，到我那里吃饭去。德恒老汉说太阳还有一竹竿哩，你去吧，还要晒一会儿。

太阳好，晒到第四天，这堆草就干了，这多亏了老汉的耐心，一天到晚守着，不断地翻晒。晒的过程中，青草释放的各种气味，让老汉陶醉，最初晒的青涩味，渐晒渐干的草香味，各不相同，只有德恒老汉才品得出来，就是沉沉酣睡中，老汉也手舞脚蹬，翻晒青草。老伴说你实在舍不得，你跑到草堆里睡，不要折腾人。老汉说真想在草堆睡一觉，多少年没睡过了。

那天半夜，德恒老汉被窗玻璃上的雨点声弄醒了。老汉一想，糟糕，那堆草不抱进屋就报废了，雨水一淋，就真的只能做肥料了。老汉抓了把伞要去。老伴说你疯了，这雨说大就大，那堆草值多少钱？值得你拼命？老汉说是钱的事吗？是钱的事吗？……说着跑下了楼。

开始雨还不算大，淋淋沥沥，温柔着哩。又一会儿雨就大了，老汉急了，一只手打着伞抱草，能抱多少，索性把伞丢了，一大抱一大抱地抱。可热天的雨，说大就大，眨眼工夫把他淋成落汤鸡。老汉抹了抹脸上的雨水，想放弃，才走开那腿就不听使唤，折回来了，他说多好的草呀，再抱几抱吧，抱一抱就够一只羊吃一天了。

德恒老伴追来了，她高声大嗓，老砍头的，你疯了呀，这么大的雨抱啥草，草是你爹，是你妈，你淋病了哪个管，看病吃药的钱要买你多少草……老汉厉声，小声点，半夜三更的不怕人知道，你拿个喇叭去喊，老伴说我就是要喊，要让小区的人知道，小区出了个疯子……"啪"德恒老汉狠狠地抽了老伴一嘴巴，这一嘴巴把老伴抽晕了，也抽清醒了。老伴哭了起来，你这不识好歹的老杂毛，拿着，你的皮子，早晓得让淋死、冻死……老伴把一件冬天穿的羽绒服丢给他，跑了……德恒老汉怔怔地站着，懊悔刚才的举动，把湿了的衣服脱了穿上。看着雨一时止不住，地下的草也淋得稀汤汤的，德恒老汉长叹一声，无比遗憾地回去了。

四

德恒老汉回去病倒了，这一次病来势凶猛，他躺在床上，身上盖了三床被子，开了电热毯还把人家赠送的新热水袋也用上了，仍然冷，冷得瑟瑟发抖，脸色绯红，架火发烧。老伴要送他去卫生所，他倔强，这算啥病？淋雨激着了，熬锅红糖姜汤，放把煳辣椒，发通汗就好。老伴依法做了，汗是出了，舌头辣得发木，眼睛辣得冒金星，喝下去仍然不起效。儿子、媳妇在外地打工，她又背不动，去找笆斗老汉。笆斗老汉来了，不和他讲道理，扯床毛毯给他披上，背起就走。

这病不是大病，但也要及时，否则就烧成肺炎，难治了。在小区卫生所输了两瓶液，高烧退了。竹笋主任提了牛奶、水果来看他。竹笋说德恒大爷，那雨是半夜下的，你咋会淋雨？老伴正要开口，德恒老汉忙使眼色，说还不给主任泡水，剥两个橘子。老伴噤声。等走出病房，送了老远，老伴才对竹笋主任和两个社区同志讲了。

竹笋惊讶得半天合不拢嘴，她也是从深山里出来的，他们那个地方盛产竹子，那里的人基本上靠打笋季节打了竹笋维持生活。她妈生她的时候已经快临产，舍不得打笋这个活计，坚持上山来，就把她生在竹林里了，她的名字顺理成章，就叫了竹笋了。竹笋主任受过苦，对贫困山区的生活有着切身感受。她后来发奋读书，考取了本地大专，以后又考取了公务员，在基层摸爬滚打了十多年，当了这个很大社区的主任。竹笋了解从贫困山区移民来的居民，理解他们对土地、庄稼、牲畜，对一草一木、一花一籽的无比眷恋的感情，一下子切断他们对乡村、对土地、对牲畜、对稼禾的感情，是不可能的，那是深入到他们生活的每一个纹理，深入到他们血液和骨髓里的不可替代的东西，是他们灵魂里镌刻着的难以忘怀的记忆。她想向移民办，社区的上级领单位反映一下，允许他们养些不妨碍卫生和公共秩序的活物，刚走出几步她就折了回来，那是不可能的，上面一再要求不准养这些活物，要创建卫生、整洁、美观的新社区。

德恒老汉在家里躺了几天，高烧是退了，可是浑身无力，浑身酸疼。医生说不消再输液吃药，年纪大了，器官老化了，好好休息，加强营养就行。老伴平时节省，但这时也大方了，把儿子给他的钱取出，去割了一挂肉，买了一笾鸡蛋，又买了一只老母鸡。但老汉面对热腾腾的鸡汤，炒得鲜嫩无比的小炒肉，放了天麻粉蒸的肉饼一点没有食欲。在老伴催促下他勉强吃了几口，吃在嘴里却咽不下，甚至恶心起来，差点连肚里的东西都吐出来。老伴出门，去找小区的中医，想了解一下调养的事。

德恒老汉肚里其实没有什么东西了，他这次被暴雨淋病也是必然的，毕竟七十多岁的人了，天天将青草抱出抱进，翻去翻来，劳累和暑气郁结，突遭暴雨袭击，再好的身体也要出问题。老汉突然觉得肚子很饿、很饿，但鸡汤、肉饼又让他恶心，他忍着，但肠胃一阵阵痉挛，搅得他清口水长流。忽然，他闻到一股烧洋芋的香味，那香味太浓郁、太强烈了，这是他吃了一辈子的火烧洋芋的香味。这种柴火烧的香味，伴随了他一辈子，出门放羊，背上背的是一网兜生洋芋。这种网兜现在是见不到了，是用麻线织的类似渔网样的兜，把口收紧，洋芋就掉不出去了，在陡峭的山上，在半缓的坡上，在小河边，只要找得到柴都可以烧。德恒老汉是找柴的高手，生态恶化，草木不生的地方，他都能找够烧洋芋的柴，有的是岩石上一截干枯的树枝，有的是河边沙滩上一丛灌木，有的是埋在地下的枯死的树根。他那铁铸一般的手指在坚硬的土地上扒拉一阵儿，就扒拉出一堆枯了的歪七扭八的根。

接着点火，燃柴，再湿的柴，他都有本事将它点燃，让冒着乳白色水气的柴草慢慢变成青烟，再变成火苗。再大的风，他都有本事让火种不熄灭，一根火柴，背风站着，在张开的衣襟里点燃。再浓的青烟，也熏不到他，他爱闻辛辣的烟，爱闻湿润的香，更爱闻各种柴草香味的烟，闻了一辈子还是没闻够。

柴火的味道太浓烈了，洋芋的香味太浓烈了，它们从门缝里，从窗棂里，从墙壁里钻进来。德恒老汉甚至看见柴火的烟袅袅地冒出来，包围着他，甚至看到洋芋的香味，是金黄色的，一条条蛇样在柴火的烟里游弋，直钻他的鼻孔，深入五脏六腑。他被搅得肠胃翻腾，坐卧不宁，饥饿像手一样撕扯他。他躺不住了，爬起来，说狗日杂种，今天非吃一顿火烧洋芋不可……

小区空空荡荡，小区整洁宽敞，小区硬化、绿化都不错，哪里有柴草呢？小区更不允许烧柴草，一片落叶、一根杂草都有人拾掇干净。他想到了笆斗老汉堆放各种杂物的那排房子，想到了一间房里堆放着从绿化树上修剪下的树枝和干枯而死的树干。洋芋好办，家里就有，而且是迁入新居时从山区老家带来的脚板洋芋，干、沙、面、甜，好品种哩。

正在搬动柴草，笆斗老汉来了，问他你在干啥子？搬了去整哪样？德恒老汉说这些柴不是不要了吗？我搬点去烧洋芋吃。笆斗老汉说不能在这里烧，晓得不？德恒说在后面空地烧都不行？又没人看见，咋个吃个烧洋芋都贼惊惊的了。笆斗老汉说火一烧烟就冒出去了，污染，小区不准烧火，冒烟哩。德恒老汉说这都会污染？烧几个洋芋吃都会污染？好了，好了，不吃了，怪我嘴馋。好鱼好肉不吃，偏偏想吃烧洋芋。说完赌气把柴丢回去了。笆斗老汉说我又何尝不想痛痛快快烧一火洋芋吃，搬进小区半年了，就没好好吃过一顿烧洋芋，想起来都流清口水。走走走，我们今天到野地里去烧，痛痛快快吃一顿。

德恒老汉去抱柴，笆斗老汉说你走路都打飘飘，站都站不稳，我来、我来。在路上他们遇到竹笋主任，竹笋问你抱这些柴干啥？笆斗老汉说堆得太多了，我抱出去丢。竹笋看见德恒老汉背着一网兜生洋芋，晓得他们要干啥去，说柴也不要费力去丢，垃圾车来了一车就拉出去丢了。笆斗老汉说今天没得，闲着也是闲着，能丢多少算多少。竹笋说我是山里出来的人，还不晓得你们干啥？你抱柴，德恒大叔背洋芋，这不是明显去烧洋芋吃吗？你们去，你们去，回来时给我带几个来，我一样想吃哩。望着他们走去的背影，竹笋想这个矛盾要想法解决，小区卫生当然重要，但移民，尤其上了年龄的老一代，深入骨髓的生活习惯也要考虑。

走了好长时间的路，终于在一面坡脚找到个好地方。这里背风，有茂密的草，松软，好歇息，有一条小溪，流水潺潺，野花闪烁。风从坝里吹来，有麦子的香味，远处的麦田黄灿灿的，看得笆斗老汉眼睛流泪。那个颜色、那个风他是再熟悉不过了，金灿灿的颜色是他一生的光阴，一生的梦啊。闻着麦子成熟的香味，他知道开镰的时候快到了，锋利的镰刀割在麦秆上的咔嚓声，是麦子以生命对大地的祭献，麦芒锐利，刺的脚踝痒酥酥的，这是麦子最后的亲吻。

德恒老汉看出了他对麦子的眷恋。这种眷恋是自打来到这块土地就直入了的，几十年了，已经和身上的每个器官、每块肌肉和灵魂融在一起了，正像他看到青草就舍不得走，见到青草就要嗅一嗅，就要扑了在嘴里咀嚼一样。笆斗老汉永远离开了他的土地，他被移民到小区来，但也种的是草而不是小麦，他的失落、他的怀念，只有同样是移民的人才感受得到。

柴火烧起来了，有风，风不大且有麦香。德恒老汉笼火自有一套经验，先用细枝，再用大块粗壮的柴，青烟袅袅，火焰熊熊。他们背风而立。虽是深秋天气，大地仍然温暖，他们依然兴奋地烤着火。这火热烈，劲道，烫得皮肤痒痒地痛，痛痛快快地疼。久违了，有炊烟的火，久违了，有气味、有感情的火。火焰直舔，炙热快意，这才是烤火。他们不习惯家里不温不火的电烤炉，没有气味，没有热情，只有温度，只能叫取暖。真正的烤火是这样的，炊烟袅袅让人陶醉，火焰熊熊让人痛快，正面烤烫了烤背面，下身烤烫烤上身，逼出了深藏在全身的寒气，连五脏六腑，连骨头骨髓里的寒气都逼出去了，那叫一个畅快，那叫一个惬意。笆斗老汉说你个老杂毛，淋场雨就瘟鸡样的，翅膀耷拉着，脑袋垂着，不死不活，咋一烤火，你就活过来了，活蹦乱跳像打了鸡血？德恒老汉说你也比我好不了多少，烤次火就把你烤得新新鲜鲜，死眉死眼的样子也不见了。

　　火焰渐小，成块的灰烬发着暗红的光。此刻灰烬的热量很高，是烧洋芋的好时间。德恒老汉把洋芋倒出，匀匀地围成一圈，用木棍小心地将灰烬扒来埋着洋芋。这时，洋芋发出的叭叭声，亲切地和火交汇融合，浓郁的香味四处弥漫。这样的香味，就是很远也闻得到，并且具有很强的穿透力，能直钻你的鼻孔，渗透到你的全身，调动起你全身的细胞，搅动着你的嗅觉、视觉、味觉，让你的肠胃蠕动，让你的肠胃伸出无数只手，呼叫、欢腾、纳入，快速搅动，翻江倒海，掀起味觉记忆海洋里的波涛，在味觉的波涛里腾挪跳跃，沸反连天。

　　灰烬渐暗，刨出的洋芋，像孕育充分的婴儿样圆滚滚，白胖胖，鲜颤颤。柴火煨出的洋芋，表层完整，浑然一体，既没有猛火烧的焦糊、碳化，要剥去一大层灰才露出洋芋的本色，又将柴火的香味尽纳其中，像婴儿的皮肤样吹弹可破。德恒老汉闭着眼睛，深深地将洋芋的香味吸入肺中，又慢慢地品味洋芋特有的香味。这种香味是用其他方法煮熟、煎熟、炸熟，都代替不了的，只有在这样的环境里用这样方式，才能把洋芋的香味发酵出来。笆斗老汉早就忍不住,说闻香味闻得饱,你就闻,我倒是要吃了。说着抓起一个,拍拍灰,连皮都不消剥,就咬了一大口,煨熟的洋芋,里面是滚烫的,肉白如雪,热气霎时冒出来,烫得他差点吐出来,他边吐气边说,好吃,好吃,又面又沙,又香又甜。德恒老汉虽然被洋芋的香味搅得肠胃痉挛,还是慢慢掰开,一口一口,仪表庄严地吃。他说你还是不懂咋个吃,你那种吃只是填肚子,品不到柴火煨洋芋的真味呢。

五

又到割青草的时候,德恒老汉照例来,他要来嗅青草的味,才割的草坪里青草味特别浓。他帮着抱青草,他把青草整整齐齐地码放着,但他不会再去晒青草了,他知道晒干了也没用,反正是不准养羊的。他看见笆斗老汉割青草时恶狠狠地把割草机开得歪歪倒倒的,不走直线,割草机像只乱啃的羊窜来窜去,草地浅一块,深一块,狗啃似的。他知道老汉心里有气,他是想起了他的麦田,想起了麦苗起伏的波浪,想起了麦田里的浓郁麦香。那天看到久违的麦田,金色的灿烂让他怀念,也让他惆怅。德恒老汉说你割啥草?割成这鬼样子,像你这样子,迟早要换人哟。笆斗老汉说你割得好你来割,好好的地不种庄稼种青草,还要一天到晚伺候爹妈样伺候着,刚长好了,又要割去,不是疯了是啥?德恒说我晓得你鬼心肠,你又不是不晓得,这是小区不是你的二亩半,你想种啥种啥。笆斗说地不是我的,但也不能这样糟践呀,肥、水、土都好,拿来种麦子多好,一样绿油油的,一样好看。德恒说我替你想了个好办法,保证你种上小麦,别人又不干涉。笆斗老汉说小区是你的?地是你的?竹笋主任都不敢自作主张,轮得到你?德恒老汉说不信拉倒,我这锦囊妙计烂在肚子里也不告诉你,说着要走。笆斗老汉说你讲来听,是好主意我请你羊场吃汤锅。

找了两把条锄来，俩人开始深翻土地。天气阴冷，俩人都脱了上衣，光起膀子挖地，好长时间没挖地了，他们身上冒出热汗，冷风一吹，感到无比惬意。他们嗅到了湿润的土地里冒出的缕缕的泥土的香味。笆斗老汉捧起一捧土，凑近鼻孔，深情地闻着。他说每次翻地，他都要脱掉鞋袜，踩在泥土上，又温软，又舒适。他说开机器割草，就像隔着鞋子挠痒，找不到感觉。德恒老汉说咋不是，放了几十年羊，跟着羊屁股后面只闻得着羊膻气，闻不到了，还怪想哩。

竹笋主任听说他们把草地挖了，风风火火赶来，说干啥呢？干啥呢？这是小区的草坪，你们咋乱挖呢？真把小区的地当成自留地了。德恒老汉说我跟他说要深翻，草才长得好，怪我、怪我。竹笋说这是草坪，谁说要深翻？草根会自己长出来的。笆斗老汉说这草坪有些退化了，深翻了地，会长得更好。竹笋说这不是瞎折腾吗？这是种草，不是种庄稼，你们有力气使不完，去干点正事，赶快将草种好。

地平整好后，德恒老汉提了一小口袋麦种，说你看麦种好不好？笆斗老汉说哪弄来的，你咋会有麦种？德恒老汉说晓得你忙，我闲着无事窜了几个市场才选到的。笆斗老汉捻了捻麦粒，又放在嘴里品嚼，说好麦，这品种是老品种，现在少了，麦面白、韧，有筋道，回味甜，就是产量低一点。德恒老汉让他找来皮尺，俩人拉着在平整好的地里划线。德恒撒种，划完线，一面大大的五星红旗就出来了，还撒了几个五角星，德恒老汉说五角星是请种子站用药水浸泡过的，他们说啥胚胎变异，变色了。笆斗老汉感动，这得要多少钱？德恒老汉说种子站的是我侄女婿，没收钱。笆斗说收了麦，一定送袋麦子给他做馒头吃，我种的麦，没人比的。德恒说磨成面，做成馒头请小区所有人吃，开个馒头宴。笆斗说那好、那好，小区的人各忙各的，见个面都不容易，那多热闹。

青草和小麦同时生长，小区阔大，绿油油一片，谁也无法区分青草和小麦，只有笆斗老汉和德恒老汉清楚。德恒老汉成了小区的义工，每天和笆斗老汉同去同回，忙这忙那。种麦子笆斗老汉是专家，德恒老汉毕竟是放羊的，只能跟着做杂工，叫他干啥就干啥。笆斗老汉脾气暴，有时见他做得不到位，还吼他，他却乖乖地去做，屁颠屁颠地。笆斗老汉说不能用化肥，我们要种纯天然无污染的麦子。德恒老汉说那要啥肥料呢？笆斗老汉说羊粪最好。德恒老汉说这个交给我，我就是放羊的嘛。德恒老汉天天去羊场集，他跟那里的人熟，自己带了扫帚、口袋，去扫羊粪。羊屎疙瘩他再熟悉不过了，放了一辈子羊，他从来没嫌弃过，那是种庄稼的金豆豆、银豆豆哩。

有人说德恒大爹，你来这里当清洁工啦？你不是搬到移民小区了，这么远还来？德恒老汉说没有，哪个会要我，我是扫点去做肥料。那人说现在谁还用这个，都用化肥，劲道大，又省力。他说种出的庄稼不好吃，那人说哟，才进城几天，讲究起来了。德恒老汉说讲究啥，种点尝个鲜。天黑，老汉就扫了满满的一口袋，扛着往回走，去搭班车，人家不让上，说这是啥？一大股膻味。他说羊粪哩，干净。人家说这就更不能上了，这是拉人的车，不是拉粪的车，不让上就不上。老汉气哼哼的，这就日怪了，又不污染啥，凭啥不准上？人家说污染空气哩。

扛着那袋羊粪，老汉累得头晕眼花，十来里的路，真要命，他走走歇歇，歇歇走走，今天贪心了点，麻布口袋装了五六十斤。扫羊屎疙瘩时他很兴奋，真的像在扫金豆豆，有的羊刚拉，他忙去扫，还冒热气哩。他想把羊粪拿回沤一沤，发了酵，真是绝好的肥料，只是越背越沉，咬牙坚持着。吃过一碗羊肉汤锅，消化得无影无踪，肚里无货，路远、粪沉，走不了多远就累得眼冒金星，冷汗直流。好几次他都想把羊粪扔了算了，这是干啥呢？这是自讨苦吃，又没有谁让你种麦子，更没有谁让你非要羊粪不可。笆斗老汉想种他去种，与你何干？种就种了，丕要这么多讲究，这不是自找苦吃，无事找事做吗？

不知歇了多少次，德恒老汉实在背不动了，腿脚抽筋，头晕眼花，虚汗直冒。他把羊粪疙瘩倒了一小半在地上，想想怕别人扫去，又在地上刨个坑，把羊粪蛋蛋埋起来，又盖了些草，想明天来拿，这样轻了一些。背着走了一段路，又背不动了，全身乏力，饥饿难忍，他想找些东西吃，可周围黑漆漆的，啥也没有，爬到公路边的地里，摸到凉凉的菜叶，闻闻，立即就辨出是白萝卜。这让他欣喜不已，立即拔出来，抹抹泥，咔嚓咔嚓咬了吃，吃完，觉得有了力气，背起又走。

白萝卜不抗饿，并且会更饿。德恒老汉觉得肠胃里抓心抓肝般难受，清口水不断淌，心慌得不行，他只好扔了羊粪口袋，蜷缩在路边，又冷、又饿、又累，不知啥时睡去。沉沉昏睡中，有人急促呼喊，赵德恒，赵德恒，你醒醒、醒醒，你咋跑到这地方来睡觉？朦胧中，他的脸和头挨了几巴掌，终于迷迷糊糊醒来，睁眼一看，打他的是老伴。老伴气急败坏，你咋死到这个地方来了，游尸摆魂嘛你要讲一声，现在几点了？害得这么多人找你，你却到这里挺尸。有人说好了、好了，嫂子不要吵了，找到就好，找到就好，是笆斗老汉的声音。笆斗老汉说你是鬼迷心窍啦？咋个会跑恁远？咋个不早点回去？天气这样冷，把你冻坏谁负责，还不是自讨苦吃。德恒老汉艰难地想爬起来，爬了几次又瘫下去，说还不是为你这老杂毛，种麦子要羊粪，哪里有羊粪？只有羊场集有。笆斗老汉说你硬是一根筋呀，我就是随便说说，你倒当真了，有它更好，没它也是一样种。德恒老汉说不是说种出来磨成面，做成馒头小区的人聚会吗？既然要做，就要做好，不要掺假呀。掺了假，小区的老少爷们儿、兄弟姊妹、侄儿侄女找不到天然麦子的味道，种麦子不是没意义了吗？

远处闪起了手电筒的亮光，还有摩托车的灯光，还有汽车的车灯，小区的人在竹笋主任带领下，四处搜寻。漫漫旷野，漫无目标，跑了不少地点硬是没寻到，接到笆斗老汉的电话，他们朝这里汇聚来了。

六

眨眼间就到了金秋的季节,这个庞大的功能齐全的小区里的各处汇聚而来的移民,渐渐地融入了新的生活中。他们从开始坐上电梯,电梯一开嗖嗖往上直蹿,吓得哇哇乱叫却不知道怎样摁电钮,到熟悉了坐电梯、开煤气灶、使用抽水马桶,等等,从高空抛物、随地吐痰、乱丢垃圾、坐沙发不习惯,非要坐硬板凳,睡席梦思嫌塌陷,腰会疼到完全适应,中间经历,发生了多少可悲可笑、可叹可喜的事。

阔大的草坪里绿油油的,绿油油的植物随风轻摆,只有笆斗老汉和德恒老汉知道,这是青草和小麦混栽的,青草和小麦在最初几乎是分不清的,小区的人来去匆匆,谁也不在意,反正都是绿色,看着顺眼。渐渐地,这种区别逐渐显示,但不明显。看到小麦抽穗了,笆斗老汉很着急,一抽穗,送爽的秋风就成了绝妙的调色师,该黄的就黄,该绿的就绿,该红的就红,色彩绚丽,五彩缤纷,要不了多久,这一片绿地就会金色灿烂了。德恒老汉说你慌个尿,好好管理,谁也不会把它拔掉哩。笆斗老汉说你说得轻巧,端人碗服人管,人家也没叫你种别样。德恒老汉说你放心,这是五星红旗谁也不敢破坏哩。

其实,竹笋主任早就看出来了,她毕竟是从农村出来的,麦子和青草还是分得清的,她只是不忍心把麦子割掉,割掉麦子就是剜老汉的心尖尖哩。但社区是有规定的,哪里种杜鹃花,哪里种波斯菊,哪里种栀子花,都是上面统一定的,这个小区是这样,那个小区也一样,听说是县里领导亲自审定的,创建模范小区也是这标准。她想管他的,反正一时也看不出来,反正上面领导也不经常来,让他们多长一些时候吧。

正所谓纸包不住火,由于两个老汉精心种植,麦穗齐刷刷抽出来了,麦芒竖起,麦子灌浆,麦粒饱满坚硬起来,人走在里面,会发出唰唰的摩擦声。小区的人渐渐发现了这个秘密，他们不以为意，他们更多的是惊讶于青草咋会变麦子，更喜欢的是渐渐变黄的麦穗给他们带来久违的亲切。他们每天经过，都要驻足观赏，有的会捻一捻麦穗，感知一下麦粒成熟度；有的会低下头，嗅一嗅尘封已久的味。有的对身边的娃娃说，等收割了，让你爷爷用麦秸给你编小筐，编斗笠，编笼子，编提篮，他的手可巧哩。有人说笆斗老汉，你那一年不离身的笆斗也该换新的了，瞧这么旧了还舍不得丢。有人说用新麦做的馒头，松软暄腾，那才叫香呢。竹笋主任听着人们的议论心里有底了。凡事只要是大家拥护的，就不会有错。的确，绿化确实是好事，过去谁舍得拿地来种草，种草不是说明我们的生活提高了吗？但是麦子和草区别不大，不要认为种麦子土，效果都一样的嘛。

但是，竹笋还是被通报批评了，有人举报说他纵容少数移民，把公共绿化地变成自留地破坏小区绿化。竹笋不仅被通报，写了检查，还让她组织人立即割掉，恢复原有草坪。

离小麦成熟还有半个月，望着齐刷刷的颗粒饱满、丰收在望的小麦，竹笋实在下不了决心。她也是庄稼人出身，对每一粒粮食、每一寸土地有着深厚的感情，吃皇粮多少年了，内心依然如初。她想这两个老汉，尤其是笆斗老汉咋会答应呢。笆斗老汉每天在地里辛勤劳作，他已经不是在种庄稼，而是在土地和庄稼里追忆他的逝水年华，在对深入到骨髓里的养活他的庄稼做深情的祭奠呢。但是，上面对她的拖延是不允许的，她已经被叫去谈了两次话，再不执行，恐怕她的位置难保。

找笆斗老汉，提出麦子的损失由她承担，他知道老汉付出太多太多。笆斗老汉倔强，说不是钱的问题，我再穷，也没想到在草坪里种麦子发财。德恒老汉是为了钱吗？他差点冻死在背羊粪的路上，为了这点钱会这样拼命吗？即使让我丢掉这份工作，也要让我收了麦子。况且，我们种的是面红旗，五星红旗。

笆斗老汉和德恒老汉拉着竹笋主任到堆杂物的那排房子那里，他们上了房顶，一面五星红旗赫然耀眼，熠熠生辉，由红色组成红星更是醒目，一阵风吹来，麦浪起伏，有如一幅巨大的旗帜在随风飘扬。竹笋看得心潮起伏，是呀，它不仅是麦浪，更是一面红旗，一面植根于大地的五星红旗。谁要来割麦子，就是割五星红旗。

那天来了几个领导，他们看了这片随风飘荡的五星红旗，他们也激动，说这个创意好，这个创意好，又可绿化小区，又有粮食可打，还有教育意义。

七

竹笋早就有个想法，小区的人来自四面八方，过去不熟悉，住在一起了，也像城里人一样，上班的忙上班，打工的忙打工，上学的忙上学，回来也各自待在家里，互相不往来，显得很生分，甚至冷漠。他想小区应该组织开展些活动，使大家熟悉起来、亲热起来，像个大家庭样亲切和睦、团结友好。

竹笋主任是个有组织经验的人，当笆斗老汉、德恒老汉找到她，说麦子完全熟了，可以开镰了，他们打算割麦。竹笋看着这一大片麦子，说你们俩割到啥时候，麦子应当一天割完，迅速清理，维护好小区卫生。我有个想法，想请大家帮忙，把麦子割完，把战场打扫清爽，同时享受丰收的喜悦，你们说？德恒老汉说都是农村出来的虽然进了城，住了洋楼，大家还是丢不掉田园居家的感觉，就是开着机器，坐着小车，也还是想摸摸庄稼，闻闻庄稼香气。笆斗老汉说请都请不来，大家一起上手，又找到过去种庄稼的念想了，这麦粒香着呢，在哪里都买不到。他摘了几个麦穗，在大手掌里一搓，吹去麦壳，递给竹笋，尝尝、尝尝，香着呢。竹笋接过去丢进嘴里，一嚼，一股麦粒特有的新鲜香味，弥漫在嘴里，直冲脑际。那些年，在收麦季节她不知吃过多少这样的麦粒，那种温润、饱满、清香、沁甜让她一辈子难以忘怀。那种混合着阳光的炽热、风的爱抚、露珠的甘甜、土地的醇香的麦粒，是留在味觉里永远抹不去的记忆。竹笋还没把嘴里的麦粒嚼完，又忍不住扯了两穗在手掌里揉，饱满的麦粒硌得手痒痒的，心也痒痒的，熟练地吹去麦壳，丢进嘴里，大口地嚼起来。

他们商量了，找几个老把式老麦客割麦子，找几个精壮汉子捆麦捆、堆麦秸，找几个精灵媳妇去磨面。小区外面有个闲置的磨盘，这麦面要石磨磨的才香哩，找几个能干的媳妇蒸馒头，小区有卖早点的小吃店，蒸笼现成的。他们越说越兴奋，越扯越细致，最后设计成小区的长街宴了，主题是尝新会，以新麦食品为主，各家凑出桌子、凳子、餐具，各家自带食材或做好的拿手菜，热热闹闹聚一聚，欢声笑语庆丰收。

德恒老汉说我没得啥特长，就会做羊肉汤锅，放了一辈子羊，吃了一辈子，就这做得好，我负责做一大锅羊肉汤锅。笆斗老汉说那次在你家吃了以后，很久都还想吃，确实做得好，做得地道，比羊集镇做的还好。德恒老汉说你不是说你编麦秸草帽编得好，这么多麦秸，你不编一顶送竹笋，她一天到处跑，人晒黑了你不心疼？这种草帽又透气又好看，你那顶也该换了。竹笋说这麦秸好好保管起来，笆斗大叔，可以编了卖，这是工艺品，买不到的了。笆斗老汉说不卖，不卖，编了送你们，小区的人只要要，我都送。笆斗老汉的孙子不知何时站在他们堆里，他说我爷爷会编装蛐蛐的笼子，有提手的草筐，盛水果的花篮，有图案的草垫才编得好哟，可惜这两年没编了。竹笋说真没想到呀，笆斗大叔，看你的手指又粗又短，手掌又燥又黑，还会这精细活儿，我看你编一些，拿到小区小卖部，包准脱销。笆斗老汉不好意思，嘿嘿，编着玩，编着玩，没有麦秸，好几年没编了。

日子选在星期六，那天小区真是热闹非凡，学生们没上课，打工的，开商店小门市的，开的士的，卖水果、小蔬的，当外卖小哥的，都给自己放了假。被推选出来割麦子的八个老汉，在不久前就将麦子割完，麦秸整整齐齐码在后院墙边，麦粒已经打场脱粒，在水泥地上晒干。面粉是在小区外面的一个石碾上磨的，来了好些小媳妇、大嫂子，她们说好久没推磨了，过去是推够了，怕推，现在是想推，没推，人就是贱呀。有的说我就是闻麦香，买的麦面好是好，就是没有这股清香气。有的说买的面看着白，就是做出馒头，擀出面没韧劲，劲道不足。她们嘻嘻哈哈，兴高采烈，轮流推碾子。碾子转动，腰肢转动，很快就把面粉磨好了。

桌子、凳子摆好了，壮观而不整齐，都是每家的桌子凳子，自然五花八门、色彩不一、大小不一、形状不一，有的是方桌，有的是圆桌，有的高，有的矮，但并不妨碍大家的激情。德恒老汉像数羊子样数了数，竟然有一百零九桌，凳子就不用数了，太费劲。

长龙似的长街宴，逶逶迤迤沿着小区中间的路摆开。小区的楼层高，都是二十多层，楼中间就是狭谷。在这个狭谷里蓦然出现一条长龙，真是壮观，让人震撼。人声鼎沸人头攒动，小娃娃窜来窜去，男人高声喧哗，女人呼儿唤女，好不热闹。

竹笋宣布长街宴正式开始，人声退潮样屏息。一行人逶迤而来，他们手里端着筲箕、面盆，还有竹篮，无一例外，里面都是又白又大，又香又软，热气腾腾，香味扑鼻的新面馒头。大家急急切切地抓起馒头，急急切切地往口里送。小娃娃性急，烫了嘴，吃了的又吐出来。大人呵斥，慢慢吃，多的是，又没哪个抢你的。老年人矜持，端着架子，吃一口，慢慢品咂、慢慢回味，闭上眼，让迟钝的味蕾复苏，让记忆与食物碰撞、亲吻、吞噬、认证，最后就顾不得矜持，开始狼吞虎咽了。

笆斗老汉不是精细人，平时吃东西是"倒"，所谓的狼吞虎咽，所谓的风卷残云、一扫而光，吃完抹抹嘴，扛上农具就干活。

他拿起一个馒头，眼睛不眨地看，似乎要和他印象中的馒头寻找契合点；接着闻，这是深情的闻，他甚至眯着眼，无比陶醉地闻，这一闻，他是真正地感动了。他感动于这馒头的味道，是土地的味道，是日月精华的味道，是汗水和农家肥的味道，是太阳热辣辣和露珠清凉凉的味道。他掰了一小块，慢慢咀嚼，慢慢回味，芳香、回甜、柔软、暄腾、劲道，五脏六腑激溢起来，伸出无数只手，再容不得他斯文，这下，开始狂吞猛咽。

在众多的菜肴中，德恒老汉的羊肉汤锅也是一绝。为了这一锅羊汤，德恒老汉也是下了大功夫的，他起了个大早，在羊集镇买了一只壮硕的山羊，还有谁比他更有经验呢。羊通体油黑发亮，四肢健壮有力，肌肉饱满而不臃肿。人多，他还买了两挂羊杂碎，羊肝、羊肠、羊肚都是上好的。回来，老汉在小区的水管下洗了一下午，不用洗洁精，不用纯碱，用面粉揉，这样洗得干净清洁，还能保持羊应有的味道。

那天晚上，小区的人吃得尽兴，喝得畅快，其乐融融，无比高兴。很久了，他们没有坐在一起吃、一起喝、一起畅谈。家家都是关门闭户，每个人都是各忙各的，来了很长时间，互相认识的都是原来认识的人，很多人都陌生。在以往的日子里，乡下讨亲嫁女，老人升天都是乡村生活的盛大活动，乡里乡邻都可以在一起或庆贺，或守灵，或打扑克，或扎堆聊天，或忙活，互相往来，人情浓浓。现在，久违了的活动，让他们亲近，让他们找回了人们之间的情分。穿梭于人群中的竹笋主任，也一样地快活着、感动着、感慨着。她想，移民小区不仅要移民，还要移来人情，还要移来亲情，还要移来传统，还要移来民俗，还要注入文化，以后，是该开展些活动了。

月亮渐渐升高，小区的月亮，不是挂在山巅，不是挂在树梢上的，它挂在高楼的顶上，清辉倾泻，天气凉爽。有人想起，日子过得好快，七月半快到了。这个敏感的日子，让刚才还在高兴的人心里蒙上一层阴影，心里生出阵阵哀愁。

是啊，七月半，这是给列祖列宗祭祀的日子。人类生生不息，就像世间万物，生长、繁茂又枯萎；消逝，再又萌发、生长、繁茂。江山万里，人世更迭，总有个连接，人的传承、繁衍，生生不息，不就是靠的亲情血脉的传承。七月半，就是对祖宗，对逝去的老人们祭奠，传承血脉，传承薪火。

他们陷入了茫然，陷入了惆怅和悲伤，他们的祖宗，逝去的亲人，他们的坟墓在莽莽的大山里，在深深的峡谷里，他们想祭奠，可找不到祭奠的对象，没有祭奠的对象，就没有寄托，没有凭借。小区四周高楼林立，茫茫山野寒星闪烁，关山险阻，河流滔滔，祖宗的亡灵分散各处，四处飘零，找不到归家的路，让他们心冷如灰，让他们感到无比的孤独、惆怅，无比的空虚、悲伤。

德恒老汉说我备了些烧纸，准备回老家烧的，今晚取来了，就在这里烧了吧。我的祖宗，你们的祖宗，是大家的祖宗，我的亡故亲人，各家亡故的亲人，是大家的亲人，把纸烧在这里，就是烧给大家的祖宗，大家的亡故亲人。德恒老汉打着火机，将纸点燃。他虔诚地跪了下去，朝四个方向磕了头。他声音嘶哑，悲惨忧伤，说移民小区的各位列祖列宗各位归天的先人，你们分散在东南西北各个地方，今晚，我们小区的人共同祭奠你们。你们领了钱该吃就吃，该喝就喝，该添置啥添置啥。你们要护佑好你们的子孙后代，让他们安居乐业，和睦相处，事业兴旺……

夜幕低垂，纸烛熊熊，小区的人齐刷刷地朝各个方向跪了下去，撕心裂肺地倾诉，哀哀不绝地祈祷。德恒老汉一声长啸，列祖列宗，亡故亲人，魂兮归来……魂兮归来……

胡树和他的牛

一

胡树回来的当天就和一条狗较上劲了，这条狗是杨春家的狗，被链子拴着，也正是拴着，胡树才没被狂吠的狗咬着。胡树说傻狗，瞎啦，我是胡树，和你主人是朋友哩。那狗歪着头看了他一眼，仍咬，狂叫，还把前爪伸出后背耸起，边刨边猛叫。胡树说你狗日皮子痒，不教训你还真把自己当成狗了，说着扑过去，扬起脚要踢，那狗倏地退回拴狗的柱子那里，更加狂暴，叫的声音越发愤怒，越发瘆人。胡树退回去，它又扑上来，胡树上前，它又退回去。胡树手里已经捡了个拳头大的鹅卵石，扬了几次手，终究没打出去。打狗看主人，在山区尤其看重。胡树和杨春是朋友，把狗打伤就等于把杨春打伤了，他不能下这个手。但这狗实在是皮实，不依不饶，不气不馁，敌进我退、敌退我进，在它有限的范围内不断刨挠，狂叫，龇牙咧嘴，口吐红舌，声音尖厉，沸反连天，刺激着胡树的神经，顽强地挑衅胡树的尊严。胡树毕竟才从外面颠簸归来，几千里的路，几天的行程，人也上了岁数，在愤怒狂躁、对嚷、奔走中败下阵来，蹲在远处的树下喘气。

望着家门而不敢进，胡树既无奈又心酸愤怒，妈的，老子多少年才回来，没想到却被一条烂狗挡了道，有家不能回，有门不能进，真是人倒霉连狗都欺负。坐一阵儿，想一阵儿，气一阵儿，胡树说你狗日的惹着我算你倒霉，老子不叫你哭不出好声气不叫人。漂泊多少年，胡树啥没见过，吃过亏，占过便宜，被人欺负也欺负别人，但多数是自己占上风，哪想到今天却败在一条狗身上。

胡树是冻醒的，刚入秋，山区的天气就冷得不像话。他抹一把脸，脸上竟有了一层薄霜，手脚僵得不能动弹，嘴里说妈的啥鬼地方，老子在大城市蹲桥洞也比在这暖和，随便想个法子，也可以把肚子弄圆。正自言自语，那狗听到窸窣声，又狂吠起来。这下又把他惹火了，想想今天不教训这狗东西是不行了，不把你狗头砸烂，你是不知道灶王爷长三只眼了，挣扎着爬起来，摸到那块鹅卵石，突然听到垭口处有人声，死狗，叫啥叫，老子回来你也不晓得？那狗听到呵斥声，就立马噤了声。

胡树知道是杨春的声音，尽管声音嘶哑苍凉，不再敞亮。胡树从树下走出来，狗又狂吠，杨春惊讶，咋个是你？你龟儿游尸摆魂到哪里了，啥时回来的？杨春背后站着她的哑巴女人，咿咿呀呀哑巴比画在询问，胡树说你咋把狗拴到我门口了？这绝狗太讨嫌了，别家的我早就将它打死了。杨春说我拴你门口是替你看家哩。它咬你？不会吧？这狗温顺得很哩。胡树说温顺？咬我一下午了，害我门也进不去，还饿着肚子哩。

杨春让哑巴媳妇做饭，哑巴媳妇比画着是不是取梁上熏得漆黑的腊肉。杨春指着墙角一堆洋芋，说我晓得兄弟常年在大城市跑，大鱼大肉吃腻了，吃烧洋芋，酸菜拌辣椒，换换口味。胡树瞧瞧熏腊肉，说还是你了解我，这些年，啥没吃过，真想家乡的洋芋、腌菜。杨春说这次要住儿大？不会又带个兄弟媳妇来？胡树说不走了，我在昆明遇到村长，他邀请我来看看有啥合适的项目，帮村里发展一下。那天请村长吃了顿饭，喝了瓶茅台，喝多了。村长拉着我的手，说胡树，村里发展太困难了，没资金没项目，你闯荡多年，要帮帮乡亲们……撇不下情，我才回来了。

杨春说你那叫游荡不叫闯荡，游荡也好闯荡也好，老了，回来才是正道，要不然抛尸在外可划不着。胡树被洋芋噎着，说你这是屁话，啥抛尸在外？我过得滋润踏实，抛啥尸？

狗在门外不停地狂吠，还用爪子挠门，叫得人心慌。杨春说这瘟狗咋的了，就是生人也见过面了嘛，从来没这样过。胡树说这狗该拿来炖了吃了，根本不听打招呼，养着吃尿。杨春说也怪了咋对你这样呢？其他人可不是这样。胡树心里很鬼火，说你叫，老子要叫你叫不出声音来。

胡树醒来，已经是蓝天晌午了，这很正常，他就没有在早上起来过。家里没啥吃的，打算出去找点吃食。才一出门，那狗又冲他不停歇地叫起来。狗倒是拴到杨春门口了，链子也缩短了，咬是咬不到的，但叫得太难听，太有针对性。胡树感到很恼火，这是对他的挑衅，这是挑战他的自尊，老子啥时被一条狗这样纠缠，你是欺负老子没钱吗？老子也吃香喝辣过，也挥金如土过，钱来得快去得也快，钱财如粪土嘛，你狗日瞎了狗眼，治不了你，老子也白在外面混了怎么多年。

弄了些吃的，胡树回来又睡。他要把精神养足，把力量攒够，好和这条狗相缠，不把狗东西制服，真的白混几十年了。

山村黑得早，日头才落下，雾霭刚浮起，潮水样的黑就将小山村吞噬了。杨春家是睡得早的，又没啥事做，只有一个黑白电视机，信号不好，麻麻点点一片，偶尔晃出几个人影，眨眼就不见了，也就没看的兴趣。胡树悄悄起床，摸到不远处蹲着，朝那狗汪汪叫两声。那狗鼻子灵得很，知道是他，于是就愤怒，就汪汪汪狂吠起来。杨春被吵醒，在里屋骂绝瘟，叫个干尿，这么早没人起来的，赶紧闭了狗嘴。那狗叫了一阵子，刚停下，胡树又朝它扔了个小石子，又汪汪叫两声。那狗是呆狗，只管愤怒地叫，叫得惊天动地，叫得毛骨悚然，叫一阵儿，感到有些累，就休息一下。胡树又扔了两个小石子，又汪汪地撩拨几声。那狗受到挑衅，狗性子发作，在链子的约束下蹿出又退回，退回又蹿出，挠地扒泥，把地下扒了个坑，叫得撕心裂肺。胡树蹲在暗处呵呵地笑，他要的就是这个效果。他要让这条一回家就进不得门，一见面就咬他的绝瘟认得他的厉害。他要让它不挨一下打，打终究是不好下手的，毕竟是老伙计的狗，但让它吃哑巴亏，从此不乱叫。

杨春是睡不住的了，这样不停地叫，再淡定的人也受不了。他想是不是有人要偷东西，狗是好狗，看家护院忠诚得很，虽然现在治安好得多，但没有贼娃子，狗不会这样无休无止地叫的。

胡树知道杨春会做什么，山里人家的狗叫凶了，人睡不住了，知道情况异常，会在屋里找根棍子，甚至顺手提着扁担、板锄出门。胡树迅速摸回屋，将门关好。果然，杨春开门，提着一把板锄出来了，那板锄挖在脑袋上是要命的。胡树在床上冷笑。杨春喝住狗，提着板锄打着手电在周围附近逡巡了一圈，没有什么动静。他来到胡树门口，啪啪敲门，胡树、胡树，你这老狗日的，狗叫了半天你没听见吗？胡树哼哼唧唧、朦朦胧胧地说，听到了，又睡着了，没啥事。杨春说这样叫你都不起来看一下，贼把你东西偷了你也不晓得。胡树说我有个干鸡巴，我这几十斤干巴，巴不得有人偷走呢。杨春又叹口气，是的，是的，你狗日的除了那几十斤干巴还有啥呢？在外面晃了几十年，除了那座祖传的东倒西歪的房，还有啥呢？你当然可以睡安生觉，敞开门贼也不会光顾呢。

见杨春回去，胡树咂了一袋叶子烟，估摸杨树上床睡了，他翻起身来，想开门出去，又觉不妥。如果杨春听见狗的狂叫，又提着板锄出来，来不及跑，被狗日挖一板锄就完了。胡树是啥人，啥法没有，他找了根长竹竿，拴上线，找出昨天啃剩下的一根骨头拴上，爬上屋顶。他家紧挨着杨春家，竹竿的长度正好撩拨到狗。他的房是草顶，虽然枯朽，趴着却不硌人。胡树高兴起来，又翻下草顶，到楼下摸出那瓶散酒，对着没有一颗星星的夜空喝起来，喝几口，他把竹竿伸下去，对着那狗撩拨。那狗也是认真而且执着的狗，也是受不了一点气的，知道那光骨头晃

167

来晃去是挑逗它玩弄它的,但就是恼怒,不假思索,放声狂吠,一气叫了十多分钟。想歇下,竹竿又伸下来了,竹竿和拴着的骨头在它的狗头上晃来晃去,好几次还打着它的狗头。这憨狗更愤怒,便使出全身的劲扑、刨、咬、叫。杨春被搅得睡不着,踢了他的哑巴老伴一脚,妈的你倒好,狗再叫也听不到,老子咋睡得着。听到门"吱呀"声,胡树早把竹竿收回,趴在草顶的另一面斜面上喝散酒。杨春又拿着电筒提着板锄到处查看,走了一圈,发现没有任何可疑迹象,杨春就有些恼怒了。那狗也是呆狗,杨春走到它面前它还在叫,把头伸向胡树的房顶。杨春把手电筒的光射向房顶,黑黢黢的房顶啥也没有。杨春恼怒,抬起脚就给狗几大脚,踢得那狗汪汪汪叫,叫得委屈而又哀怨。它由委屈变得更愤怒,朝胡树的房顶方向更加起劲叫。杨春说你还不服气,你再叫老子明天宰了你,邀胡树来吃狗肉,给他洗尘。说着又是几脚。狗叫得更加委屈,更加愤怒,胡树在房顶另一面的草顶上跷起二郎腿,喝了一大口酒,差点笑出声来。

就这样折腾到天亮,那狗的嗓子也叫哑了,嘶嘶拉拉的,一夜的折腾,那狗累得站不起来,趴在地上悠悠喘气。

从此,那狗见到胡树眼帘低垂,看都不敢看,更不敢叫了。

二

村主任吴家良带着扶贫队员赵云顺来胡树家时,胡树还在睡大觉,敲了半天门终于敲开。胡树披着衣服趿着鞋对来人说敲啥子嘛,大清早的。家良说早,现在还早?你看几点了。说着把手腕伸过去让他看表。胡树说才十点嘛,看完表他把村主任的手腕抓住,说上海精工,不咋个嘛,我在成都时买了块瑞士表,在火车站被贼偷了。家良说我晓得你有钱,就是不晓得戴在手腕上咋个会被偷走。胡树说人挤嘛,你不晓得大城市的贼有多厉害。家良说二大爹,我们是来搞扶贫调查的,你有钱,就不纳入低保了，谢谢你的支持。胡树一听是落实低保当贫困户时，就急了，他晓得贫困户吃低保的好处，他急赤白脸地说家良侄儿，不，主任，还有这位同志，你们可要为我做主，我一个孤寡老人在外漂泊几十年，穷得除了身上几十根肋巴骨一身瘦干巴啥也没得，你们忍心让我饿死吗？走走走，我带你们看，我这家里有啥东西，说着去拉吴家良和赵云顺的手。家良笑了起来，不用瞧了二大爹，我是逗你哩，你不要再乱吹牛打诳了，我还不晓得你的家底哩。家良对云顺说看见了吧，他的情况我在路上和你介绍过，你要包的十几户贫困户中数他最穷，要脱贫担子重哟。云顺三十来岁，农村工作他也是熟悉的，像这样的贫困户还真不多了。他在屋里走了一圈，又到楼上看了一下，真是丢个石头也打不到一样东西。别人家至少墙角堆得有洋芋，梁上挂得有苞谷、腊肉，瓮里有米，他屋里连洋芋也没有。床上呢只看得见一堆黑黢黢的油渣似的东西，老远就闻得见一股酸臭味，知道他的被子是不兴缝背面的，棉絮最不耐蹬，成油渣、成破网了。这是一块硬骨头哟，谁摊上谁倒霉。

要走，胡树一手拉住一个，热情似火，侄儿子，这位同志，莫走嘛，难得来一趟，吃了饭再走。家良说二大爹，你莫装样了，你的粮还在耗子洞里头，拿啥请我们吃？胡树说才回来嘛，一样都还来不及置办，干脆侄儿子今早去你家随便吃点，等我置办好了又请你们，别的没得剑南春是要买几瓶的，老火腿、老腊肉也要买几挂，不过嘛，我做不出好的来，请你们进城上馆子。家良说老辈子，我们还要去其他村，干脆你自己进城吃馆子算了，城里远，在镇上也可以的，将就吃点。说着朝云顺挤眼睛，一脸讥讽的笑。

出门，家良说小赵，你赶紧从救济款里取点钱，给老头买点粮，买点油和生活用品，但千万不能给钱，切切记住。云顺说我给行吗？用自己的钱，这老头也太可怜了。家良说千万不能给，给了他上镇里一顿就吃完了，还要邀上几个人撑面子，听他冲壳子。云顺说主任，我这任务难完成了，这样的人咋脱贫嘛？到时完不成任务，挨批评受处分不说，还要拖累你们哩。家良说不怕，我们一起想办法，不会让你一个人抓瞎哩。

送米、送油、送生活用品，云顺用大背篓背着，累得气喘吁吁。走到杨春家门口，那狗就疯咬。家良退远，那狗还是不依不饶，叫得愤怒，叫得狂躁。杨春出来，见是给胡树送东西，心里不快，就懒得喝住狗，云顺说老人家麻烦你喝住狗，我是给胡大爹送东西哩。杨春说我晓得你是给他送东西的，还是当懒汉当混混好，有政府管着。胡树出来，那狗立即不叫了，垂着头，夹着尾，一脸沮丧退回去了。胡树说说谁呢？说谁呢？杨春老弟，你不能背后说坏话哟。

胡树笑眯眯地说我晓得你快来了，请进请进。云顺看着他伸手，以为他要接过去帮一把，他却收回手进屋了。东西放好后，胡树说了些感激的话，坚持要云顺坐下，说要烧水给他喝。云顺说还有事呢，以后要来的，胡树却拿出一把生锈的斧子，说你咋说也走不脱的，到了我这里连杯茶也喝不上，我要被人骂的，你帮我砍砍柴吧，柴火烧水快。说着将斧子递给了云顺。

云顺接也不是，不接也不是，心想他把我当成大儿子使唤了，砍砍柴也无妨，但得看自愿。胡树说赵同志，他知道他姓赵了，你这是来扶贫呢，你看我一个我孤寡老头挥得动这个斧头？你大力饱气的，帮我砍砍又咋了？以后上面来搞调查，我要帮你说好话的哟。云顺无奈地到门口，帮他砍柴去了。胡树从兜里拿出烟，抽出一支自己吸上，说你手不闲我就不递烟给你了。他蹲在门槛上，美滋滋地抽上了烟。

砍完一小堆，云顺手有些酸了，说二大爹，够你烧水、烧早饭了，水我不喝了，还有事哩。胡树说抽支烟、抽支烟，歇下又砍嘛，你咋个会忍心让我这个星期吃生的呢？像你这样优秀的上面来的同志，随时把群众的困难记在心里。云顺想果然在外面跑过江湖的，山区的人憨厚，哪里找得到这些歪歪道理来说，不砍吧，这种人难缠，一天又闲着无聊，他抬着嘴乱说影响也不好，只得又挥起斧子。胡树见门前的砍得差不多了，又去房后抱出一堆，说一事不烦二主，家良侄儿说要来帮我砍，我看你顺手捎带一次砍完算了。云顺手也砍酸了，他虽然说也是农家子弟出身，毕竟进机关多年了，多少年没砍过柴了。他累得气喘吁吁，额上热汗蒸腾，刚砍完一堆还没喘过气来，老头又抱来一堆，他忍不住说二大爷，我就是你雇来的长工，也要省着用，我就是你儿子，你也要心疼心疼，不砍了。说着站起来要走。胡树说你这人，不砍就不砍嘛，还要说这些难听的话，你看我一身是病，无儿无女孤寡老者一个，走路都打闪闪，你就当尊老爱幼嘛。说着硬将云顺扯进屋，进来进来，我这人是最讲感恩的，你茶不喝一杯，饭不吃一口，咋叫人忍心哩？云顺只得坐在他那歪三斜四、散了草辫的草墩上，差点没跌一跤。胡树在屋里转了一圈，说哟，水也没得了，你说我这是啥日子，让你见笑了。来来来，抽支烟，麻烦你帮我挑挑水，水井就在村子前头，不远不远。云顺歇了歇气，心想算了算了，自己大力饱气的，挑就挑吧，不要说是自己的扶贫对象，就是年老体弱的孤寡老人也该帮的嘛。

　　云顺出门，那狗又叫起来。杨春出来喝住狗，说赵同志，你这干儿子硬是当上了，又砍柴又挑水，怕是连饭也帮他煮好哩。云顺说他年纪大腿脚不灵便，我帮一下。杨春说腿脚不灵便，你能到山上去撵兔子吗？你能到处去赶场吗？开了这个头你摊上了，你这个干儿子当定了。云顺心里有气，感到受骗了，想折回去把桶丢了，走人。胡树出来，说赵同志，狗挡你道了吗？我来给你开道。他一出来，那狗立即不叫了，低眉顺眼耷拉着尾巴缩回去了。胡树说柴烧了好多，麻烦了你去挑吧。云顺无奈，只得挑着桶走了。

　　云顺对村长说这个贫我真是无法扶了，给他送米、送油、送东西，还要帮他砍柴、挑水，只差没做熟了喂他了，你说他吃完了、用完了又咋办？家良说我还不了解他，当年老伴实在受不了他，带着儿子跑了，从此他到处漂泊到处流浪，人老了跑不动了，就回来了。这样的人，政府可以兜底养起来，问题是咋个脱贫？养起来和脱贫是两回事。云顺说他啥都不做，天上掉馅饼？家良说这个老汉还是有些能耐的，要不咋在外几十年，听说他在外面还有个老伴，还有娃娃呢。云顺说上天保佑愿不要来了，光他一个我的任务就完成不了，再来几个就要命了。

商量来商量去，最好的项目是养牛。胡树老汉腿脚好着哩，养牛最适合他，于是决定，买牛。云顺从自己单位要了些钱为他买牛。

家良把钱送给他，厚厚的一沓，用橡筋捆着，说二大爹，这钱是赵同志单位捐的。每个职工都拖家带口，工资也就那点，但一听扶贫，都捐了。我听说小赵单位一个女的，人家把给娃娃买奶粉的钱都捐了，我们不要辜负人家哟。云顺把一张表拿出来让他签字，老汉看到这么多钱，眼睛放光，一把将钱接过去，沾着口水啪啪数起来，数了一遍，说侄儿子，是三千吗？咋不够呀？云顺不快，说好好数，不会少的。家良说二大爹，你不要贼慌慌、急捞捞的，慢慢数，这钱我数过的，未必我还要摸掉两张。胡树说咋会，你咋会？我是怕数多出来，要退出来，多少就是多少，清清白白做人才是道理。家良笑出来，好好好，二大爹做人清清白白一辈子，佩服、佩服。

签了字，云顺又拿出一份"承诺书"来，说老人家，收了钱你还要签承诺书。一听"承诺书"胡树老汉就有些不高兴，说签啥承诺书哟，我这辈子最讲的就是诚信，不信你问主任，走南闯北几十年，没得诚信咋混得下去？家良差点笑出声，说是的、是的，我这老辈子最讲诚信，希望你将诚信保持下去。好好养牛，养好牛，多下几个小牛，你不就脱贫了吗？胡树说是嘛、是嘛，我好说还会毁了一辈子名声。家良说承诺书还是要签的，这是规矩，不能坏的。胡树说念给我听嘛，我要了解、了解。云顺拿起承诺书正要念，家良说二大爹，你是念过初中的，不要装作不识字。胡树说字我早忘得差不多了，再说，我眼睛也坏了，下次麻烦你们帮我配副眼镜来,我的左眼是四百六十,右眼是五百,不要搞错哟。

三

胡树老汉少有地起了个早,他在人家送来的衣服堆里刨了刨,找出黑色的夹克,蓝色西装裤,还有一双皮鞋,长期放着有些发霉发皱。没有鞋油,胡树有办法,将鞋用抹布擦干净,从前些天买的一块腊肉上切下一小片肥肉,在鞋上抹了个遍,又用干布擦,居然亮铮铮的了。

杨春老汉说你是去嫖婆娘呀,打扮得新郎官样的。胡树说是呀,老杂毛,我带个漂亮婆娘来亮瞎你的狗眼。杨春说你莫吹牛皮,有本事带来你还要把以前的那个打脱。这话说到胡树痛处,他想反驳,心里突然涌出一股酸楚,默默地走了。杨春老汉有些内疚,打人不打脸,揭丑不揭短,这话过了,等他回来请他吃饭,喝杯酒。

虽然是山区的集,仍然很热闹。街道是逼仄了些,但新房子也不少,全是五六层的钢混建筑,窗是铝合金玻璃窗,门是宽敞的卷帘门,各种各样的商店,小超市一家接一家。卖家用电器的,卖五金百货的啥都有,这些地方他不爱去,他爱去的是那些低矮的房屋里开的门店,有放录像的,有茶馆,有卖米线、面条、包子、馒头各种小吃的馆子,还有现点现炒的小餐馆。

二大爷,今天来得早哟,打扮得新郎官样的,精神好得很嘛。来来来,看场录像再走。胡树老汉说不看了,今天不看了,我还没吃饭呢。录像馆老板说你没带荞粑粑吗?我这里有开水,才烧开的。胡树说谁带荞粑粑了?我要去进馆子哩。老板说咦,二大爷,今天又得到救济款了。胡树有些不高兴,啥救济款?我只有救济款吗?

进了"好又来"餐馆的门,老板笑哈哈地,二大爷,今天是来碗米线泡饭？还是面条泡饭，酒是苞谷酒，正宗不掺假。胡树说我只会吃米线、面条泡碗饭吗？来来来，点菜，点菜。老板好生高兴，是嘛，二大爹谁人不知，哪个不晓，是个会过日子的人。

胡树点了一盘糖醋鱼片、一盘回锅肉、一碗蒸肉加一碗淡豆花。酒呢，他说就不要散酒了，你那散酒不正宗，来瓶"醉明月"吃不完带起走。老板说好好好，二大爹豪爽大气，这才是二大爹的做派啊，说着去炒菜了。

菜端上来，胡树说我这桌就不要再安排客人了，我喜欢清净。老板说不安、不安，谁不知道二大爹是讲究人。老板脸上挂着嘲讽的笑，心想老杂毛要把这救济款几顿吃光呢。

胡树脱去了皮鞋，他嫌皮鞋不透气，穿着汗津津的，但今天上集，不穿又显得不体面。见面的人都说二大爹发财啦，穿得好光鲜。有人说人家老汉在外闯荡几十年，腰窝油厚的，只是不显山不露水，有肉埋在碗底。胡树听着高兴，说不咋的、不咋的，哪里有啥钱嘛，一人吃饱全家不饿罢了。有人说二大爹，衣服裤儿都好，就是有点脏了，找个老伴洗下嘛。胡树说不慌不慌，老伴是条狗，有钱自然有。听的人笑起来，说二大爹说自己是公狗哩。胡树心情好，也不恼，说我是你爹哩，你这小狗崽子。

胡树慢慢品酒，慢慢吃菜。他点的菜多，量又大，还嫌不够，又叫餐馆老板加了两个菜。菜上齐，满满一桌，很气派。胡树满意地咂咂嘴。看见其他桌的人都羡慕地看自己。老汉心满意足，但一个人吃、一个人喝，又显得有些冷清。他后悔当初不约俩人来，热热闹闹，听他们吹捧的声音，看他们羡慕的目光，也是一种享受。

胡树朝门外不断地瞟，看能不能遇到熟悉的人，喝了两个小杯酒，突然看见杨春和他的哑巴老伴。哑巴老伴背了背篓，是来赶场卖东西了，值几个钱呢？胡树知道，卖的不外乎是洋芋，苞谷，一串辣椒，几个南瓜。他有些鄙夷，有些自豪，有些同情，他冲出门去，喝住已走过去的杨春，请他们来吃饭。杨春说你慢慢吃，吃人三餐，还人一席，我可没钱请你。胡树说这是啥话，请你吃是要你还吗？这些年我不在，房子啥的不是你照料吗？来来来，老哥们了，不要废话连篇。胡树将杨春拖起就走，哑巴婆娘站着不动。胡树去拉她，她的手布满老茧，毛刺刺地刺人。胡树心里泛起一种温暖、一种酸楚，也有一种期盼。

　　胡树找到感觉，居高临下地说吃呀，杨春老弟，放开吃，不够再添。杨春说够了，够了，这么一大桌菜，吃不完浪费，也只有你这么大方，这么舍得。胡树大大咧咧地说生不带来，死不带去，今朝有酒今朝醉，有了就要舍得。你呀，要学会享受。杨春说胡树老哥呀，你要省着点用，不要有一文吃出二文，我晓得，你那钱是人家赵同志他们捐的，你要拿去做点正事。胡树说我咋不做正事了，你不晓得，我就是要去买牛，买了牛，你可要帮我照看了，我晓得你放牛是有经验的。杨春说那是应该的，我帮你照看下，但你自己要上心。家良主任、赵同志也和我说了。你要好好买个母牛，母牛种好，繁殖得快，小牛可值钱呢。胡树说我晓得，我虽然在外多年，这点经验还是有的嘛，牛牙口小，体格好，生育能力当然好。杨春说你带钱了吗？我叫哑巴老伴去卖东西，我和你一起去买牛。你要信得过我，我比你在山区时间长，买牛比你有经验。胡树说不不不，今天没带钱，改天再请你来帮着选。胡树明白，他这钱买了好牛，这几天就没有开销了。牛当然要买，但他不打算买好牛，买头牛就行了，何必破费呢。

　　牲畜市场在乡场的尾部。这里是一片开阔地，有两排白杨树，白杨树长得蔫不啦叽。这种树本来易活，肯长，树干粗壮，枝叶繁茂，无奈白杨树成了拴羊、拴马、拴牛的树桩，树皮被牲畜啃得光光的，好在生命力顽强，蔫而不倒，凋而不死。

　　牲口市场热闹非凡，马嘶牛鸣，羊叫猪哼，此起彼伏，像柴火不熄锅里的水，沸沸扬扬的。胡树老汉今天穿了好衣服，吃了餐馆，袋里有

175

钱，腰自然直了，不知不觉双手朝后，背起来了，就有了公家人的感觉。牲口市场也有不少人认识他的，也知道他的底细。有人说二大爹，你不去茶馆里蹲着，跑到这里干啥？好说你要买牲口？买了干啥？你一个人潇潇洒洒，买了牲口走哪里就不方便了。有人打趣，人家咋会买牲口，人家是上面重点扶持的人，是来搞调研哩，你没见手都背起来了。胡树说咋的？不兴我背着手走路？老子走南闯北的时候，你小狗日还穿开裆裤哩。那小年轻人知道胡树老汉不好惹，忙说对哩，对哩，你风光体面谁不知道哩，小辈佩服，小辈佩服。说着忙递支烟给他，老汉才没发作。

牲口市场虽然乱，但乱中有序，卖猪的在东边，卖羊的在西边，卖马的在南边，卖牛的自然在北边了，各自为营，不会乱窜。胡树老汉穿过羊群，径直往卖牛的地方去。今天大概有几十头牛的交易卖牛的有专业的，是所谓经纪人。这些人专业，对牛的状况一目了然，牛有无疾病，牙口如何，毛色咋样，一目了然；对牛的性子也熟得很，他们看一眼牛的身架，看一眼牛的鼻子眼睛，就知道哪些骠悍，哪些绵软；哪些老实，吃苦而劳；哪些性子倔强，还是生坯子，还要驯化；哪些母牛生殖能力强，哪些没生殖力，他们朝胯下一看就知道。经纪人有买牛来卖的，但大多数他们只做中间生意，从买主和卖主之中赚经纪费。他们能说会道，善于察言观色，善于把握买卖双方的心态，善于促成不容易成交的交易。

见胡树老汉来，他们没有一窝蜂地挤过去，在他们印象中，老汉是从来没出现过这地方的，只在茶馆、小吃摊、小酒铺见过。胡树觉得受了冷落，有些不高兴，他走到一个中年汉子身旁，说赵老三，你没看见我来吗？你是干啥吃的，买主来了也不招呼。赵老三说我以为你老人家是来闲逛哩，你老人家真要买牛？胡树说我不买牛我来吃尿，你小子帮我考察、考察，选个能下崽、生得多的母牛。赵老三说好说，好说，恰巧今天卖母牛的多，你老人家运气好，往个赶场天也就是三五头母牛，而且都是年老体衰，不会下崽的老母牛。今天也怪，一下子来了七八头母牛，基本上都是年轻膘壮，毛色发亮，眉清目秀的那种，个个都逗公牛想，一见面就想上哩。你没见那头公牛，拉也拉不住，直往小母牛身上扑哩。不远处，果然有头体格健硕、油光水亮的公牛直往一头母牛身上扑。卖牛的拉着缰绳，身子朝后倾，双脚蹬地都拉不住。眼看要被公牛扑上去了，一个汉子哒哒地跑来，拉起母牛就跑，嘴里说绝瘟的，我这母牛才配上哩，你狗日还想来强奸，整流产了老子把牛玩意割了下酒。众人边后退边哈哈大笑，说你不拉远点，把她放在这里逗骚撩汉，公牛又没阉过，想上也是情理中的嘛。

赵老三说就是这头牛好，年轻，牙口好，膘足、体格、毛色、相貌都好，而且怀上了崽，买一个当买两个呀。赵老三把他带到远处，那头被强行牵走的母牛恋恋不舍地朝公牛这边张望，眼里又是渴求，又是怨艾。卖牛的说你这骚货，还真舍不得呀，见一个撩一个，你是只想生杂种呀。赵老三说你莫骂她了，都是你教的呀。卖牛的说你教的，哪个认不得你赵老三吃牛卵子发骚风，逗得人家钟寡妇鞋子都跑脱掉。俩人打趣一会儿，赵老三说认得吧，这位是大名鼎鼎乡场上没有人不认识的胡二大爷。卖牛的说听说，听说。赵老三说胡二大爷想买头牛养起玩，年纪大了，有个牲口伙伴也不寂寞。胡树说我是养起玩的吗？我是响应号召脱贫攻坚哩。赵老三，你可晓得啥脱贫攻坚？这是国家大事，你只会摸牛脑袋牛屁股。赵老三嘿嘿笑，你老人家几天不见，还真有觉悟了。行行行，为了你的脱贫攻坚，我一定支持、配合，就买这头，保证方方面面都好。卖牛的也说二大爷你也看到了，我这母牛体格好，性子好，相貌也俊，生小牛嘛，小菜一碟，包你两年脱贫。胡树精明，说你这牛确实好，我虽然不懂牛，但刚才的情景也是看到了的，只是这么好的牛你为啥要卖呢，卖一头当卖两头，不划算哟。他这么一说，卖牛的几乎要哭出声来了，蹲在地下，哽咽着说儿子开货车，在李家山出车祸了，人现在还躺在医院重症室，车毁了人也毁了，交了十多万，再不交钱医院就停止抢救了。

胡树听了心里也酸楚，他晓得农村人的艰难，他在外漂泊也遇到这种情况，他说你要多少钱呢？经纪人抢着说我做这行二十多年了，这么好的牛确实难得遇到，他不是有难也舍不得卖的，我替他报个公平价，五千六。胡树知道这价也不贵，一般年老体衰没有生殖能力的老母牛，也要卖两三千呢。但赵同志给他的是三千元，他打算吃几天，玩几天，剩下一二千元，买个老母牛来混下日子。胡树说牛卖这价确实不贵，但我只有两千来元，差得太多了，你急需用钱，先卖吧。经纪人说二大爹，你把牛牵走，剩下的钱我帮你垫着，谁不知道你是个讲信用、有面子的人。胡树说不了，不了，我从不欠人钱，欠钱心里不踏实，睡不着觉。谁知这时从外面来了个人，说找到了找到了，二大爹，我听说你得了笔款，刚才去"好又来"吃饭。不好意思，麻烦你把我的酒钱结了，我本小利微呀，说着拿出个皱巴巴的小本本，上面密密麻麻都是欠的人和欠的数额。胡树老汉脸上不好看，说你这人也太小气了，花子欠不了赖子的，多大点钱，我正要送钱给你哩，却追到这里来了。

四

胡树买的那头牛，确实又老又丑又衰败，胡树找到那个经纪人的时候，他腰包里只不到两千元了。家良主任和赵同志几次问他，他都说要买了，要买了，你们没见我天天上集去吗？就是去相牛。家良说老辈子，你怕不是买牛，是去买醉了，我遇到你你不是醉得歪歪倒倒的吗？云顺着急，老辈子你莫坑我哟，这钱是我单位同事捐的，他们都在帮我，我在帮谁呢？你要是把这钱吃了用了，我交不了差哟。胡树说你这是啥话？我是那种人吗？我是烂泥巴扶不上墙？我是猪大肠扶不起来？我正物色着呢，只是看上的钱又不够，买得起的又看不上。云顺说这样好了，我这里还有五百元生活费，你拿去，千万不要把钱糟掉，算你老人家帮我的忙了。家良要去挡，但钱已被胡树拿到手了，他说咋会呢？你放心好了，保证最近几天牵头好牛来。

费了很大劲胡树才把牛牵回来，那牛年岁有些大了，又衰败，皮已脱得癞癞似的，肋巴骨清晰可数，神情疲惫，无精打采。胡树不急，他腰上有个扁扁的铝合金酒壶，是他在外流浪时从一个捡垃圾的手里买的。他走几步抿一口，悠悠然然、飘飘忽忽。那牛走不多远就要歇气，去啃路边的青草，胡树就蹲在路边等它。走走停停、停停走走，终于在天黑时赶了回来。

胡树老汉这次倒真的想好了，想养牛了，这些年他在外居无定所，到处流浪，凭他的花言巧语，凭他会各种莫名其妙的手艺，卖草药，跌打疗伤的、不孕不育的、阳痿不举的、咯痰咯血肺气肿，包治百病。凭他的一些小魔术，在各地乡场也能混吃混喝，但终究没有家，没有归宿。他曾在四川的一个山区和一个寡妇同居了几年，也生得有个小孩，但他跑野了，住不下来。等他年纪大了，不想跑了，人家不愿收留他了，灰溜溜地回来了。

胡树原想买条牛，管它老牛瘦牛，管它会不会下崽，养起交了差，省得家良主任和赵同志见了面就追问。赵同志说他已经将他的牛造册登记，整在电脑里了，到时候上面是要来核实的。

原本他是想将牛拴在门外的，但山区晚上阴冷，又怕那条狗报复他，贼来了也不咬不叫就麻烦了，狗是很有灵性的。加上晚上他也孤独，也寂寞，一个人清醒迷醒地熬到天亮也难过，他就打算把牛养在屋里。

房子虽然破败，毕竟宽大，老辈人起房盖屋都想得远，怕子孙后代住得逼仄。他的堂屋是很宽敞的，加之里面几乎没有家具，没有坛坛罐罐，越显得宽敞了。他去敲杨春家的门，杨春还没睡，正在屋头上整罐罐茶。杨春说正好，我买了好茶，咱哥俩好好泡几罐吃。胡树说茶就不喝了，我倒是要给你要点苞谷草。杨春说要了干吗？牛买来了？他说买来了，买来了。杨春要去看，胡树说就是一头牛嘛，有啥看场？太黑了，明天去看吧。杨春说我帮你看看嘛，养牛我比你有经验。杨春去找手电筒，他晓得胡树现在也还没拴电线，人家扶贫的赵同志要给他安，他说安了做啥？天一黑我就睡觉，又不做啥事。这事也就放下了。

  杨春照着手电筒，那牛早就困倦地躺在地上，头耷拉着昏昏沉沉的样子。杨春用手电筒照它的脸，它也毫无反应，只是闭了下眼。杨春吆喝它起来，它死活不动。杨春说你这牛弱得很了，连站都懒得站。杨春牵着牛鼻子上的绳子，才勉强将它弄了起来。照着手电筒，杨春围着牛走了一圈，站定，又用手摸牛的背脊、牛的肚皮，又掰开牛的嘴，看它的牙口。杨春说这头牛基本上废了，你买来干啥？胡树说咋可能，瘦是瘦点，弱是弱点，休息休息还是恢复得过来的。杨春说多给它吃点新鲜草料，多给它加点黄豆、苞谷面，养壮一点，催下膘，吃还是勉强可以吃的。胡树说你这老杂毛，一天就惦记着吃，我还指望它下崽哩，一年下一个，两个变三个，三个变六个，这贫不就脱了吗？你倒是看看，这牛到底还会不会发情，还会不会下崽？杨春说不消看，你见过半死不活、蔫不啦叽的婆娘会生养吗？这牛就是四十岁的半死不活的婆娘。胡树不甘心，说牛是疲了些，弱了些，但我听赵老三说喂得好，还是会下崽哩，还没到不会下崽的年纪。杨春说除非你和它交配，看会不会下崽。俩人打骂戏谑了一阵儿，杨春说去抱苞谷草吧，垫厚点，不要硌着它。

  胡树那晚还真的兴奋了一阵儿，他睡在里间，和牛只隔了一堵板壁，门又开着，那牛的喘息声、反刍声他听得清清楚楚，牛身上的热气、骚味也弥漫进来，让他有了新鲜的感觉，毕竟是活物。他孤独了一辈子，漂泊了一辈子，到老了终于感到疲倦了，孤独了。往天屋里只有耗子窜来窜去，现在有这么个伙伴陪在身边，他感到了一阵温暖。

但牛始终是牛，睡到半夜他起来撒尿，听见牛也在撒尿，牛尿腥臊冲鼻，撒了好一阵儿才撒完。胡树心里不高兴，这是老子的堂屋呀，你当成茅房了，原想他像人一样会出去屙，这样不出三天这屋里成啥了。

那几天，胡树还真的上了心，每天清早他胡乱弄点吃的，早早牵着牛出去吃草。杨春告诉他，清早带露水的嫩草牛最爱吃，也最催膘，太阳一出露水晒干了，营养就没有带露水的好了。

已经是深秋季节，山区的季节是很敏感的，几场霜降，树木、荆棘、野草、藤蔓很快就枯了，太阳一晒，风一吹，到处落叶纷纷，真是无边落叶纷纷下，一片萧索景象了。杨春说嫩草还是找得到的，东边朱家岩上的一面坡上，到十月份都还绿，那里背风，向阳，水源好，只是远了些。胡树说远点不怕，我牵着它慢慢走，当玩样的。那牛毕竟弱而衰败了，走得蹒蹒跚跚，趔趔趄趄。杨春说你不如拿上背篓去割，等走拢那儿天在日头不在了。胡树咋会干这话，说不消不消，让它走走，长点脚力。

才走到坡脚，那牛不愿走了，他也不愿走了，他牵着牛进寨，到一个经常在乡场上喝酒的老朋友家找饭吃。老朋友说老伙计你还当真喂上牛了，来来来，正要吃饭，一起吃吧。果真人家正要吃饭，胡树说来得早不如来得巧，不好意思不好意思。吃完饭，已是响午了，老朋友说这阵还有啥带露水的草，干脆，把牛拴在我院里，我们乡场上喝酒去吧。老朋友朝老伴喊你给牛添把料，我和老朋友乡场上走一趟。胡树心里到底还是牵挂着牛的，他说算了吧，从乡场上回来天就黑了，还要喂牛呢。老朋友说牛有娃他妈照顾着，听说吴老坎家进了一款酒，水富的，隔宜宾不远，"五粮液"的味，价又低，卖得俏，我们去喝喝，再打几斤回来。胡树的酒瘾立即被勾了出来，他那个扁扁的铝合金酒壶已没酒了，在路上他喝完了最后一口酒。酒瘾发了，酒虫子顺着喉咙爬，难受得要死，实在馋了，打开壶盖闻一闻。在一条小溪边，还舀了些水进去，涮涮喝了，更加难受。

老朋友的老伴说你三天不赶场，魂就没了，要去你去，死在那里也没哪个管你，只是不要把牛拴在这里，我才没工夫管哩。老朋友说管她，走，她会管的。

等他们回来，已是半夜时分，俩人互相扶着，磕磕绊绊，东倒西歪，走一路歇一路，睡一阵儿，又走一阵儿。终于到了，胡树虽醉，还没忘记他的牛，凑拢一看，那牛空瘪瘪的肚子，站都站不稳，眼泪汪汪地看着他。他心里一阵愧疚，不该抛下牛和老搭档酒友去喝酒，让牛受了一天罪，说好要养好牛的，像这样咋养得好。他去抱了些苞谷草来给牛吃，牛艰难地嚼。他说将就点吧，明天我弄新鲜的给你吃。

没得几天，他那屋就真的成牛厩了，堂屋虽宽敞，但住了头牛，又塞了不少草，牛在里面睡，在里面吃，在里面屙尿屙屎，很快就臭烘烘的了。地下是没脚的稀泥，苍蝇、蚊子，各种飞虫密密麻麻飞。云顺来填扶贫调查表，还没进门就被眼前的景象惊呆了。他从来没见过在堂屋里喂牛的，老汉又懒，又没有清除秽物，就是牛厩，也要随时清扫，挖粪填土的。

云顺无法下脚，就坐在他家门前的门槛上，让他出来填表。胡树说不要嫌弃嘛，上面不是说扶贫的要来同吃同住的，连个门都不进呀。云顺说你那是屋吗？是牛厩，哪有把牛养在堂屋里的。胡树说不养在堂屋里还养在我床上？你看我有牛厩吗？连个牛厩都不帮我解决，还扶贫呢？云顺语塞，这老汉刁着哩，还真问着了，没有牛厩让他在哪里喂哩。云顺在膝头上垫着填表，问了些基本情况，准备走。胡树说赵同志，你们不帮助解决牛厩的问题，我就一直喂在屋里。

云顺赶紧忙着张罗，为他申请了专用款。这次云顺不敢把钱拿给他，怕他像买牛一样吃喝得差不多了才买头衰牛来搪塞。云顺请了镇上的包工头，买了材料来建牛厩，他一直监督着，好在修个牛厩工程小，几天之后一个新崭崭的牛厩就建成了。

等云顺再来他家时,云顺又大大地惊诧了一回,胡树老汉竟然住进了牛厩里,他把床搬来,把家私也搬来,像模像样住上了新房。云顺说二大爹呀二大爹,亏你想得出,牛不住牛厩你倒来住牛厩了,你这不是弄颠倒了吗?胡树说牛厩是牛厩,但它是新牛厩,干干净净,盖了水泥瓦,打了水泥地皮,一股新鲜松木气息,比我那房好到哪里去了,牛好比人还尊贵吗?人不是该比牛住得好吗?云顺被问了个大张口,想想,说二大爹,牛厩始终是牛厩,是按牛厩标准修的。你住在里面,不是臊我的皮吗?上面检查,说我越扶越贫,把扶贫对象扶到牛厩里去了。胡树暗自高兴,说那是你的事,我高兴住牛厩,是我的事。好说歹说,胡树终于答应从牛厩里搬出,但要云顺答应帮他的住房改造,云顺眉心结了个大疙瘩,脸上愁云苦雨,难受得想哭。云顺说二大爹,你的房屋达不到危房改造,再说你一个人修了也住不完。他本来想说修了你也住不了几年,但这话不能讲,讲了要麻烦。胡树见他不情愿不高兴,脸丧得宁得下水,说这事你也不要为难,我晓得各有各的难处,我就住这里得了,牛也舒服,我也方便。

云顺不搭话,他拔腿走向老汉的房子,打量一阵儿,又顺着房子走了一圈,最后冒着腥臊刺鼻的味道,挥打着成群结队的苍蝇,进屋看了看,老汉这房子,虽然破旧颓败,但房梁框架尚好。过去年代修房造屋都想千秋万代,木料是柏木,熏得漆黑,但还结实,用手敲敲还有钢声,砖瓦换一下,地皮打一下,墙体糊一下,就脱胎换骨了。

云顺也不打招呼,抬腿就走。胡树追上去,赵同志,啥情况讲一声嘛,人家其他的帮扶对象都修房子,就我还住烂房子。你为难也就算了,我也不给你添麻烦,我也不是胡搅蛮缠的人嘛。云顺说是的,是的,你是通情达理的人,是所有帮扶对象中最讲理的人。云顺想我是倒了八辈子霉了,这扶贫不晓得咋是个头。

五

住在新崭崭、亮堂堂的牛厩里，胡树老汉心情也好起来。虽然是牛厩，还是修得挺正规的，连门窗都有，砖墙，石棉瓦，水泥地，门墙散发着松木的香味，晚上睡在床上，有月光泻进来，听得到老母牛的咀嚼声，心里暖暖的，想着新崭崭的门窗似乎少了点什么，对，少了副红艳艳的对联，热热闹闹的窗花，当然，最少的是少了个大红的喜字，真那样，才惬意呢。

想起了四川山区的那个寡妇，想起了那短暂而温暖的往昔，想起了他还有个女儿，心里既暖暖的又歉歉的，既温馨又凄凉，五味杂陈。他想要是真的把牛养好，那看似遥远的渺不可及的梦会不会实现呢？

胡树老汉起了个早，背着背篓去朱家寨给牛打带露水的草去了，他知道这牛是难得走到朱家寨后面那片向阳的山坡的，先调养调养，等它养好脚力才吆去吃草。走到寨子旁边，他有些累了，想去老朋友家喝早茶，但还是忍住了，担心被他缠着到镇上喝酒。

终于找到那面坡，满满地割了一背篓带露水的青草。人也奇怪，胡树老汉原本想割半背篓就行了，虽然身体尚好，腿脚也还灵便，但毕竟上了年岁。但看到一坡青翠鲜嫩、珠光闪烁的青草，还是忍不住割了满满一背篓。

那牛看见新鲜的青草，竟然兴奋起来，它天天嚼干苞谷草，嚼得索然无味，见新鲜草就不管不顾地吃起来。胡树高兴，能大口吃说明这牛还能恢复。但见牛不停地吃，他想不行，不能让它不停地吃，牛和人一样吃多了会吃坏的。他把青草拿出去，那牛还眷恋得很哩。

胡树见杨春的狗见他就耷拉着脑袋，夹着尾巴，畏畏缩缩，可怜巴巴的样子，心里有些可怜，想改善一下和它的关系。他慢慢走近它，狗吓得缩到墙角，惊恐狐疑地看着他，怕他有啥阴招。胡树缓缓地走，和它慢言轻语打招呼，一脸和蔼地笑，那狗仍然畏畏缩缩。胡树想慢慢来吧，等每天喂它点东西，不信缓不过劲来。人都可以改善关系，何况是狗哩。

杨春见胡树时刻给狗吃东西，心里有点暖意，打狗看主人，喂狗也是敬主人哩。杨春提了板锄、撮箕来帮他出厩，现在他的堂屋倒真的是厩了。杨春说牛和人一样，它只是哑巴牲畜，不会说话罢了，你对它好，它会报答你哩。杨春把粪草和被牛的尿粪搅在一起的稀泥刨出，挑到地里，又挑了干土垫上，那牛"哞哞"地叫，眼里是感谢的表情，还去舔杨春的手。胡树说你该舔老子哩，吃里扒外的东西。杨春说你让它住得舒服了，它自然舔你哩。

那牛的皮毛渐渐有些润泽了，身上的膘气也似有若无地呈现，肋巴骨也不那么清晰了。杨春说该催膘了，这牲口，我看了牙口，还是可以生育的，只要调理好。胡树听了有些高兴，这头牲口本来是买来应付扶贫的，毕竟拿了人家的钱，好歹也要有个交代，如果能生育，倒真的应该下下功夫。门上那个喜字，不能光想，应该真的出现。胡树说兄弟，我这门上该不该贴个喜字呀？杨春说不年不节的贴啥"喜"字，就是过年，也只是贴对联。好说你还想讨个婆娘？胡树说我是说贴个"喜"字喜庆，我这牛说不定就下崽了。杨春说这也倒是可以的，反正是喜庆嘛，也是个念想。胡树说不是念想，是真的"喜"。

胡树到村公所，请赵同志写"喜"字和对联。家良听了有些诧异，也有些欣喜，老汉要写"喜"字和对联，说明对生活有了盼头。他说这字我写，虽然我的字丑，见不得人。他找齐笔墨纸砚，认认真真地写好，交老汉带去。

杨春说催膘最好是苞谷面、黄豆面，熬点米汤，加些红糖，你这牛有膘气了，体格强壮了，自然就会发情。你看它现在这样子，虽然比原来好了点，但毛东一块西一块，脱得难看。牛眼屎那么多，眼睛暗淡无光，能发情、能下崽吗？胡树说牛有这么金贵？要吃苞谷面、黄豆面，还要熬米汤，加红糖，我爹都没这样吃过，我都舍不得这样吃，当真喂着爹了。杨春说我是建议你，咋个喂是你的事，牛又不是我的，下不下崽跟我有啥关系。

狠狠心，胡树去买了几十斤苞谷籽来磨成面，再要买黄豆、买红糖他倒真的无钱了。那些天，他把苞谷面撒在青草里拌匀，说吃吧吃吧，我爹我妈都没这样服侍过，你不好好长膘，不发情，不下个活蹦乱跳的牛崽子，对得起我吗？那牛温柔地看着他，一脸感激的表情。它是真的没吃过这么好的饲料。过去的主人，只是把它当牛使，并且是过度地役使它，一头牛干两头牛，甚至三头条牛的活，又不好好喂，真是只要牛儿跑，又不给牛吃饱，过度的劳役使它过度病疲、衰老。现在不光有青草吃，又不劳役，还有苞谷面，这真是神仙似的日子了。

这样喂了段时间，牛皮毛渐渐活泛，老的结了痂的皮毛脱下，长出了绒绒的毛，像新出生的胎儿的毛，脸也红润了，眼睛也不那么浑浊了。杨春老汉说咦，你这个老杂毛喂牛还有一套了，这么头半死不活的牛都被你喂成这样子了。胡树得意，说我这脑袋比你灵光嘛，只是不耐烦，要不哪样不比你强。杨春说你莫公鸡屙屎头截硬，过不了好久又土基着水，还原。胡树说只要酒不断顿，我才不耐烦上乡场去哩。

胡树拉着牛去村公所。村公所离这里有几里地。他将铝合金酒壶装满，这是塑料桶里的全部了。他要让村主任家良和扶贫的赵同志看他的牛，让他们给点钱去买黄豆、红糖，有了黄豆和红糖，不愁这牛恢复不过来，那时，皮毛亮了，膘上来，肋骨不见了，眼睛也清亮了，不愁牛不发情，温饱思欲嘛。

走到村公所，见村公所静静的，人花花都没一个。胡树将牛拴好从一楼爬到三楼，间间房间都没人。他下楼来，走到侧边房里，看到事员老冯。冯毛胡子在厨房里的一个簸箕里捡黄豆，旁边有袋黄豆。胡树眼睛一亮，黄豆，哈，这里有黄豆。胡树笑眯乐呵地问毛胡子，我侄儿子他们去哪里了？咋个人花花都没得。毛胡子老冯和他也是酒友，常常在集上相遇，不是你请我喝就是我请你喝，只是老冯要在赶集天才来，他一是买菜和买其他东西，二是过过酒瘾。老冯说侄儿子？哪个是你侄儿子？胡树说吴家良嘛，他是我堂姐的表妹家男方的姐姐家的儿子。老冯说你不要弯弯绕绕了，看人家当了村主任，弯弯绕去攀亲戚。胡树说我才从来不攀哩，人家现在扶贫，你不攀人家都要认亲戚哩。

说着话，胡树瞟着地下簸箕里的黄豆，黄豆金灿灿、圆滚滚，颗粒饱满。胡树说这么好的黄豆还要捡？老冯说推豆花吃，明天县上、乡上的要来检查，现在管得严得很，也不能进馆子，就在食堂吃。胡树说你这里的厕所在哪里，我尿急得很，屙泡尿再来和你说话。老冯指了方向。胡树出来，悄悄将牛缠绳解了，然后叫老冯喝酒。老冯说这阵要做饭就不喝了，胡树说这酒是好酒，酒厂挨"五粮液"在一起，一个方子，一样的原料做的，我都舍不得喝，你有面子，我俩就喝两盅。毛胡子老冯也是个见不得酒的人，说就两盅，还有盘花生，我俩餐厅喝，我再炒个小菜。老冯去炒菜，胡树朝那牛招手，那牛也是有灵性的，慢慢朝这里走来。老冯端了盘子，提两个酒盅，俩人就在餐厅喝起来。

喝完两盅，老冯要走。胡树说这酒也不多了，把它喝完算了，再也打不到这种酒了。老冯咂巴着嘴，好喝，确实好喝，不暴不燥，顺溜，口感也好。

正喝得高兴，有人大声吆喝，哪里的牛跑到厨房来了，老冯，老冯，你在整啥子？老冯一听急了，忙从餐厅跑出来，一看傻眼了，一条灰不溜秋的牛正在大吃特吃簸箕里的黄豆，一大簸箕黄豆吃了一小半。老冯急了，去拽牛缰绳。那牛正吃得起劲，死活不走。老冯气急败坏，抬起腿狠狠地朝牛肚皮踢去。胡树出现了，胡树说老冯你踢它干啥？它是牲口嘛，你也是牲口。老冯说老杂毛，是你的牛？我晓得你没安好心，请我喝酒，原来你是下套哩，跟你在一起只有吃亏。老子今天要把它吃进去的踢得吐出来。村主任说行了，行了，莫踢了。二大爹，还不把你的牛牵出去，这是厨房，不是牛厩，不要人和畜牲分不清。胡树知道村主任在骂他哩，但毕竟理亏，不好还嘴。

胡树将牛牵到门外的院坝，对随着出来的吴家良和赵云顺说你们二位看看这牛咋样？有没有变化？俩人对他养牛是没有信心的，云顺更是心灰意冷，好不容易筹集到三千多元，被他吃喝了一小半，买个半死不活的牛来凑数。云顺还在为他的住房发愁哩，人不住堂屋牛住，不是坑人吗？家良说云顺，你转过脸来嘛，这牛确实有些膘气了，难说转得过来的。云顺不情愿地转过脸来，牛确实有些膘气了，毛色也变了，在换毛。这时，牛却烦躁不安了，它扭来扭去，头甩得像拨浪鼓，四个蹄子不断刨地，刨得水泥地直冒火星。它试图冲出去，把缰绳绷得直直的，胡树两脚蹬地，也快拉不住。眼看牛鼻子都快挣破了，牛鼻子上的血滴了下来。众人散开，怕疯了样的牛撞到自己。家良毕竟有经验，他看牛眼睛鼓得老高，眼珠血红，口喷泡沫，嘴里还有黄豆的碎末，他知道牛黄豆吃多了，生黄豆吃下去会膨胀哩，一膨胀牛胃就撑不住，会撑破了。有人把生黄豆放在石磨下面喷上水，石磨就顶起来哩。家良说不准跑，大家一起上，把牛按翻，跑出去就麻烦了。云顺，你赶紧去喊村医。趁牛还没挣脱缰绳，大家一哄而上把牛按翻，牛难过得乱蹬乱踢，家良喊注意牛脚，让开牛脚。他突然哎哟哎哟叫，他被牛踢了一脚，疼得差点晕死过去。

云顺和村医气喘吁吁地跑来了，兽医朝牛看了一下，问了一下情况，就知道啥情况了。他说找根细点的塑料管来，有没有漏斗？办公室小王说塑料管倒有，漏斗那里有？厨师老冯说有有有，厨房里有。

所有在场的人都全上了，按牛头的按牛头，按身子的按牛身子，光是身上就趴了四五个人，牛的蹄子也被尼龙绳绑住了，再也挣扎不得。兽医老郑将塑料管插进牛屁股，把漏斗和塑料管接在一起，叫人提水来。满满一塑料桶水灌进牛肚子，牛肚子咕噜、咕噜一阵乱响。兽医说注意啰，牛要喷尿了。话没说完，一大股牛尿、牛粪，混合着水喷了出来。兽医刚别过脸，否则他的脸上肯定喷满牛粪、牛尿，但他的身上还是被喷满了。其余的人无一幸免，人人身上都沾满了腥臭难闻的黏稠的液体，其中还有不少没有消化的黄豆瓣哩。

那天胡树挨了村主任家良的一顿臭骂。兽医用灌水的办法治活了牛，才听见家良蹲在墙角哎哟、哎哟的叫唤声。家良的脚肿起老高，乌青青一片，兽医让他抬脚，又让他脚落地，还用手捏，家良更是疼得鬼喊狼叫，兽医说还好，没骨折，我给你上个包裹，再吃瓶"云南白药"，没事，落不下残疾。

家良缓过劲，见胡树站在远处牵着牛，眼里露出少有的怯怯的羞愧的表情。过一会儿，那表情却变成了讥笑。家良正疼得紧，找到发泄对象，就不顾胡树老辈子的辈分，狗日、杂种、老龟儿都用上了。骂他老奸巨猾，骂他阴损缺德，骂他贪占小便宜，无孔不入，连厨房的黄豆都看上了，牛跟他一样德行，吃胀肚子，害得他挨了一脚。这一阵狂骂，脚居然疼得缓了些。那牛缓过劲来，趁痴呆呆站着的胡树不注意，挣脱缰绳在院里走起来。它走到云顺身边，用嘴拱了拱他的腿，还嗅了嗅，似乎似曾相识的样子。云顺怜爱地摸了摸它的头，摸了摸它的身子。它竟然回过头来用舌头舔了舔他的手，那一瞬间，云顺心里一阵温暖，它似乎晓得它的到来和他有关联哩。家良见它在换毛，虽然还没换完，但膘气是有些了。他想胡树是上心了，只要上心，就能喂好。兽医说这牛并不老，只是没喂好，喂好了自然能下崽。云顺想下了崽，不是就可一个变俩，两个变四嘛，胡树脱贫就有希望了。云顺摸了摸口袋，其实不用摸他也知道身上只有三百多元，是老婆留给他这个月的生活费。云顺是出了名的"妻管严",再要申请生活费可能难上加难。云顺狠狠心,抽出三百元,口袋里只有几十元了,他将钱拿给胡树,说二大爹,这是我的生活费,你拿去买黄豆,不要再打歪主意了。胡树见他手里只有几十元,心里到底还是有些不忍,说算了,算了,你们靠工资过日子,我咋忍心要你的钱。推来推去,家良看不下去了,说收起来吧,二大爹,只是你不要再拿去买酒喝,不要辜负赵同志一片心意哟。

五

果然像兽医所说,那牛其实年岁并不大,只是喂得太差,牙口掉了好些,使人觉得上了岁数,垂暮之年了。胡树倒真的越来越喜欢这头牛了,这头牛寄托了他的好多梦想,他想把牛喂好、喂多,过几年真该去把四川山区的女人和女儿接来了。他漂泊了一生,鬼混了一生,晚年毕竟要有归宿,要有人陪伴,死时要有人接气,要有人抬灵盆子,这才不枉人世走了一遭。

这头牛有了膘气,走路再也不趔趔趄趄,东倒西歪了。他每天都起个大早,吆着牛到朱家岩的坡上吃草。这里是牛的乐园,向阳,坡缓,有小渠流淌,水草丰茂,鲜嫩,来得早,绿绿的草尖上都挂着晶莹的露珠,这种草最养牛。他倒真的不忍乱用赵同志的钱了,他到乡场去,买了黄豆、苞谷、大米。大米是用来熬米汤的,掺许多水,慢慢熬黏,他吃米渣。在乡场上,他的酒瘾实在太难熬,他不敢在乡场上的酒馆露面,去乡场背后买甘蔗皮煮的酒。这种酒又苦又涩,像刀子样烈,割嗓打头,焚心烧肺,他买一壶过过干瘾。他抿一口甘蔗皮煮的酒,脸上虽现出难受的表情,胃里一团火,喉咙干疼。他说牛啊牛,你看老子过啥日子,风光一辈子,滋润一辈子,啥时喝过这种酒?你要给老子争气。好好吃草,好好吃料,早点恢复快快长膘,早点给老子怀上牛崽。牛看着他红红的眼睛,被劣质酒辣得脸上肌肉痉挛,似乎明白了,低沉地长长地叫了一声。胡树感动得抱着牛头亲了一下,热烘烘毛茸茸的牛头让他想起了那个在四川山区的老伴,他的心温暖起来。

那天早上,鸡还没打鸣,狗也在打瞌睡,胡树老汉听到那牛哞哞地叫了起来,牛的叫声又悠长又热烈,又高亢又激情,叫了好一阵儿。胡树有些惊诧,这是咋啦,牛晚上只有反刍声的,很少叫,更不会这样叫。是不是病啦?听声音又不像,倒像猫叫春的声音。胡树是没养过牛的,在外漂泊,哪里知道牛的声音表示什么。他起身去看,牛似乎有些焦躁,有些亢奋,在屋里转来转去,看见他,眼里有些羞涩,有些焦渴,有些烦躁。胡树想这龟儿杂种是不是发情啦?想起自己在外几十年,壮年时也有这种表情,一个人睡在鸡毛小店里,看着破电视机里的一些镜头,不也是这样地在屋里转圈圈吗?苦于手上无钱,否则他是会去城中村的小巷里去找那些站街的野鸡的。胡树有些兴奋起来,看来这段时间的功夫没白费,这龟儿杂种吃得好,长了膘,精神旺健起来,真是饥寒起盗心,温饱思淫欲呀。胡树咧着嘴无声地笑了。

第二天胡树起了个大早,给牛煮了浓稠的米汤,拌了粉碎过的黄豆瓣、苞谷面,还加了两把自己都舍不得吃的红糖。牛贪婪地吃着,不时还抬头哞地叫一声,感谢胡树的精心饲养。胡树说你不要感谢我,到了山坡拿出勾引公牛的本事来,有本事把人家的公牛勾引了爬上背,你就立功了,老子要好好奖励你哩。牛似乎听懂了他的话,温柔地看着他,表态似的长叫了一声。

天气是好天气,雾大风静。胡树知道这样的天气是晴好天气,过一阵雾散了,太阳出来,一整天都会天蓝蓝的,青草绿绿的,野花艳艳的。果然,才到山坡,雾气散掉,太阳暖暖地照在坡上,翠绿的青草镀上了一层金辉,但草尖还挂着露珠,草还湿漉漉的。这样的青草,无疑是最鲜嫩、最爽口、最有营养价值的了。

今天来得早，偌大的草坡上只看见几头零星的牛，它们分散在各处。胡树老汉放了一段时间的牛，对牛和牛性也掌握不少了，他看见远处有条壮硕的牛，凭那身架，就知道是头好公牛。胡树高兴起来，这是一头陌生的牛，从来没见过的，今天来到这里，这是令人高兴的事。他走了过去，见到一个十一二岁的娃娃儿漫不经心地走着。他上去搭讪，简短地对话，他了解了不少信息。这娃娃是隔这里十四五里路的坪子寨的，小学刚毕业，要读初中了，他爹让他趁假期把牛放到这里来抓膘。他爹打算把这头壮牛卖了，买个小四轮，要卖个好价钱当然得搞个小突击，在短时间内让牛休耕，吃好草料、黄豆，苞谷面不会少，吃带露水的青草也是非常重要的。他爹说等抓好膘牛卖了好价钱，给他买辆单车，到镇里上学方便。

胡树打量着那牛，真是头好牛，骨架很大，肌肉丰满而有弹性，毛皮光滑富有光泽，摸上去绸缎一般。牛转过头来看了他一眼，又迅速地掉过头去。他见这牛眼睛很大，水汪汪的，额头有片白色的毛，黄白相间使它的脸变得生动而俏皮，鼻孔红红的，湿润鲜丽得像擦了唇膏。胡树在各个城市漂泊，对满街的女人很有研究，虽然是过眼瘾。

胡树老汉对这头牛动起了心思，他想要是这头牛能和自己喂的母牛交配，下的崽不定多健康、多漂亮。这样的小牛崽喂上一两年，就能卖到大价钱。那时，再买两三头牛来养，几年下来不是就发了吗？脱了贫，修起新房，不是堂堂正正、光明正大地将四川山区那个女的和娃娃接来，晚年的日子不是就过得有滋有味。把牛交给老伴和娃娃，不是天天可以到乡场去，喝小酒，泡茶馆，进馆子了嘛。

在乡场上，他看见专门有人牵了种牛来和母牛交配。种牛肯定是好种牛，和这头牛一样，身躯硕大，健壮丰腴，毛色丰润，但价钱也是价钱，交配一次收四百元，包怀上。一个赶场天，一头公牛也就交配两次，但也不得了，八百元就到手了。他想如果能让这头牛和自己的母牛交配，四百元省了；如果能下个壮硕、漂亮的小公牛，小公牛长大不就是种牛吗？那就好，天天牵到乡场上，让它交配几次，喝酒、打牌、进馆子不是有钱了吗？

胡树高兴起来。他的母牛，最近有些发情的迹象，看见公牛它的眼睛变得温柔起来，有些朦胧，有些羞涩，有些渴求，它还会加快步子，试图撵上从身边经过的公牛，还会深沉、热烈地叫上几声。胡树不懂牛的语言，但懂牛的表情。牛和人在情爱上是相通的嘛。年轻时见到漂亮的女人，自己不也会情不自禁地追几条山梁吗？不也会上去东扯西拉地搭讪吗？不也会扯着嗓子唱些情歌吗？

见那男娃子坐在草坡上看书，胡树说真是好娃子，来放牛也不忘读书哩。那男娃子不好意思说是卡通书哩。老汉不知道啥叫卡通书，但见上面密密麻麻地印着画，老汉说不是连环画吗？男娃子说不是，这卡通书有一套，他只有这一本，等他爹给了钱，就到镇上买齐。胡树眼睛眨巴起来，他说小伙计，我这酒壶干了，我是一天到晚离不开酒的人，你帮我去镇上打一壶，牛我看着，一个牛是放，两个牛也是放？顺便你也把书买了，拿着，你看够不够。胡树少有地大方地拿出三十元。那男娃子眼睛亮了一下，高兴起来，有人帮着看牛，还有钱买书，何乐不为？撒开脚丫跑了。

胡树试图把公牛吆到母牛那边去，公牛抬起来很快又把头低下了，专心吃草，半步也不挪。胡树说咦，这杂种还挑剔得很，我那母牛咋的了，好说还配不上你？你莫以为骨架大架子就大了，没得母牛的时候，你怕见树桩也会上哩。

去吆母牛，那倒没费事，母牛事实上早已经看见公牛了哩，只是见公牛睬都不睬它，也没见主人有啥表示，牛有牛的自尊，牛有牛的牛格，母牛就按下性子，见胡树来吆它，这就对了，这相当于父母把自己许配给别人，相当于媒人在中撮合了。母牛跟着老汉娇羞地走，步子不快也

193

不慢,快了怕让公牛看不起,真是一辈子没见过公的了,慢了又心急马慌,步子就显得既矜持又急躁。

走近,母牛深情地看着公牛,温情脉脉,情深意切。可公牛瞟一眼,又低头吃草去了。这无疑伤了母牛的自尊,你不就是年轻点吗?你不就是长得帅点吗?这也太看不起牛了,太伤牛的感情了。母牛想离开公牛,但又实在舍不得,像这样年轻漂亮、健壮雄奇的小公牛确实不多,确实逗牛想。自己年老色衰,虽然精心吃料,恢复了不少,但毕竟底子差。它恨起原来的主人,不把它当牛,做苦役,过度劳累,连把干草都舍不得多给,被扇起情欲的牛也顾不了许多,它深情地长时间地叫了起来。胡树老汉知道它是在表达情意,在述说、在煽情,可能牛的语言中还有很多打动牛的牛语。可惜公牛不但不理睬,还不耐烦起来,抬腿朝前面走去了。

胡树知道那牛是伤心了,它无比沮丧,神情暗淡,一下子苍老、疲惫了许多。胡树看见公牛在不远处嗅一蓬野花,胡树心里一动,牛也是爱美的,自己这头牛,虽然恢复了许多,膘气起来了,毛也在换了,但毛还没换全,现在脱掉的毛东一块,西一块的,看着像癞痢。胡树去采花,采了一大抱,五颜六色的,他找了藤条,把花一串一串串起来,串了好几串,他把串好的花挂在母牛身上。几串花一挂,母牛身上掉了毛的癞痢的地方遮住了,母牛变得花枝招展,艳丽无比了。胡树高兴起来,这就像一个人穿了漂亮的衣服,招人喜爱了嘛。

胡树又把母牛朝公牛那里牵去,本来很沮丧,完全丧失了信心的母牛,也被自己一身的鲜花感动了,它又鼓足了劲,长声哞哞地叫起来。那种叫声,是温柔的,是深情的,是热烈而又感动牛的。公牛抬起头,这次倒是多看了两眼,不仅多看了两眼,还挪动脚步朝母牛走过去。这下,不仅牛感动了,连胡树老汉也激动了,有戏,这次肯定有戏了。胡树退远,他觉得牛虽然是牛,但还是有羞耻之心的,自己在旁边算个啥，影响牛的情绪。

谁知公牛走到母牛身边，只是把头靠近母牛的身子，把头伸过去，嗅花的香味，也欣赏花的美丽。母牛不见有动静，终于知道公牛仅仅是来欣赏花，来嗅香味的。母牛受到了巨大的打击，感到受了调戏，羞愧而愤怒地调过身子，朝公牛踢了一蹄子。公牛啥时被牛踢过，公牛立即调过身来，把头低了，朝母牛撞去。母牛在羞辱、愤怒中也迸发出仇恨和激情，和公牛拼了命抵起来。两头牛乒乒乓乓打了起来，两头牛的力量悬殊是很大的，无论年龄、体能、力量母牛都不能及，但受了羞辱和调戏的母牛，仇恨使它不顾一切，迸发出巨大的力量，以命相搏。结果显而易见，胡树老汉的母牛伤痕累累，差点被挑死。那头强悍的公牛呢，身上也受了不少伤。

小男娃从乡场上回来，见到这惨状，急得哭起来。这是他家的宝贝牛，平时爱护有加，舍不得给他买好吃的买新衣服，也要留着钱买黄豆，买苞谷面，买红糖，他的爹为了实现买小四轮拖拉机的愿望，几乎豁出去了。他太想拥有一辆小四轮了，而实现他爹梦想的牯牛被刺伤了，他咋能不心疼，不着急呢？胡树老汉说你不要埋怨我，更不要埋怨我那头母牛，你家这公牛怕是很久没见过母牛了吧，见了母牛强行要上，母牛不愿它就抵它，这不就打起来了吗？小男孩虽然十一二岁，大抵也知道强行要上的意思，这不是成了牛抵牛了吗？这不成了强奸犯了吗？小男孩对公牛呸了一口，呸，活该，哪个叫你当流氓哩。

六

云顺来村里，他听说胡树老汉的牛被其他牛挑伤了，老汉很着急，他要了解一下这头牛的情况。他看见胡树对喂牛确实有信心，很是高兴，胡树老汉靠这牛脱贫，他也靠这头牛完成帮扶任务。胡树老汉的房子，他也是心歉歉的,他住在牛厩里,牛住在他家里,这是说不过去的事。他跑镇上,跑自己在的单位,想尽一切办法为胡树争取建房指标,好不容易要到了一个危房改造的指标。但他不敢跟老汉讲,危房改造的款项是有限的,更多的要自己筹款,他怕老汉知道了,来找他要钱就麻烦了。

老汉说老郑,你看我这牛还行嘛,我是下了真功夫喂的,喂出样子来了,膘气上来了,毛色也亮了,眼睛水汪汪的,逗人喜欢哩。老郑,郑兽医正在院里给他的牛上药。他的这头母牛伤得不轻,老郑说逗人喜欢,恐怕只是你喜欢,公牛并不喜欢。胡树说咋这样说,不喜欢它咋个硬要上,不让上就打,这也太霸道了嘛。郑兽医说你瞒得了别人瞒不了我,人家那头牛会看得上你这头牛,笑话,天大的笑话。胡树说你别睁着眼睛说瞎话啊,我俩多少年的老朋友了,我请你喝过多少次酒你记不得了。郑兽医说哄得了别人你还哄得了我,我到草坡时候,见地下几串花环就晓得咋回事了,你这老滑头太精了,还让人家赔了一百五十元的医药费哩。胡树说千万不要瞎说,千万不要瞎说。老哥们不能打胡乱诳哩。云顺站在不远处听到对话,云顺说这老家伙,人精,跌倒在地下都要抓把土哩,看来不对他讲要到危房改造款绝对是对的。

看到胡树老汉在认真地养牛,云顺心里有丝感动。真不容易啊,这样一个在外飘了几十年的飞天蜈蚣,这样一个随便动个歪点子就能弄到吃的、用的,就能生存的人,现在归于正道,终于养起牛来,这就好,这就好。

云顺原想帮他清理下牛厩的,也想劝他回到堂屋让牛住到真正的牛厩去。堂屋的门是敞开的,云顺见堂屋变了样,原来牛尿、牛粪、苞谷草被牛踏成稀泥,苍蝇蚊子乱飞,还没进屋就扑面直来,臭气熏得人发晕。现在,堂屋里的臭烘烘的稀泥被挑走了,地上垫上干燥干净的黄土,还铺着一层稻草,腥臭味依旧在,但好了许多。他注意到屋里还有几盘熏蚊子苍蝇的艾草,手指粗的绳状的干艾草盘成盘,袅袅地燃烧着。

云顺的心里有些温暖，他和兽医老郑打了招呼，请老郑尽管放心地给牛医治，钱记着，村里和扶贫工作队会付的。老郑说赵同志你不要操心，我和胡树老汉是老朋友，他的事就是我的事，不会收钱的。况且，这牛也就是点皮外伤，敷点药很快就会好的。

云顺要走，胡树老汉死活不让，他说前村吴石头家在宰猪，我去割两斤新鲜肉来，你、老郑，还有隔壁杨春，一个不能少，咱们好好喝点酒。云顺说不了，不了，咋能让你破费，我正要去别村呢。胡树说你是看不起我？嫌我家贫人臭？我被人看不起一辈子了，你还不能给我个面子？胡树说这话，竟然有些伤感，有些心酸。兽医老郑也赶紧说赵同志，胡树老汉是真心的，你就给他一个机会吧。云顺答应下来，他本来要掏钱给胡树的，就不掏了，一个人有了自尊，想要面子，这个人就有救了。胡树几十年到处鬼混，何曾要过面子。

菜自然是在杨春家做的，哑巴老伴虽然不会讲话，手脚巧着哩。她呜里哇啦讲着话，把刚割来的新鲜得不能再新鲜的肉切片、剁碎，炒了几个花样不同的菜。胡树拿出他藏着的瓶酒，说舍不得喝，平时喝的是刀子酒，客人来了，咋也要像样点。老郑说就是嘛，你那甘蔗皮酒，鬼才会喝，我给你医牛，也该出点血嘛。

杨春家院坝里有架葡萄，贴墙还有几丛山菊花，在葡萄架下摆上桌子，就有番风味了。胡树说我门口荒了多年，等房子起了，你要帮我分点葡萄苗。说着瞟了眼云顺。云顺说二大爹，你现在起了心性，想喂好牛了，你把牛喂好，我咋也要帮你哩。杨春说差不多的时候把你在四川拐来的媳妇带来。胡树说咋是拐的，是真心跟我的，只是我心性不定，到处飘惯了，定卜根来是要接来的。

那大胡树老汉的母牛被打伤了，趴在地上怎么也站不起来。胡树见它一身是伤，疼得哆哆嗦嗦，有两条长长的划在肚皮上的伤口，血肉模糊，鲜血直流，肉都翻出来了。胡树心疼不已，他自责，不该为了节省几百元钱打些馊主意。牛和人一样,它看不上你,你再打扮得花枝招展也无用,人要自强起来,才会有人尊重,牛要自强起来,才会有牛看得上。胡树是何等精明之人,这些道理咋不懂呢?牛受伤这件事,倒是深深地刺疼了他,他有了愧悔之意,有了羞耻之心。他想一定要把这头牛喂好,喂好牛了,不要再想歪主意,花几百元请老郑帮忙物色一头牛,把种配上。

那些天,老郑精心医牛,胡树精心养牛。他把破夹克脱了,穿着长筒胶鞋,花了两天时间,把牛厩,他住的堂屋里的牛尿、牛屎、苞谷草混合的稀泥挑了出去,那稀泥有尺把厚了,挑完又挑干土来垫上。杨春要来帮他,他不要,他说我还干得起,干不起再请你。累了两天,他看到他的母牛惬意地睡在铺了稻草的干土上,他心里也感到欣慰,累虽累,但累得踏实。他喝甘蔗皮熬的酒,也好喝起来。晚上,他就睡在牛旁边,天热,蚊虫多,他燃了艾草驱蚊,一晚上起来好多次,给牛饮水,给牛添料,给牛敷药,还摇着蒲扇给牛驱蚊。他絮絮叨叨、温言软语地给牛讲话,他相信牛是听得懂的。他说牛啊,你要好好地养伤,把伤养好了,把膘养足了,养得油光水亮的,我给你找个好郎君,肯定不比坡上那头牛差,你给我争口气,生个漂漂亮亮、健健壮壮的小牛崽,最好是带把的,当然是小母牛也行。咱们好好地喂,喂得膘肥体壮,越来越多,那时你就是功臣,咱们天天吃好的,喝好的,我给你们配上铃铛,头上系上红红的璎珞,额上还要一面小圆镜,带着你们走村串寨,亮瞎那头公牛的眼。牛听懂了他的话,牛眼汪汪,用舌头舔得他心里无比温润。他老眼迷离,看见了遥远的大山深处一座孤立的破旧的老房,看见了那个憔悴、沧桑的女人,牵着小女孩的手,在大雾迷漫的早上掩上身后的门,在云雾中忽隐忽现地走着,走着,朝自己住的地方走来……

在深夜离去

一

孙志得心情极为糟糕,一起床,他就把城管制服穿上,在镜里左抻抻、右抻抻,正面照,还转身来照。这面镜子,还是他得了奖后专门买的,半人高,在他的出租房里,也算是奢侈品了。每天他都在镜前流连,左顾右盼,直到上班时间快到,才匆匆走了。今天他更是如此,他留恋这套制服,留恋它给他带来的荣耀、自豪和各种忧心、烦恼。他实在舍不得把它交出去,但最近一系列的事让他矛盾、彷徨、纠结、不解,让他再也不愿再穿这套制服,他要把它交出去。这套衣服是制服,蓝黑色,大体上像警服,虽然不是警服,但警服该有的标志基本都有,只是没有警徽。这并不妨碍这种衣服的威严,远远一看,警服该有的标志和这种标志透示出的威严,还是在的。

这套衣服其实就是城管穿的衣服。城管既非军队,也不是警察,是没有正式的服装的,但为了职业的尊严和执行任务的威力,还是有了自己的服装。孙志得不知道全国城管是否有统一的服装,但至少全城城管的服装是统一的。他对制服,尤其是城管穿的制服情有独钟,很是敬畏,幻想着啥时能穿上这辈子就值了。他的这个梦缠绕着他,诱惑着他,最终,他穿上了这套制服。

刚进城管中队时,孙志得坚持要买制服,中队长大牛说老孙,你考虑好哟,要580元呢,大队规定的,钱交上去,开票拿衣服。孙志得有些蒙了,咋这么贵,外面的也就一百多元一套。大牛说外面是外面,那是地摊货,啥料?啥做工?假冒伪劣呢,逮住要严惩严罚呢。他摸遍所有口袋,也就十多元,是老婆给他的早点钱呢。他对大牛说衣服我要了,我晚上回去取钱。

为钱的事,孙志得和老婆吵了一架,老婆说你以为你在开金矿?张口就这么要钱。这个月的房租还没交,大娃的生活费还没给,你爹哮喘病发了,昨天带信来要买药。小女学校快过"六一",学校叫买裙子,昨天跟我哭了一下午。孙志得深深叹口气,他何尝不知道家里的情况呢,他们的房子,租的是城郊最便宜的房子,但每月的房租水电也是一笔不少的费用。老婆在一个小区做清洁工,每月三百多元,起早睡晚,中午饭都是自己带去吃,好在小区废品多,饮料瓶、纸盒、废书废报纸,拆卸的纸板,还可卖点钱。七七八八,总不会超过六七百,那可是血汗钱,不敢轻易动一分的。孙志得的钱是交给老婆掌握的,他就这点好,不抽烟,不喝酒,不攒私房钱,老婆不给,他的制服梦就要落空。

这一架吵了也白吵,孙志得嘴拙、性子软,老婆嘴凌厉,说话连珠炮似的,声气又大,一个回合下来,他就败下阵来。孙志得就不吃饭,喊了几遍不吃。老婆就将饭菜收起,出去串门了。十二点过了,老婆想他肯定会趁这个空当把饭吃了,一看碗橱原封不动的,孙志得埋在沙发里,一脸疲惫相, 脸饥饿相,软耷耷烂棉絮似的。老婆心疼,说吃不吃?要吃我热,不吃睡觉去。孙志得很硬气地说,不吃,你睡你的。老婆就去睡了。老婆知道他最不扛饿,每次一回来,先就问饭熟了没有,快上饭。也是,出苦力的人岂有不饿的,没听说过有谁厌食啥的。睡到半夜,老婆醒了,摸摸身边没人,从门缝望去,孙志得仍然蜷缩在沙发里。沙发本来是从小区捡来的，塌陷了一大截，他也就塌陷得快看不见了。老婆心疼，知道他有胃病，把胃饿坏了，更是糟践人。老婆想想，他当上城管了，没有制服也不是个事，哪有城管不穿制服的。只是想既是临时的，买了何用，等签过合同再买。哪不想他鬼迷心窍，一天也等不得呢。

老婆也不说话，把饭菜叮叮当当热一气。她明显地看到男人把头抬起来，眼睛一刻也没离开她手里的铁铲。她还听到了他咽口水的咕咚声，脸上急切贪馋的样子让人好笑。老婆说这是最后一遍，没得机会了，你吃不吃？孙志得把头坚决扭过去，扭得疲软但是决绝，不吃。老婆说不吃就别想买。孙志得听明白了，说真的？老婆也不说话，从房间把钱拿出来，老婆脸上有泪痕，手有些颤抖，但终究把钱拿了出来。

以孙志得的条件是进不了城管队伍的，他个子矮小，形象猥琐，背还有些驼，但他终究还是进了。其原因是城管中队队长大牛和孙志得是同村的，虽然不同宗同姓，没有亲戚关系，可关系比亲戚还亲。大牛的爹是大饥荒年代从四川跑到这里来的，是孙志得的爹收留了他。孙志得的爹当时是生产队的仓管员，手里有点小权力。大牛的爹落籍这里，在这安家落户，娶妻生子，得到他的不少帮助。大牛出生时，他妈得了一场病没有奶水，大牛饿得成天啼哭，瘦得皮包骨头。那年头，生娃娃的人家极少，人饿到前胸贴背脊，软耷耷睡下就不想动的时候，性也就没有趣了。几乎同时，孙志得出世了，孙志得的妈虽然有奶水但也仅够孙志得吃。每天听到隔壁传来大牛的挠心挠肝的哭声，她心里猫抓一般难受，她天性善良，哺乳期的女人更加敏感、善良，天性如此。这个娃娃饿死了，她的罪过就大了。孙志得的妈狠狠心，把大牛抱来，一边一个同时让两个娃子叮上。大牛狠劲，吸得她的奶生疼。孙志得性子慢，三吮两吮，奶水被大牛吃完。后来大牛长得又高又壮，他妈说你龟儿把志得的奶抢走了，让他长得又瘦又小，以后有出息了，你不对他好，走哪里我撵哪里，拿老拐棍打死你龟儿。

大牛后来当了兵，退伍后进了城管。由于他体格强健，做事又果断、认真，对上面布置的任务完成得很圆满，他被提为中队长，领导三十多号人了。孙志得最初在城郊租房，进些蔬菜水果去卖。这样，他和城管就有了不解之缘，积累了一套和城管捉迷藏、打游击战的经验，他烦城管，城管更烦他，他们既对立，又谁也离不开谁。没有他们，城管没有事做，还要他做甚？孙志得对城管很怕，很敬畏，很羡慕，幻想着有一天能转换角色，穿上那套制服，让他不再躲城管，而是让别人见他就躲。后来他攒了点钱，买了辆二手摩托，在城郊接合部开黑摩的。这样不仅和城管躲猫猫，和交警也躲起猫猫来。在一次拦截黑摩的活动中他摔伤了脚踝，在家里养伤的那段时间，他想转换角色的想法越来越强烈，制服成了他最纠心的事。他每天都要拄着拐，到街上去看穿制服的人。有的时候他住的这条街看不到穿制服的人，他心里就空落落的，吃不好饭睡不好觉，他就会艰难地挪动，到其他街上去寻找，幻想着那些穿制服的人中，有一个是他。他想一穿上城管的制服，他就会变得威风凛凛，就再也不会被人追，而是追别人了。任何事情一旦深入骨髓，就会魔魔怔怔了。在他养伤的后来几个月，上街看城管几乎成了他的保留节目，以至于做梦他都梦见自己穿上保安制服，腰不再佝偻，人不再萎靡，撒腿追起人来，比兔子跑得还快。但他在梦中，常常追也追不到人，或者追到了，反倒被人家一脚踢个仰翻天。有一次甚至跌到悬崖下，睁眼看时，原来自己没穿制服。他在疼痛中醒来，是自己踢到自己了，脚没全好，咋会不疼呢？在昏暗中，他心情糟透了，无比沮丧，无比失落。

那天老婆回来，兴冲冲地告诉他看见大牛了，大牛带着一群人来她所在的小区，他戴着大盖帽穿着深蓝色的制服，虎背熊腰，昂首挺胸，来查看小区的治安。一会儿，小区违章乱停的车就被拖走了，那个干脆利落，小区乱糟糟的停车现象就没有了。

孙志得急切地问他原在其他地方，怎么来我们区了？老婆说人不会挪吗？人家才调过来的。孙志得说他和你讲话了吗？问没问到我？老婆说大牛热情得很，没有一点架子，问了我们的情况，还记下了我们的住址，说改时要来看你哩。孙志得说他敢不来，他是在我妈妈上吊大的，没有他我肯定长得又高又壮。老婆说吹吧，你以为你是谁，人家要感谢也是感谢老爹老妈，轮得到你？孙志得说等着瞧吧，大牛兄弟一定会来看我的。

大牛果真来看他了，带了好些礼品，有吃的，有穿的，吃的是给他的礼品，穿的除了给两个娃娃，连老婆的也买了。孙志得一家感激不已，留大牛吃了饭。大牛看见孙志得一直盯着他的制服看，一脸羡慕，几次要走，他都再三留，似乎有话要说。大牛知道他的脾气，说志得哥，你有啥要讲的就讲吧，只要我能办到。他吞吞吐吐，嗫嗫嚅嚅，欲言又止。老婆急了，说他就是想穿你这制服，人都快想疯了，晚上做梦蹬脚，白天到处追着看。大牛说这好办，我送你一套，只是不能穿出去哟。老婆说他就是想穿上，当个城管呢？大牛面呈难色，他知道孙志得歪歪叽叽的脾气，当城管恐怕不合适。孙志得见他为难样子，说我晓得我是不适合当城管的，个子又矮人又瘦，能长得像你一样又高又壮就好了，都怨命。大牛听他话，晓得他的意思，说志得哥，我尽量争取吧，能去更好，不能去也不要怨我。老婆涎着脸，说大牛兄弟你就满足他这次的心愿吧，以后有大事小事，天大的事我们都不再麻烦你。大牛说志得大哥一家是咋对待我家的，我不尽最大努力就是牛马畜牲下的。

城管进人要说严也严，说宽也宽。说宽，退伍军人、预备役民兵、品行端正，服从纪律，身体强壮的都可；说严，身体孱弱，性格懦弱，推不上前，揉不在后，没有担当，做事不果断的都不行。大牛深知孙志得的个性和脾气，是不适合当城管的，来了只会给自己添麻烦。孙志得一家待他一家说恩重如山一点不过，他的母亲对他更是有如再生，听说他小时候就霸蛮，经常抱着孙妈妈奶头不放，不吃饱喝足是不放手的，如果强行抱开，他就手舞脚蹬，哭得震天动地，声音嘶哑，口吐白沫，脸色紫青。为此，他吃得又白又胖，他想他果真是抢了志得哥的粮啊，志得哥的瘦小是自己造成的。

大牛很为那天的看望而后悔，早晓得这样，宁可托人多捎点钱去，了却心愿。凭直觉，他晓得孙志得来当城管，会给他带来很多麻烦，换成别人好办，训斥、警告、扣工资、奖金，再不行辞退，可对孙志得，能这样吗？

二

大牛带的这支队伍，在区里是很有名的，整个中队的全体队员，个个都棒。他们身高都在一米七左右，身材标准，体能很好，训练有素，复员转业的自不待说，就是预备役民兵，都是最棒的。无论男女，都被他训练得可以参加检阅。孙志得一来，就像齐刷刷的白杨林里长了棵矮小的歪脖子柳，使得整个队伍十分不协调。孙志得矮小，有些驼背，随时哈着腰，看人不敢正视，脸上随时是谦卑的笑。为了训练他，大牛耗费了很多时间。下班了，他把他留下来，带他去街上掏腰包请他吃饭，买两包烟，塞一包给他，喝酒只喝半杯，还要训练哩。大牛铁了心要把他训练成标准的、合格的城管队员。大牛知道背后有很多眼睛盯着他俩，第一天的训练，他的志得哥就给他丢尽了脸。

吃饱喝足，还没等大牛开口，志得说回家了，谢谢你的款待。大牛脸一下就垮下来了，回啥回？你以为我白请你吃饭的，你今天训练让我丢尽了脸，你看人家是咋训练，你是咋训练的。志得说我不是没训练过嘛，一回生二回熟，慢慢来。大牛说没得这一说，最近区里领导要来检查，你必须一个星期内训练好，我陪你熬。

那个星期的训练确实把孙志得熬惨了,每天晚上别人下班了,大牛把他带到院子里在灯光下训练,抬头,挺胸,稍息,立正,走正步,本来不复杂的动作,对他就难于上青天了。光是个挺胸,他的胸从来没挺直过,脊梁骨似乎定形了,挺起来又塌下去,挺起来又塌下去。大牛让他把头、腰朝后撅,眼睛望星星,一撅就是半小时,像一根木头或者钢筋朝后撅,撅得他头晕眼花心慌,好几次栽在地上起不来。大牛毫不怜惜,凶巴巴地厉声吆喝,起来,起来,你装啥装,连这点勇气都没得,当啥城管。我看你不要想撵人,你永远是被人撵的命,城管这制服你也不要穿了。这话刺激了他,想起贩小菜挑着担子被撵得鸡飞狗跳,四处逃窜的日子,想起在城郊接合部骑黑摩托被撵得摔伤脚的日子,他心里涌出一股气、一股劲。他挣扎着爬起来,擦去满头大汗,咬着牙,瞪着眼,又开始训练。那些天,他累得连回去的力气都没有,是大牛开着中队那辆面包车送他回去的,送到家,还不忘嘱咐嫂子好好做点吃的,给他补充、补充。

功夫不负有心人,经过一个星期熬鹰似的训练,孙志得终于被训练得人模人样了。先是他微驼的背不驼了,挺得笔直,胸自然就挺起来了,腿脚打得挺直,动作规范、协调,像个退伍军人了。休息时在办公室打扑克,他的腰又自然塌下去,他觉得舒服,被大牛看见,喝令他出来,让他顶着烈日背朝墙朝后撅。他说休息嘛,又没有执勤。大牛说精神面貌没有休息的时候,你一休息,又被打回原形了。志得对大牛又敬又爱又怕,只得执行。他在暴晒的太阳下训练了四十分钟,大牛也陪着晒了四十分钟,直到他脸色涨红,大汗如雨,瞳孔散形才放过。

那天下班时,大牛把他叫到办公室,让他坐下,给他倒了热茶,递烟给他抽,还拿出一大袋水果让他带回去。他想今天咋啦,是不是出啥差错了。训练他那段时间,大牛随时请他到小餐馆吃饭,送烟给他抽。以后的日子里,只要一对他好,他就知道没好事,不是被训练,就是被训斥，那个凶哟，让他背脊发凉，心发冷，让他惧怕让他慌。但他恨不起大牛来，他晓得大牛是为他好，让他成为一个正规合格的城管队员，让他有机会由临时的变成合同制。只要成为合同制的城管，三保一金替你交了，工资、奖金嗖嗖上来一大截，还有各种各样的补贴，跟在体制内没多大差别了。

孙志得心里忐忑，脸色阴沉、准备好挨大牛训斥或者其他惩罚。大牛说志得哥高兴点嘛，丧着脸做啥？志得说我一见你请吃、送东西心里就怵，等着挨训哩。大牛听后哈哈大笑，笑后说志得哥我知道我对你是过分了点，但这是为你好，你知道现在到处都有小人，不晓得哪个杂种将我告了，说我徇私枉法，把自己的亲戚整进来，歪瓜裂枣的，形象差又做不成事，我倒是要让他们看看，我整进来的不会比他们差。你看，这段时间的训练，你不是已经很规范了嘛。今天我已替你把城管制服领来，你穿了试试。大牛打开壁橱，取出一套塑料纸包着的服装，孙志得盯着制服，黯淡、猥琐的眼光没有了，眼睛放射出惊喜、兴奋、激动的光。他迫不及待地撕掉套子，将衣服穿上。大牛帮他，这里抻抻，那里拽拽，帮他把帽子戴端正，又拿出一双崭新的皮鞋，说好马配好鞍，穿上试试，我送哥。孙志得眼睛湿了，这个不是亲兄弟，胜似亲兄弟，对他的呵护、关爱，只有他晓得。他还晓得，没有这个兄弟罩着，他将被搡得鸡飞狗跳，早就走人了。

大牛带他走到中队大门口，这里有一面比人还高的镜子，这是大牛来到这里时安的。他说城管虽然不是武警，不是警察，但维持社会秩序的责任和他们是一样的。我们不能披衣趿鞋，挨肩搭背，歪歪斜斜，把自己弄得跟混混样的，我们要有铁的纪律，好的形象。有了这面镜子，中队里的每个队员出门，都会整理衣冠，很有气势很有范儿。

镜子里出现的人，着实让孙志得吃惊了，这套制服，仿佛魔法一般使他变了一个人。他身体笔挺，胸挺腹收，双腿溜直，头部端正，这得益于这段时间的超强训练,但穿上制服和没穿制服完全不一样,焕然一新,脱胎换骨,以假乱真,一时间真有些晕眩,有些迷糊。大牛说走吧,我脚都站酸了,你还没显摆够。他一激灵,回过神,心里那个激动,五味杂陈。

回到家,老婆还没回来,他在狭窄的出租房里走来走去,家里倒是有面镜子的,可惜太小,是老婆从小区捡来的,里面的水银裂了纹,把人也裂了纹,不仅裂纹,还模糊,看上几眼,倒把他看得心烦,索性不看。本想淘米做饭,但他穿着这套崭新的制服,一时舍不得脱,想想这婆娘往天早到家了,今天咋还不回来。早点回来,让她欣赏欣赏,高兴高兴。说不定还会像新婚夫妻,搂着亲一阵儿。

孙志得干脆出门,到老婆小区去。路上遇到熟人,就有人打招呼,客气得很,羡慕得很。他大叔,啥时当上城管啦?瞧这衣服,穿在你身上多伸展,换个人啦。以后出来撵街,看见我可手下留情,放一马哟。孙志得心里既高兴,又不舒服,瞧你说的,啥叫撵街,叫执法,叫维持社会秩序!遇到了,该咋办咋办,啥都放一马,规矩还要不要?那人赔着笑,是执法、是执法,撵街多难听。孙志得刚走出几步,就听那人"呸"地吐了泡口水,声音不大,却清晰,啥鸡巴玩意儿,穿上一套衣服就认不得自己是谁了,就得意忘形了,没有那套衣裳,你还不是跟我一样。孙志得心里说跟你一样,谁跟你一样?昨天是昨天,今天是今天,老孙是老孙,你龟儿眼红吧。

进了小区,一阵激烈的吵闹声传来,循声望去,是老婆在和人吵架,孙志得有些发蒙,老婆怎么和人吵上了,老婆在家里是有些脾气的,骂娃娃,骂老公,这也不顺,那也不顺,可那是在家里。孙志得知道她在外面地位低贱,被人看不起,被人吆来唤去,都得忍着。一个从乡下来的在小区里打扫卫生的人,不被人欺负才是不正常的。她晓得自己的位置,忍气吞声,被骂得狗血淋头还要装笑脸,被罚了做不该做的事,还得认真去做。一个失去土地的家庭，要在城里生存，何其难。只有到了家，在属于她的地方她才能发发脾气，宣泄一下。孙志得脾气绵软，尽她去宣泄，只在心里说有本事你到外面和别人骂了试试。

谅她不敢，进城几年她真的没和人吵过一架，今天咋了，竟然和人吵上了，听声音，还吵得理直气壮，底气十足。过去一看，她是和小区物管带班的吵架。这人他晓得，邻村的周顺毛，早些年他们在一起打过工，在建筑工地帮人挖土方，挑水泥砂浆，工作既苦又挣不到钱，他们先后离开工地。周顺毛投靠一个远房亲戚，到小区当保安，混得也还算好，当上小区的一个带班。此人也是沾不得热气的，人还没阔脸就先变了。对于很熟的人，譬如他的老婆素珍，不仅不关照，还格外苛刻。他忘了以前经常到他家吃饭，喝苞谷散酒，忘了有一次下雨，穿了一件他新买不久的夹克回去，至今没还。他听老婆回家诉说怎样被他欺负，心中实在愤愤不平。想去吵架，想想又不敢，走出门了又折回来，说算了算了，忍得一时之气，免受百日之忧，你还要在那里讨生活，吵了他更怀恨在心。老婆叹口气，知道他的为人，先自回来了。

周顺毛先看见了他，停止了争吵，盯着他一动不动，他很惊讶，甚至还有些震撼，这是孙志得吗？这是那个猥猥琐琐胆小如鼠，扶不上墙，推不上树的孙志得吗？标准的军人，如果他穿的不是城管的衣服，就像个军官了。他不明白他怎么当上了城管，并且训练得这么中规中矩。他虽然在小区当保安，但是受雇于私人老板，城管是政府的部门，没有可比性。小区保安处理不了的事，城管来了嘎嘣解决了。周顺毛在惊讶之余终于知道了他老婆为何最近突然变了个样，以前叫干啥干啥，咋训斥都低着头任吼任骂，现在……

也就是愣了一小会儿，周顺毛一脸灿烂笑容，飞身跑到孙志得面前，紧紧抓住他的双手，又是摇又是晃，亲热无比，像寻找到失散多年的亲兄弟。周顺毛说孙哥，今天啥风把你送来啦？我听嫂子讲你骑摩托车摔伤了，一直惦记着去看你，但小区里破事多，一直抽不开身去。今天你来了，我哥俩一定要好好喝一杯，说好了我请客，你若争着给，就是看不起我。孙志得还在发蒙，他在想着老婆怎么也不能随便和人吵架，还这么张扬，该咋个开口化解这尴尬的场面。

那天晚上，周顺毛生拉硬拽把孙志得拉到顺河边的小餐厅，不但拉孙志得，连他的老婆也一定要拉着去。周顺毛说嫂子，在一起做事总有磕磕碰碰的时候，但我随时记得你的好，那些年我在你家吃过多少次饭，好些时候你去工地送饭，除了孙哥的连我的也捎上了。素珍一把甩开他的手，说拿开你的爪子，别拉脏我的衣服。现在你认得我是你嫂子啦？你记不得我随时被你骂得火扯扯的。哪个一个拳头攒到天亮？周顺毛脸红一阵白一阵，嘿嘿嘿地干笑。

在顺河小餐厅，周顺毛点了四五个菜，都是硬货，一大盘一大盘的，还叫了几瓶啤酒。孙志得知道他也不宽裕，说够了够了，多了吃不完浪费。周顺毛说难得请到你，哥俩好几年没在一起好好喝喝酒了。俩人学着城里人，把啤酒盖子用牙齿咬开，咕咚咕咚喝开了。喝着酒，孙志得斜睨着眼，把眼瞪开、瞪开，脸丧着，嘴唇咬得紧紧的，逼视着周顺毛。看了几次，周顺毛都不在意。看得多了，周顺毛"扑哧"笑了起来，说孙哥你干吗呢？挤眉弄眼的，调情呢？是不是想起你们中队的队花了。孙志得说放屁，我是调情吗？我是试试眼里的杀气，让你狗日看了会害怕，会打冷噤。周顺毛哈哈大笑起来，笑得一身发抖，杀气？打冷噤？你说笑话吧？我看不到一丝一毫，倒是觉得温柔得很哩。孙志得心里一下很沮丧，很失望，真的？我眼里真的没杀气吗？你一点也不害怕？周顺毛说杀气是从心里来的，不是装出来的，你别闹了。孙志得心情低落，心想我这样子，以后谁会怕我呢？执起法来，谁听你的。几瓶啤酒下肚，孙志得心里越发难过，酒意袭上心头，他竟哽咽起来。你狗日咋会不怕我呢？你是故意说不怕，故意气我的。是不是这样？是不是这样？说着又把眼瞪圆,又把嘴唇咬紧,嘴角咬出了个包,脸丧得拧得下水。周顺毛本来想逗他一下,但不能再逗,再逗他就要躺到桌子下了,周顺毛做出害怕样子,说孙哥,你不要再这样逼视我了。我真的怕了,你咋这样凶呢,你是我见过最凶的人。周顺毛心想今晚白请狗日吃了,像这样上不得台面的人,吃不吃一个尿样。

　　孙志得随着小分队去执勤,这个中队是有良好的传统的,传帮带,让老队员带新队员,在执勤的过程中,熟悉自己管辖的社区,交代必要的规章制度,尤其社区内一些大的商户、门店以及一些具体的人和事。孙志得在三人中年纪是最大的,资格却是最浅的,加之还不是正式的城管,他连合同制都还不是,还在试用期呢。城管小分队的队长小武,也就是二十郎当岁,别看年轻,经历可丰富,初中毕业就在社会上混了,当过公安联防队员、交警协管员、社区保安,但干的时间都不长。究其原因,是他太好狠斗勇,脾气暴躁,事事出头,容易惹事。他的性格本来领导是喜欢的,干这份工作,不骁勇善斗,是不行的,很多社会油子、老江湖,你跟他讲道理是不行的,必须来硬的。可是凡事有度,过了就容易出事。他就因为爱出手而犯事,犯了事也只能除名,否则人家不依不饶,不断上访,领导堵心。他和城管中队长大牛在一起过,俩人曾是交警协管员。大牛到城管都当中队长了,他还在不断地换工作,不断被人家除名。他找到大牛,提出想来城管的想法。大牛踌躇良久,说兄弟,你我兄弟一场,本当留你的,但你脾气太暴躁了,容易惹祸。你是知道的,现在人们对城管印象不好,凡有事舆论都一边倒。这也难怪,我们执行对象是弱者,人们都是同情弱者的。现在各级都在整顿城管,一级级督察,严得很。一出事,你栽了,我也完了,烟你拿回去,我请你吃饭,我还有瓶二十年的老酒。小武立马沉重地站起来,说牛哥为难,我也不勉强了,都怪我年轻莽撞,好被人当枪使,好出风头才落到今天。大牛的脸一下红了,他努力控制住自己,使脸色平缓下来。

这件事也就过了，大牛虽然内心有些歉疚，但经历的事太多，也就淡了，只是听说小武很沉沦，到处找事找不到。他没别的技能，转去转来都在这圈子里找，他的名声太大，自然找不到。听说他天天到小酒馆喝酒，家里穷，积蓄本来就不多，说了个对象见他这样子，毅然决然抽身走了。他不习惯在家喝，偏要到小酒馆喝，一去一天，天天喝得烂醉如泥。他住的那一带的小餐厅见他来了，头疼得不行，不烂醉如泥是不停的。

有天大牛带人上街去巡察，那天下大雨，他们开着城管执法车，一路上畅通。但到了一个背街，灯光黯淡，积水很深，远处的街灯似有若无地在水面上闪烁。有人看见了一个黑乎乎的物体倒在街边积水里。他们下车，遇到这事不能不管，如果是病人要叫120，如果是流浪汉，要送救护站。等他们下车，将这人翻过身来，发现是小武。他喝醉了酒，躺在泥水里酣然大睡，好在是人行道上的积水不深，如果在下面，恐怕早憋死了。

大牛抱着浑身湿透全身冰冷几乎没有气息的武立功心如刀绞。毕竟他们是在一个锅里搅过的人，小武为他挡过很多枪，受过很多冤。一个沦落至此，差点在冰冷的水中丧失生命的人，让他感到惶恐、感到羞愧、感到自责。他在心里发誓，无论如何也要将他收留下来，让他重新振作一如以往，哪怕他为他担过。

他和他做了一次长谈，言辞恳切，意重心长，但在表达意思时，他很犯难，要叫他改掉鲁莽粗野、横冲直撞的脾气呢，他又失去了锐气。他们是维护城市秩序的，要和各种各样的人和事斗，如果个个温文尔雅，事情就砸了。如果畏首畏尾，遇事装傻认怂，他们也无法执法了。他不能明说，只能让他自己去想去悟，怎样在这两者之间把握好度。

大牛把孙志得和他编在一起，也是有考虑的，他想让孙志得在武立功身上学学霸气，多些冲撞精神，也让武立功多些温和、多些克制，融和一下他们的优劣势。

另外一个城管队员是胖姑娘小李,名字挺雅的,李雅丽。这个姑娘的胖是很惊人的,也就十八九岁,体重就一百八十多斤了,粗胳膊粗腿,脸庞红润,精力旺盛。好在她还没发福,胖归胖,但不臃肿,腰身也没水桶状,看着也是舒畅的。只是这姑娘特别爱吃,特别能睡,在街上巡查,走一路吃一路。遇上"刘记凉面店",她非要进去吃,再遇上"张嫂锅贴",又要进去吃。接着是冷饮店,她说渴死了,再不喝点冰汽水她要热疯了。以前管理不太严格的时候,大家乐得跟她一路吃过去,人家毕竟是个大姑娘,热情、大大咧咧、随和,和她开玩笑也不乱生气。吃完大家争着给钱,小店的老板不收,说你们是贵客,请都请不来。大家也明白人家不收是让你以后手下留情。他们坚决要给,偶尔也有实在磨不开情面,没给的,事后被领导知道狠狠骂过。胖姑娘李雅丽很不过意,散会后执意要请大家的客。大家乐了,刚才为吃的事才挨过骂,又要吃。她说不吃干啥呢?要不我请你们唱歌,唱完吃烧烤。大家又乐,说来说去,还是离不开个吃字。

武立功、李雅丽和孙志得到辖区巡逻,他们三人负责的这片辖区,有三条大街、六条小街,小巷就多了去了。最近小城创全省文明城市、卫生城市,上面抓得很紧,沿街的商铺所有货物不得摆在门外,这就让商铺的营业空间大大缩水,原来有的炉灶和餐桌摆在人行道上,修自行车的就在店门外修,卖小吃的直接在门外经营,篷布和绿化树连在一起,坐下就喝、就吃,热热闹闹,熙熙攘攘,自得其乐,自成风景。一条街逛完,该吃的吃了,该喝的喝了,该买的买了,方便、惬意。但也有很大问题,人行道被占了,走路都成问题,挨挨挤挤、磕磕绊绊,油烟弥漫,污水、垃圾遍布,这能创文明卫生城市吗?人们的印象就是这个城市脏、乱、差。上面下决心一定要彻底改变这种状况,举全城之力,抽调了所有部门能冲能闯的人,组织了一系列大规模的清理治理综合行动,终于使所有街道的铺面之外的占道经营退回到店内，所有的摊贩不在街面出现，一座城清清爽爽，寂寂无声。城管队伍经过严格培训，言行、礼仪、着装有了很大改善，既要严格执法又要文明执法，制定了很多规章制度约束着他们。

他们三人走成直线，像军人又不是军人。李雅丽特别不适应，她喜欢一路走一路笑，走一路训斥一路，走一路吃一路。现在不行了，其他都好克制，就是吃不能克制。走了一段路，她被路边小店的各种香味诱惑，饥肠辘辘，清口水直淌，只有憋回去。前面有个公厕，她眼睛一亮，说武哥、孙哥，你们先走，我方便一下就来。武立功挤了下眼，说你去你去，知道你随时要"方便"。李雅丽高兴得叫一声，武哥你真好，没人我就要亲你一下子，说着跑进公厕去了，进去又出来，两人只见背影了。她飞快地走进一家生煎包子店，要了一笼灌汤包子、八个生煎包子，欢快地吃起来。临走，她忘不了向店主要了两份生煎包，用塑料食品盒装起来。出门的时候，她为咋提生煎包犯了难，她现在是在执法，提着吃的像啥话。想想，把背着的肩包取下来，把东西放进去。过路的两个女的嘲讽地笑。这是个别致的新包，男朋友才买给她的，只能装口红、香水和其他精致东西的。她顾不得，装着走了。

走到小街，她看见武立功、孙志得和一个小摊贩吵起来了，老远她就知道这人是他们的老熟人。这两年他们和这人打交道太多了，是典型的老游击队员。他有一辆经过改装的手推车，车轮是自行车的车轮，很短的推手，不锈钢的烤箱，有好几层，可烤臭豆腐、羊肉串、洋芋、红薯等，灵活轻巧，精致轻盈，推起就跑，停下就卖。这人眼尖腿长，别人还在傻乎乎地卖东西，他就嗅到气味，看到远处的城管，推起就跑，三窜两窜就不见踪影。城管刚走，他就出现，别人问他咋就不等一会。他说刚打过仗的地方最安全。尽管如此，他还时不时要落入城管手中，罚款、掀车子，都有过。但他最怕的是没收车子，这是他的衣食父母呀。有次他的车子被没收了，去要了几次要不到，他就带着一家老小到区政府门口。老的七八十岁，白发苍苍，身子佝偻，弱不禁风，随时可能倒毙，小的五六个，穿得稀里哗啦，脏得一塌糊涂。他们哭的哭，叫的叫，饿了，吃点别人给的冷洋芋、冷馒头，困了，捡几张旧报纸就睡下。每天围观的人走了一拨又一拨，最后是区长过问了情况，发话还他车子。当然也叫他写了保证，可那保证就像街上贴的包治百病的小广告，是没作用的。

武立功说你相不相信我把你这车掀了？那人说我相信，但你不敢。看来他是知道最近上面在整顿城管执法纪律的。武立功说老子今天就掀了会咋个，你走不走？那人说你掀嘛，你是不想穿那身皮子了，没有这身皮子，你连老子都不如。孙志得说这身皮子咋了，你说话太难听了。武立功气炸了，说老子今天赌着不穿，也要掀你的摊子，说着飞起身要去踹。孙志得紧紧抱住他，小武一身蛮力，根本抱不住，眼看就要踹上。有人说你走就是了，立着干嘛。那人说我就不走，看他咋整？掀了我的摊子，俩爷脱不掉爪爪。不少围观的人已经拿着手机等着照相，眼看气疯了的武立功，挣脱孙志得就要踹上了。突然，一人飞奔而来，大叫闪开、闪开，不要堵路。众人发愣，只见一人飞奔而来，推着车朝人行道飞奔而去。那人大叫我的车，我的车，飞快地去追，追到小巷里才追到。李雅丽停下车，说推走吧，不要让我再看见你。那人以为她要把车推到城管办，这是他最怕的事，哪怕去要去闹，总要很长时间，他的生意就做不成了，衣食就是问题，没想到这胖姑娘却把车还给了他。

胖姑娘李雅丽坐在路边呼呼喘气。武立功和孙志得匆匆赶来，李雅丽说你们咋搞的，这半天才赶来？我想把他的车推到城管办，哪不防被他追上，把车抢走了。孙志得说那咋办呢？那咋办呢？我们犯错没有？武立功说你抢不赢他？你那么能吃，身强力壮的，恐怕车你都扛得起来。李雅丽恼了，说我能吃咋了？我胖咋了？我又没想嫁给你，你那样我还瞧不上呢?武立功说你还有理了?谁让你推车的?推了谁让你把车丢了的?李雅丽说我不推走你们在街上吵得一塌糊涂,现在整顿城管纪律,你想犯规?孙志得说是的是的,小李一片好心,不要怪他了。武立功嘿嘿地笑起来,笑得很吊诡,说她为我们好?笑话,这点鬼名堂我都看不出来?孙哥,别看你年纪大,你比她差多了。孙志得蒙了,说啥名堂?我看没啥名堂嘛,不推走车我们整下去就麻烦了,依你那鬼脾气,总有憋不住的时候。李雅丽说走,别站着说话,你还是分队长呢,执勤、带头执勤,说着撞了武立功一下。武立功瞪她一眼,走就走,不会好好说话?你那膀子撞人不疼?

三

现在这座城市倒真的很整洁,很干净,很有秩序了。每条街都有专人管理,清洁工人认真地打扫卫生,洒水车一天几次地清洗地面,不仅把沥青路面、人行道的青石板冲洗得一尘不染,连绿化树都沐浴似的洗得清爽翠绿,下雨天也洗,这城能不干净吗?

走在湿漉漉、干干净净的大街小巷,孙志得很感慨、很自得。一直纠结于心的卑微感离他而去,他现在可以昂首挺胸地走在路上,但他胸挺得不是很高,腰也不是挺得很直。尽管经过大牛中队长的严格训练,情况有了很大的改善,但不注意腰又塌下去,武立功说孙哥你没吃饭?他说吃的嘛,咋不吃。李雅丽说我倒真有些饿了,要不找个地方我请你们吃麻辣烫。武立功说去去去,你一天就想着吃。我是说他胸挺不高,腰打不直,影响形象哩。孙志得说,好好好,我注意,我注意,这样挺着好是好看,但太累人,也太不舒服,一天像棍子样戳着。

孙志得他们走的这条街,过去是个自发形成的菜市,热闹非常,啥菜都有,生的熟的,煮的卤的,腊肉火腿一样不缺,方是方便,但太拥挤也不卫生。孙志得当过一段时间小贩,在这里卖过蔬菜水果,走在这里,他百感交集,过去是他被人撵,现在是他撵人。在那个时候,只要听说"城管来了",所有的小贩提起篮子,挑起担子,推起车子飞哒哒地跑,眼尖的、腿脚灵便的跑脱了,而上了年纪的、目光呆滞、腿脚迟钝的就被逮了。他们的东西,包括称、车子、篮子、担子会被没收。孙志得虽然年轻,但眼光不灵活,只是跑得快,也有被没收的时候,但次数不多。为了逃避,他也像其他小贩一样,随时观察有无城管,时间长了,人也变得惊慌慌、贼眉鼠眼的。有一次他看见街角出现了大盖帽,本能地叫一声"城管来了",挑起担子就跑。他一跑,一条小街炸了锅,小贩们慌慌张张地收拾东西跑起来,有年纪大的、手脚迟缓的,跑也跑不赢,东西倒弄了一地。等人跑完,来了几个大盖帽,但他们不是城管,是卫生防疫站检查食品卫生的。小贩们是麻雀,惊慌慌飞了,又回来了,一起骂起那个说"城管来了"的人。他混迹其中,慌乱中谁也没认出他来。但他看着一地的踩烂的桃子、李子、西红柿、大白菜,他心里很惶惑,很羞愧,也很难过。他把头夹在胯里,任凭人们去吵,去发泄,骂娘骂爷的很难听,但他觉得是应该的,他恨不得人们打他一顿。

这样昂首挺胸地走了半天,他的自豪感渐渐减弱了。这条街经过几次严格的大规模的整治,已经变得很清爽整洁了。街两边再也没有小贩出现,临街隔三岔五有几家卖菜的,但都限制在门店里。这条街有几家大单位,下了班的人去菜市场太远,总要顺路买点菜的,限制在门店里的店主似乎不太敬畏他们,他们没占道,没违规,只是房租贵,但不惊荒,神闲气定。

武立功走着走着也没劲了,他说息静风烟的,人花花都没得,有床的整场。他还是怀念过去这条小街闹哄哄,人来人往,摊贩云集的日子。一个城管,没有执法对象,没有可以对他们吼,追他们,训斥他们,看他们低眉顺眼恭恭敬敬的样子,还叫啥城管?事情真是怪,本来他们的任务就是让城市干净、整洁、有序,可一旦变得干净、整洁、有序了,他们又有些失落。失落什么?三人各有不同,武立功的是没有被撵的对象,失去威严的感觉;孙志得是想找自豪感、尊严感,似乎也没找到。李雅丽是不能随便上馆子,不能在街头随便哪个饮食摊站下来就可以吃东西。

武立功突然眼睛发光,他迅速走到墙拐角处,招呼他俩也过来,说不要讲话,看他们要咋整?不远处,有家门店,卖蔬菜的,大概才进了新鲜蔬菜啥的,转不过身,试探性地把摊子移出一截。他们这样做,是看看城管的反应,如果城管不开口,睁只眼闭只眼,他们以后就这样摆,扩大经营范围。

等把菜码齐摆好,武立功说走,那一瞬间,他精神抖擞,步伐坚定有力,眼睛放光,像战士出征;孙志得的腰也直了,胸也挺了,也是一脸兴奋;李雅丽无所谓,她正在吃放在坤包里的东西呢,赶紧把没吃完的咽下,跟上他们。

像任何一家摊主一样,突然出现的城管,让他惊慌失措。武立功说咋个说,才整顿完你就占道经营,你硬是没把政府放在眼里,没把城管放在眼里。那人慌慌忙忙往回搬东西,说我今天进的菜多,没得个堆处,暂时放在门口一下,我搬,我搬。武立功抬起腿,一只脚踩在凳子上,说搬什么?不要破坏现场,你把东西搬回来,恢复原样。那人站住,一眼的惊慌,他知道现在管得很严,罚款事小,弄不好把他的门店封了,停业整顿,他这生意就做不成了。他挤出一脸苦笑,佝偻着腰,恭顺可怜地说我错了,我是第一次,再也不敢了。武立功对李雅丽说照相留证据,取好证。李雅丽掏出手机开始照。那人更慌,对着武立功净说好话。孙志得心里有些不爽,他站在那里,这人竟然没跟他讲过一句话,他似乎是个影子,他说你讲啥也晚了,等着处罚就是,我们几个人一起出来的,你想抵赖也抵赖不了。那人才转过身,对着他说这位老同志请你手下留情，我认错，认罚，我这店才开起来，房租都欠着呢。孙志得找到了感觉，终于有人向他求情，可怜巴巴的。那人说请你做个主，放过我一马，我会感谢你的。武立功横了他一眼，恶狠狠地说这事你做主了！我们听你安排。孙志得心里咯噔一下，分队长不高兴了。他僵着脸，对那人说你莫瞎说，我们这里是他做主，他是分队长。那人又转过身，一脸谀笑，几乎要磕头作揖。孙志得看他要哭的样子，心里软了下来。

　　他们刚走不远，背后传来低而愤怒的声音，他妈的，才伸出半个板凳，就训老子半天，赔半天的礼，那个胖杂种，凶得很，还要掀老子的摊子哩。回头一看，那人的摊子围了几个人，那人正在唾沫横飞地向围观的人讲话。武立功听到骂他，气得转过身就朝摊子跑。孙志得看他急赤白脸，怒目圆睁的样子，晓得这人今天要惹祸了，他赶紧一步不舍地追着，几乎和武立功同时到达摊子，见武立功飞起一脚向摊子踢去。脚尖已经踢着支摊子的板凳，板凳歪了一下，孙志得赶紧死死抱住他，把他朝后拽。愤怒之下的武立功已经丧失理智，他因脾气暴而出名，沦落惶惑，狼狈不堪。中队长大牛顶着天大压力收容了他，嘱他一定改掉暴躁脾气。他这段时间确实改了很多，遇到事百般克制，哪怕有时遇到委屈，想想大牛对他的关照而忍了。今天这事他忍不住了，那人骂到他的娘了，这于他是万万克制不住自己了。他爹在他很小时候死去了，是他娘含辛茹苦把他拉扯大的。他暴跳如雷，像狂怒的红了眼的公牛，孙志得拼尽全力也拽不住，眼看他快扑向摊子，李雅丽出手了。这个胖姑娘往摊前一站，把手叉在腰上，塔一般稳当，她说你踢，你踢，我站在这里让你踢。武立功挪向这里，她挪向这里，武立功挪向那里，她挪向那里，老是找不到下脚的地方。加上孙志得拽着他，拽得紧紧的像挂在身上的石磨，让他施展不开，累得呼呼喘气。

　　拽着、挣扎着、冲刺着，武立功总不得逞。他和孙志得站着呼呼喘气。孙志得知道他的脾气，这人犯起浑来三头牛也拉不住。他在伺机反扑，稍做休整呢。孙志得说你们让他来踢，李雅丽你将这拍下来，大家都拍下来，你们做证去举报，就说城管踢摊子了。围观的人都笑起来，自有城管以来，都是城管拍别人的照，如果有别人拍城管的照，他们是不允许的，很多时候为没收人家的手机、相机而起争执，起冲突，哪有城管自己拍自己，还叫围观群众拍。

武立功蒙了，傻眼了，没想到自己的部下拿出手机来要拍自己，还叫围观的人也拍。他气得大吼一声，朝前就跑，跑得飞快，围观的人"哗"地笑了。孙志得恼了，说笑什么笑？人要讲规矩也要讲良心，你摆摊错了，撤回去就是了，还要背后骂人，城管是在整顿，但你也不能违章违规，更不能背后骂人。围观的人转了风向，指责起那人来，说是的嘛，人家维持秩序是对的嘛，才整顿好几天你又带头乱占乱摆，要不得嘛。有人又说，骂人是不对的，尤其背后骂人更不对。那人被武立功刚才的行动吓到了，果真踹了他的摊子，倒霉的还不是自己。他在瞬间又变得谦卑恭顺了，不断地向孙志得点头哈腰，不断地赔不是。

孙志得真有了志得意满的感觉。他觉得自己是适合当城管的，临危不乱，柔里藏刚，善于机变，化干戈为玉帛。他为自己找到了许多自尊自豪的理由。他的腰不由自主地直了，胸也自然而然挺了，甩着手，操着正步去找武立功了。

在小街找了一大圈，不见武立功的影子，孙志得觉得奇怪，他不至于不上班回去了吧，这是脱岗。在城管的工作纪律中，脱岗是比较严重的违纪。他是分队长，这道理他是懂得的。

孙志得踅进一条狭窄的小巷。这条小巷是要拆迁的，房屋破败，居住的人少，很冷清。他突然听到"嘭嘭"的声音，小巷清寂，这声音很震耳，三弯两绕，来到开阔处。他看武立功正在踢垃圾桶。小城的垃圾桶笨重，有近一人高，灵巧精致的垃圾箱常被破坏，这是铸铁的，结实着呢。武立功像个足球运动员，退后几步，飞起一脚踢在垃圾桶上。垃圾桶厚实沉重，被踢得摇摇晃晃；他又后退，飞跑几步，又踢上去，仍然是晃动。他似乎是恼了，不再后退，不再起跑，而是站在笨重的铸铁垃圾桶前，跳起来，狠命地踢。

孙志得站在不远处，没走上前去，没去劝。他晓得劝他是无用的，这个心眼直、脾气暴的人，你越劝麻烦事儿越多。他要发泄，要把心里的憋屈和怨气发泄出来。这种憋屈来自他的整个习惯被打破，要重新换一种工作态度，要进入到一种新秩序中。孙志得心里也不好受，武立功虽然领导他，但年龄毕竟比他小得多。他大概是使劲太大，把脚踢疼了，蹲在地上抱着脚揉。

孙志得说兄弟你不会恨我吧，刚才是出于无奈，我临时想起的办法，我们不自己拍照片，他们就要拍照片，你就控制不住自己，你把他们的摊子掀了，白菜、茄子、小瓜、香芹、番茄弄一地。照片一发出去，立马全世界都晓得了，说城管掀摊子了，引起大家的愤怒，到处乱传，影响多大。现在上面抓得这样紧，天天学习，随时开会，整顿城管作风，重塑城管形象，这不是往坑里跳吗？而且是睁着眼跳！蹲在地下的武立功茫然地看着他，他困惑、不解、迷茫，慢慢对孙志得的良苦用心明白了，他站起身，拉着孙志得的手，说孙哥，我心里难过，城管这样当，还有啥当得？不如回去干点别的。孙志得说兄弟，回去干啥呢？干啥都难，条条蛇咬人。当城管，虽然也会碰到些难缠的人，但总体上还是好的。你没当过小贩，当过就知道了……

四

所有摊点都退回到门面里去了，街道终于空旷、辽阔甚至清寂了。所有行人的心情都极为复杂，过去他们经常抱怨城市拥堵、街道肮脏、环境秩序差得到了根本改善，一个城市清清爽爽，亮亮堂堂，人行道没有人占道经营了。过去，修单车、摩托的，占个地儿横七竖八，单车、摩托、工具一摆，油污横流，连过人都要侧着身子，一不小心踩着油污吧嗒就跌一跤。过去把雨篷朝门外一搭，街道的那部分就是自己的了，卖刀子、剪子、塑料制品的，卖香蕉、苹果、西瓜、大枣、石榴的，卖羊肉串、麻辣烫，卖烤青苞谷、烤红薯、烤洋芋的，青烟缭绕，各种气味纠缠，污水横流，垃圾遍地，确实方便，更是热闹，可也太脏太乱了，天天在赶集，时时在赶庙会，人们怨声载道，不断向上反映。

所有的摊点都在街面消失了，所有经营都必须在指定市场，所有摊点必须在门店里，是干净了，宽敞了，但买东西又极不方便，有时买棵白菜一把小葱也要到很远的地方。摊主要租门面，租金又高，菜就涨价，岂不让人着急。

胡老四宰鸡杀鸭洗猪大肠，这是鸡屎鸭屎鸡血鸭血汤汤水水的生意，让他搬到门店里去，一百个不方便，一千个不高兴。过去，几大笼鸡几大笼鸭，往门口一摆，鸡叫鸭鸣，此起彼伏好不热闹。几个大铝盆往门口一摆，倒上滚烫的水，有人买鸡鸭，伸手捉来，刀子一抹，丢在盆里拔毛开膛，闪得开、溅不着，利索、畅快。地下尽是血污也不碍事，累了，坐在椅子上水烟筒一哑，呼噜、呼噜，喷云吐雾，爽快；大搪瓷杯里泡好浓茶，咕噜、咕噜一阵猛灌，全身通泰。现在龟缩在门店里，局促、憋闷，缩手缩脚，还要出房租，胡老四心里有气，憋得要爆炸了。

武立功说今天胡老四这狗日的再把盆端出来，老子非要踹了它。孙志得说先不忙踹，踹了他又到处乱嚷乱告，我俩不好交差。武立功说孙哥，文明执法也不是这样执呀，老子们成他的孙子了，帮他端盆，帮他倒水，帮他清扫，干脆辞了职去给他当小工算了。孙志得心里也不爽，这胡老四是这条街最难缠的一个，别的摊子，虽然也有意见，但他们总体还算配合，谁愿意多出份租金呢？有时他们也讲点难听的话，胡老四就不同了，除了鸡笼没搬出来，盆盆罐罐都搬出来了。城管一来，其他试着搬的都忙搬回去了，只有胡老四岿然不动，稳稳当当、悠悠然然吸他的水烟筒。

老胡，才整顿完，你咋就把东西搬出来了，这有点不恰当吧。孙志得支开武立功，一个人去处理。有啥不恰当？摆个盆在门口，挡着谁了？我有工资拿，也不消在这里风吹日晒，开肠破肚抹鸡屎了。你有门面，在屋里不好吗？孙志得好言相劝。好，好的是钱，一个月一千五，我一天能赚多少钱？手烫成爪爪，脚蹲得抽筋，赚的钱弄不好连房租也不够。孙志得知道他对搬进门店有怨气，但有啥法，不整治街不成其为街，城不成其为城；不整治，大家有意见，城管挨骂，整治了，摊主的房租加重了他们的负担，城管也挨骂。他当过小贩，晓得生活的艰辛，也受过城管的气。当了城管，想威风一下，找回做人的尊严，扬下眉、吐下气，结果眉也没扬，气也没吐，一样窝囊。

孙志得说老胡，我来帮你端进屋，大家都不容易，你不要为难我。说着弯腰去端盆，胡老四怒吼，放下，不要动我的盆，哪个为难你？孙子才为难人，才撵得鸡飞狗跳，才让人无端租房坑人。孙志得直起腰，脸上带着笑，说不要乱骂人哈，宰鸡宰鸭是你的本分，撵街喊人是我的工作，我不做这份工作，狗日的才来帮你端。胡老四说我晓得你卖过菜跑过黑摩的，不要穿上这身皮皮就以为是啥东西了，充其量你也是一条撵狗的狗，你有本事，你来打我！

这话戳到孙志得的疼处，他一下狂怒起来，我对你百般忍让，好言相劝，放下身价帮你端水，你还说我是狗，这也太欺负人了嘛。孙志得血脉偾张，头发倒立，眼睛通红，他说胡老四，你说谁是狗？你今天不说清老子饶不过你，老子就是不穿这身衣服，也要拼个你死我活。老实人暴怒起来是十分可怕的，他们会做出不计后果的事，胡老四看见他眼睛在瞄着那把锋利的还残留着鸡血的，闪着寒光的刀子。胡老四恐惧了，他一步跳过去，把那把刀抢在手，嘴里说不要过来，不要过来，再过来老子就杀人。愤怒得丧失了理智的孙志得一步步逼过来，说老子今天就要过来，你不杀我你就不是人养的，咱们一命换一命。胡老四在这条街上以刁横而出名，为了抢占摊位，他和周围的好几家摊主打过架。其实，他是打不过谁的，他身材矮小，瘦骨伶仃，手和腿像麻秆似的，但他有股横劲，这又是他职业生涯造就的，他打不赢人，但脱下裤子打老虎，不要脸不要命，有时即使打了趴下，半天不见喘口气，缓过劲来又要去寻人打，大家对他让三分怕三分。城管也最怵他，每次城管来，其他摊贩都跑，只有他不跑。一是他盆盆罐罐笼子一大堆，不好跑；二是他不怕谁，人虽瘦，精力出奇地好，一个人和几个人吵，吵半天嗓子不哑，精神不倒。再不行，就打滚撒赖，孙志得就吃过他的亏，李雅丽的妈得了胃溃疡，请假陪她妈到省城治病。武立功、孙志得去把他的鸡笼搬了，孙志得要把他的鸡笼抬进屋，他不让，和他们吵。吵个半天，人越围越多，交通堵塞，又是下班高峰期。孙志得去提鸡笼，胡老四过去抢，顺脚把那盆水带翻。那是烫鸡鸭的水，里面尽是鸡毛鸭毛，鸡肠鸭杂碎。水是血水，又臭又脏，地下汪起一大摊，腥臭得叫人掩鼻。他顺势倒在污糟血腥秽臭的水里打起滚来，嘴里喊城管打人了，城管打人了。事情发生得太突然，速度又太快，人们还没看清咋回事，胡老四已经倒地，一身血水，满脸污糟。围观的人都是同情弱者的，不少人拿出手机纷纷拍照。不少人义愤填膺，帮着倒地的人声讨城管。武立功和孙志得成为众矢之的。那些人里也有看清楚事情是咋个发生的，但人多势众，群情激愤，就不敢讲。加之不少是后来看见的，人们只认看到的情节，事情就更说不清，此时开口，无疑是引火烧身。

那天如果不是城管出动了更多的人，把武立功和孙志得他们强行抢回去，他们就要吃大亏了。当天，拍到照片的，就开始在微信里传播，拍的人不少转发的人更多，一时舆论转向倒地的摊贩，武立功他们成为众人声讨的对象。这事影响很大，分管的副区长做了批示，要求查清事实，给公众一个交代。宣传部门、纪检部门、城管局也表示迅速查清，给公众做及时答复。武立功和孙志得被轮番审查，几天几夜得不到休息。中队长大牛焦头烂额，事情发生在他领导的中队，他有直接责任；如果事实是真的，武立功保不住，孙志得也保不住，他也要写检查。年底评比，不仅他个人的年终奖泡汤，全中队的也受影响。

好在这事终于还是有人出来说话了。那天中队来了个穿着灰色夹克白底运动鞋的老先生。老先生头发银白，朝后梳的发型，脸色红润，声音洪亮。他说他看了这几天的报道，心情很复杂，舆论是一边倒的，对你们很不利。本来我是不想讲话的，说实话我对你们也是很有意见的。城市需要有人维持，要不然就乱套了。但你们就不能文明点吗？我晓得你们有高人一等的优越感，你们面对的是弱势群体，是社会底层的人。我就看见你们的人掀人家的摊子，一地的桃子、香蕉、梨、踩得稀烂，这是人干的事吗？大牛压住自己的怒火，挥手赶走了屋里的城管队员。他着急上火，刚刚出了事他们压力山大，在痛苦地等待处理的日子中苦苦煎熬，突然，又跳出一个老头子来门上讨伐，真是人心叵测、世事艰难，人越倒霉，趁机落井下石的越多。什么是屋漏偏遇连阴雨，这就是。大牛压住怒火，说老人家，欢迎你提意见，督促我们改正，但你不能骂人呀。老先生说骂人，这是骂人吗？我是退休中学老师，是有知识有文化的人，要不然你们真该骂。天寒地冻，刮风下雨，一个小摊贩半夜三更去进点货，赚点血汗钱，你们就忍心动不动就没收人家的秤、人家的三轮车，动不动就掀摊子，蹲在地下痛哭的女人和被吓得哇哇哭的娃娃，就引不起你们的一点同情心吗？大牛知道，这些事是有过的，但他们的职责是维持社会秩序，搞不好各级主管部门就不饶他们，社区群众要举报他们，绩效工资、奖金要打折扣，他们容易吗？这是耗子钻风箱两头受气。这是猫和耗子的关系，不抓耗子还要猫干吗？

大牛请老人家坐，老先生也不坐，倒水给他，他也不喝，说你别瞎忙乎了，说完我要走，没事我还不来你们这里。大牛赔一脸笑，说你老人家有啥尽管讲，能做到的我们一定会做。是不是家里有人做生意，要安招牌或者是打广告？老先生说我不做这些，我是来为你们说话，为你们提供证据的。啥证据？是不是说城管打人的事？我们正在调查，正在处理。大牛很紧张，说老人家坐下慢慢讲，慢慢讲……老先生不坐，端端正正站着，说尽管你们做了好些不文明、不讲规矩的事，但我还是要帮你们说话，实事求是，一码归一码。那天你们的城管，那个矮胖敦实的人呢？刚才我还看到。大牛知道他说的是武立功，立刻紧张起来，说老人家你看错了人吧，我们这里没有这样的人。老先生立即不高兴，你们呀，就是不讲真话，现在这社会就坏在不讲真话上，我讲真话吃过大亏，当了二十年"右"派，但我还是要讲真话。那个人就是你们中队的，以前打人没打人我不知道，但那天他们没打人。另外一个年纪大的，被他喊了去端笼子，有没这人？大牛知道是孙志得，说有的，有的。是那个宰鸡匠自己跌在地下，然后就在地下打起滚来，速度太快，大多数人没看清，我是看清了的，我还用手机拍了照，清清楚楚，谁也骗不了谁的。大牛一听，激动得差点跪下，真的，如果不是在办公地点，他真想给老人家好好磕几个头。现在这事炒得沸沸扬扬，各种媒体一边倒，有的虽然说得含蓄些，但也有明确指向。领导生气，主管部门生气，全城市民不高兴；调查的，采访的，一拨一拨来，把人都快弄疯了。瑞气环绕，天降好人，这老人家正是他们的救命菩萨，这是救他们于水火的观音菩萨啊。

老先生拿出手机，打开视频，果然那段录像清清楚楚、明明白白，上面记录的时间也精确到几分几秒，正是事情发生的最早记录。现在传播的，时间上是推后的。

这种事的结果是谁也没想到的，事情朝相反方向发展，舆论平息，各种调查也自行结束。但这件事的影响是深远的，中队连续学习了半个月,每天下班召开会议,大牛深情无比地讲,讲一次激动一次。大家也感慨万分,如果没有这位仗义执言的老先生,他们背的黑锅是洗不清的了。武立功和孙志得更是感慨,买了东西要去看老人家,当面表示感激。大牛和老先生通了电话,老先生说不要来,来了我也不见你们。只是你们以后真该好好整顿,改变形象了。大牛把老先生的话向大家讲了,也结合工作做了整顿。

这事武立功虽然有了警觉,觉得是要改变执法方式,要文明些、温和些,但生活中胡老四似的人也不少,咋办?好说低眉顺眼笑容满面装孙子?武立功觉得窝囊,孙志得也觉得窝囊,本想当上城管提神振气威风一回,却又回到受窝囊气的状态了。

胡老四确实是胡搅蛮缠的人。这事过后他非但没有收敛,反而说城管和上面打连手,收买一个什么人伪造假录像。那么多人录的都不是真的。就那人录的是真的?现在科技太发达了,天晓得他们咋个造的假。

孙志得郁积在胸口的怒气不可抑制,狗日胡老四,害得他们一个中队鸡犬不宁,壮得像牛样的大牛兄弟瘦了一圈,焦头烂额,遇谁骂谁。武立功也弄得蔫头耷脑,像条丧家狗样夹着尾巴。现在他还这样嚣张,不把他打压下去,他这身制服是白穿了。

胡老四提着寒光闪闪的刀退到屋里,他原以为进了屋这个蔫茄子样的城管就不敢进屋了。谁知孙志得步步紧逼,挺着他那瘦瘦的胸膛说你杀呀,你杀呀,你不杀你就不是人养的。老子就是死了,也要把你这无赖拖到地狱里去。胡老四是极聪明的人,他晓得往死里一逼,会闹出不可收拾的局面。他人利索机灵,返身一跳跳到门外了,一出门,撒腿就跑,嘴里喊杀人了,杀人了,城管杀人了。孙志得在后面追,他在前面跑,街上的人哈哈大笑,提刀的人反而嚷着"杀人了,杀人了",这不是天大的笑话吗?这不是一场闹剧吗?观看的人拿出手机照相,胡老四气急败坏,边跑边骂,照个干鸡巴,见死不救你们还照相。众人笑得更欢畅，这狗日的，自己骂自己哩。

五

武立功调到其他分队了，孙志得在他管的这片区域渐渐有了名气，大家都晓得这是个不怕死的城管，连出了名的无赖胡老四都服他了。自打那件事发生后，胡老四再也没有把烫鸡鱼鸭的血淋淋的大铝盆抬出门了，但他仍然把鸡毛鸭毛弄得一地都是，鸭毛鸡毛满天飞；仍然不把污水好好倒在下水道，故意让污水顺着门流出来。人们一走过他门口，就要提着脚，小心翼翼地走。你去干涉，他说鸡毛会自己飞，我能抓住它们吗？风一吹，它们就上天了。水会自己淌，我能挡住吗？有谁看见我倒脏水在门口了？泼点溅点出来都不行？洗个碗还要溅点水出来哩。

孙志得也没辙了，全城在创建文明城市、卫生城市、安全舒适城市，街道上一天都有清洁车在洗街，连绿化树都被洗得水嫩葱绿，天天像出浴的美女。唯独胡老四这门口，环卫工刘大姐成天扫也扫不干净。刘大姐是乡下来的，身体弱，带着个在城里读小学的孙子租房住。她每天半夜就要起床，天冷天热头疼腿痛也从不敢休息。胡老四门口这块，成为刘大姐最头疼的地方，随扫随脏，尤其是没浸过水的鸡毛鸭毛，一吹，飘得到处都是。刘大姐也不敢惹他，连城管都奈何不了他，还能咋样。

那天下班后，孙志得顺着小巷走，这样离家的路近。走到巷尾，他看见一个人坐在巷里，在一家石坎上哭，还把头埋在膝下，肩臂一抽一抽的，哭得好伤心。他看像刘大姐，停住了脚步，去问，果然是刘大姐。她满脸的疲惫、憔悴、伤心，原来她这个月的奖金被扣了。原因是她扫的这条街的胡老四家门口那段，随时都有污水，随时都有鸡毛鸭毛，影响了整条街的环境卫生。刘大姐男人在外地打工把腿跌断了，成为残疾人，一个孙子她带着在城里租房读书，其困难可想而知。

孙志得心里闷闷的，把手伸进内衣口袋，那里有他才领的工资，他想拿点钱给她，手触到温热的钱夹，又踌躇了。他也不宽裕，家里也等着用钱，这个月天好地好，有那位老先生仗义执言，他们的奖金才没落下。但要拿点钱帮人，还是下不了决心，他的手离开口袋，想想他即使拿个百把块钱，也帮不了啥大忙。况且刘大姐不会要，她虽穷、虽羸弱，但也是自尊的人，估计咋也不会要他的钱。最好的帮助，就是能制止胡老四乱泼乱倒。

胡老四的门店是卷帘门，他在屋内倒水，没有门槛阻隔，水就会顺着流出来。他倒水是思虑过的，不能全倒，他烫鸡鸭的铝盆很大，一次要加一两桶热水，全倒不仅门口、连街都汪起了，那样会激起公愤。他倒了剩下一小圈时，就倒在地下。尽管水不是很多，但水太脏了，黏稠油腻，血污腥臭，还伴杂着鸡屎鸭粪，人一踩上去，不小心就会滑一大跤。

天还没亮孙志得就来了，他晓得胡老四会趁家家店铺还没开门，他就悄悄将污水从店内泼了淌出来。天亮了，上班的人多，大家一走，少不了有人踩了滑倒，怨天怨地，骂店家，骂城管，骂环卫。他去的时候，刘大姐也来了，刘大姐哭兮兮的，提了竹扫把只能把汪着的血污水扫走，但扫不干净。孙志得是提了一桶水来的，他用水来冲洗，一桶水冲洗完，他又去提。他和不远处的一家早点铺店主很熟，人家愿让他提水。但胡老四门口岂是一桶水冲得干净的，孙志得前前后后提了十多桶水才冲净。那地面是长年累月被污染的，虽是水泥地面，但浸染到里面了，地面已积了层壳。孙志得用竹扫帚扫，用洗衣服的刷子刷，最后连人家刷墙的钢丝刷也借来了。孙志得蹲在地上一点一点地抠，一点一点地刷，来来往往地提水，累得满头大汗，腰酸脚麻得不行。过往行人看见城管转变作风，真是难得。有的眼光复杂，既惊奇又疑虑，这是不是作秀？上面来检查，做样子给大家看的？有人说就算做样子也总比不做好，要天天看他们凶神恶煞掀摊子你才舒服？

倒是周围店铺的人知道是咋个回事,他们小声小气地说你不要瞎子点灯白费蜡了,你一走,污水又淌出来了,你永远也弄不干净的。孙志得说管它的,泼了又洗,他泼一回我洗一回,我看他还好意思再泼。那人说他会不好意思城墙就没有拐拐,长青湖长盖盖了。他说的长青湖是城里的一个公园,意思是连湖面都会长个盖盖遮住。孙志得说人心都是肉长的,他脸皮再厚,总不会看见别人为他出力流汗心安理得吧。那人瞟了胡老四的门面一眼,说劝你你不信,你弄吧,累死你他也不会皱下眉毛动下心的。

胡老四的鸡鸭店开得晚,等他揉着眼打着哈欠打开卷帘门时,看见门口变得清清爽爽,连长期积下结成壳油腻腻的粘在地面的那层,也被刮得洗得刷得见水泥地的本色。他惊讶地看了一眼,说哪个狗日恁个勤快,把地整个恁干净?没得人搭他的腔,他在干净得可以打滚的地下走了一圈,说日怪了,扫地的不可能扫恁干净,这个地下,不用铲子铲、刷子刷是弄不干净的,这个狗日的好费心,整得恁干净。还是没人搭他的话。他自言自语地说,这是啥人呢?他为啥要这样?无事做了?闲得抓干疮了,屁眼疼了?啥狗日的。隔壁卖干货的老朱听不下去了,说老胡呀,你这嘴咋这样脏?人家做好事还被你骂半天,不晓得这阵打了多少个喷嚏呢?胡老四说做好事?这年头还有人做好事?学雷锋也不用跑来在我门口学,要入党当官争表现,他不会到市委门口去,扫得再干净我会表扬他?对他有啥好处?老朱说你满嘴的歪道理,我讲不赢你,我服输,我服输。胡老四说服不服都是这道理,这辈子我还真没见过这样的好人呢?

连续几天,情况依然如此,胡老四店照样开得晚,但脏水一样倒出来。孙志得的耐心也快到极限了,他去熟悉的那个早点铺去提水,店主说老孙,你在我这店提了多少桶水了?我这水是要出钱的呀。我劝你不要瞎子点灯白费蜡了,人是贱皮子,你越这样他越要倒,你抬他去求雨。

孙志得无奈，说那要咋整呢？来硬的不行，哪个不想来硬的，我就是冲着城管威风，吼一声人就四处跑才来当城管的。现在抓得严得很，文明执法、礼貌执法，决不许违规。店主说本来是好事，谁不喜欢文明执法、礼貌执法？但遇到胡老四，你这套就无用了。

孙志得很沮丧，情绪低落到极点，他真想把那桶水倒了，妈的，人家当城管当得威风体面，他当城管倒当成孙子了，不能吼不能吵还要面带笑容，还要以情感人。他觉得窝囊透顶，无聊透顶，还不如脱了这身衣裳，当他的小贩去。

刘大姐迎面走来了，她手里提着一袋热气腾腾的包子，还有两双雪白的崭新的线手套。她将东西塞给孙志得，脸上喜滋滋的，说孙大哥，感谢你了，感谢你了。我们领导悄悄来检查过了，说我把胡老四门口这块牛皮癣治好了，这个月没扣我的奖金。我太高兴了，真的，自打扫这条街，我还没领过一次奖金呢。孙志得接了包子，心里百感交集，正要还桶撂挑子，见刘大姐笑逐颜开，他感到由衷高兴。他还没见她笑过，成天愁兮兮的，有时还看见她在街拐角处哭，这幸福来得既不容易也容易，也就是没被批评，没扣奖金。他想看来还得坚持下去，刘大姐扫得再辛苦，扫得再干净，胡老四这杂种也认为是应该的。只有继续下去了。

又过了一段时间。那天早上，天阴沉沉的，下起了水毛凌，这水毛凌既不是雪也不是凌，其实是比雪还厉害的夹杂在冷空气里的雾状的冰凌，下到地面就结冰了。孙志得那天是提了桶热水来的，没有热水冲不掉地面的血污。才走到胡老四门口，还没上台阶，脚一滑，他一大跤就跌下去了。这路面太滑了，穿上防滑的保暖鞋也不行。他这一跤跌得太实在了，一大桶热水泼出去，他直挺挺地趴在地上，热水顺势而流，浸透了他的衣服，天冷、风硬、刺骨，他冷得嗖嗖抖起来，以至忘记了头上受了伤，他的头硬生生地磕在石坎上，划了个口子，血汨汨地流出来。过路的人看见，惊得叫起来，他用手一抹，血沾满手，也沾满了脸，以至连眼都模糊了。

他迷迷糊糊的,有人将他扶起来,有人脱了外衣给披上,有人打120。在医院,有人帮他脱了湿透的衣裳,有人用厚厚的被子给他盖上,接着就是医生为他止血,缝伤口……

六

也许是慑于舆论的压力,胡老四脸皮再厚,再无赖,一旦众口一词人人谴责,过街老鼠人人喊打,老人娃娃都吐口水,也会触痛沉睡麻痹的神经。也许是孙志得的行为感化了他,一个人一而再,再而三地丢掉尊严,不顾面子,反反复复地帮他洗地,本来固有的关系颠倒了,应该是摊贩怕城管,摊贩讨好城管,反而是城管来帮自己,并且不怕冷嘲热讽,不怕天寒地冻,最后摔伤自己。这是任何铁石心肠的人也会受到感动的,除非他已经不是人。

孙志得受到表彰,相关部门正在抓城管转化作风,文明执法,微笑执法,感动执法,他的行为正好与上面要求相符。他不仅受到表彰,工资和奖金也增加了,并且由临时合同工转为正式合同工。事实上,正式合同工和体制内的人差别也不大了,因为体制内的正式工已经取消,他成了人人羡慕的对象。

孙志得高兴不起来,他的腰又塌陷下去了,背又佝偻了,内心里五味杂陈,百感交集。他原来幻想的是穿上城管的制服,神气活现,风光无比,人人羡慕,个个畏惧,见面就点头哈腰,一边敬烟一边套近乎,告别流动摊贩的生活,活出一个尊严来。可轮到他,他做不到威风凛凛,做不到趾高气扬,做不到心狠手辣,加之上面抓行风转变,他这样的人遇到无赖到极点的胡老四,反而变成孙子。尽管做了许多事,受了伤,最终感化了胡老四,他内心还是十分不爽,他不知道这城管到底该怎样当才又威风又有尊严又不被人讨厌。

他还要承受的更大的压力是,几乎所有城管,不管认识的不认识的,对他的行为都是鄙视的。城管应该文明执法,礼貌执法,但不是孙子似的执法,城管还有威严吗?还有震慑力吗?以后改成孙子执法队算了。人一出名,采访挡都挡不住,那段时间正是上面狠抓转变行业作风的时候,城管是众矢之的,是行业作风整治的重点。孙志得的行为,无疑是最大的亮点,不仅本行业表扬他,号召大家向他学习,新闻媒体更是敏感,一拨一拨的人来采访他,不仅口述,还要摆各种造型拍照,不仅本人讲,还有其他城管队员讲。中队长大牛都不知道自己讲了多少遍了,还有各种不同部门的人来采访,让他不胜其烦。开头他还高兴,自己中队出了这么个人,又是自己介绍进来的,脸上自然有光,但成天被人追着讲自己也烦了。其他城管队员本身就有意见,见了记者纷纷躲,躲不了的,丧着脸,苦大仇深地讲些统一的好话,记者才走就"呸"地吐一泡口水,愤愤不平地骂几句。他们骂孙志得,骂这厮狗日的做些厮事,丢人现眼的还变成典型。

一连串的采访、宣传,他成了小城人人皆知的明星似的人物,走到哪里都有人指指戳戳,他去执勤,更加谦恭,更加和蔼,脸上一天挂满笑。但这笑不是由衷的来自内心的笑,是强装出来的苦涩的、厌倦的、虚假的笑,心情不好也要笑,别人态度不好也要笑,笑来笑去,笑比哭还难看。人们一见他的笑,不是温暖,而是赫然,惊恐,极不舒服。这样的笑,脾气再怪的人也经不住他不停地笑,他的笑成为小城人的恐惧。

现在谁也不愿与他搭配,胖平平的李雅丽不愿意,她还千方百计想法吃点东西,跟他在一起,不是让全城人监视了吗?武立功更不愿,武立功说我天生的黑风丧脸,又不会笑,想培养也培养不成,即使我克服了坏脾气,但光是笑就要给他丢脸,我不能抹黑他的光辉形象。他没有怨言,是的,谁跟着他也是遭罪,他不愿别人跟着他遭罪。一个人去管一片辖区了,他管的这片辖区卫生,社会秩序确实好,他是名人了,大家都认识他,对他也敬三分。再说,人家容易吗?你在街边摆摊,人家不骂不撵,笑着劝导你,你赖着不走,人家也不掀你摊,一直在旁边笑着劝。那笑当然是难看的,比哭还难看的笑。那笑里内容丰富,忍让、克制、屈辱、自卑和自尊,辛酸和无奈的交织,怒火中烧的努力克制,克制自己的艰难,自尊摧毁的痛惜。那种变化万千的笑让人不忍,再无赖的摊贩也会落荒而逃。这当中他也听到各种各样的嘲讽和挑衅,但他是文明执法的模范了,再扎心的话也得忍着,实在忍不了,跑到无人的地方吼一会,默默流一回泪。

他多次受到表彰,他管辖的区域成为模范区域,他帮清洁工扫街,帮乡下进城卖东西的年老农民背东西,背到指定的市场;他帮眼瞎的叫花子数钱,帮腿残的叫花子推弹子车,连乞丐都不好意思在他的辖区盘桓,这不成为典型都是不可能的。

可偏偏出了事,那段时间,正是全城创建卫生城市的关键时刻,省里要组织检查、验收、评定。持续一个多月了,这座城市天天扫地洗街,环卫工人加班加点,机关干部全上,石板铺的人行道,沥青铺的大街,被清洁车洗得干干净净,连绿化树也一天洗几次澡。洒水车上有人手持龙头,龙头朝上把树冲得青翠欲滴,出浴贵妃似的。路面没有一张纸屑、一片落叶,石板路清爽得人可以在上面打滚,脚都不忍踩下去。电线杆上、墙面上所有的小广告都得洗刷掉。有人用油漆喷的广告,洗刷不掉干脆用白油漆、绿油漆全覆盖。这个城市干净得就像豆蔻年华的少女,白皙洁净,连新冒出的一点青春痘也要消除掉。

偏偏有人和孙志得作对,这个人神出鬼没,半夜三更张贴小广告。那些小广告巴掌大,是用强力胶水或者什么胶水贴的。孙志得上班时看见小广告,惊讶得眼瞪得老大,嘴半天合不拢。这是要他命呀,平时都不允许出现的小广告,现在关键时刻出现,真是把人往死里逼哩。他急三火四，匆匆忙忙去取了水桶，找了刷子、铲子来刷、来铲、来洗。别看那巴掌大的小广告，清理起来挺费劲的。先用水润湿，用刷子刷，用小铲铲，铲完还有痕迹，又要用清水洗，用铁丝刷刷。清洗掉一张很费劲，况且，贴的不是一张两张，走几步又有，走几步又有，贴得不费力，清得真要命。有的贴得高，孙志得踮着脚也够不着，就得借凳子来，一手提塑料桶，一手铲小广告。一上午下来，还没清理完一半，把他累得脚酸手软腿抽筋，连走回去吃饭的力气都没了，只得在小馆子里要了便餐，吃了就在人家沙发上打个盹，好在是熟人，店主也没为难他。

下午继续干，本来他可以去找大牛请求支援的，但他没去，一是他怕去了，其他的人说些刺骨的话。这是没得疑问的，谁叫他成了典型，谁让他奖金比他们高，荣誉比他们多，这里上报那里上电视。谁叫他让他们成为他的陪衬，领导训话总爱拿他来说事，让他们经常脸上无光。二是他怕为难大牛，他去求援，大牛派不来人，他会陷入尴尬，只得自己来，让一个中队长亲自来帮他，他也实在承受不了。

那天晚上，他拖着疲惫的身子，走路都几乎打瞌睡，好几次头碰到树干才猛地醒过来。他终于借着灯光清洗完他管的那片辖区，回去倒头就睡，睡得天昏地暗。

第二天，他挣扎着起了床，尽管一身酸疼，头晕脑涨，腿如灌铅般沉重，但他心里还是喜悦的。终于清除了牛皮癣，终于见不到一点小广告的痕迹，上面来检查，他也可以放心了。

终于走到他管的地段，他傻眼了，昨天才清理完的小广告，又鬼使神差地贴上了，数量比昨天的还多，贴得比昨天的还高，似乎专门整治他。他头一晕，腿一软，差点瘫坐在地上，妈的，这不是来要老子的命吗？他气得日妈捣娘骂了一气。他是顾不上他的形象了，顾不上他出了名的笑容了，脸色青紫，目光狰狞，眼珠通红，连杀人的心都有了。

那天，他把老婆也叫来了，把在上学的儿子也叫来了，一家人卖力地干。老婆理解他、心疼他，儿子也心疼他，他们一家人在大家的围观下使劲地刷，使劲地铲，互相配合，齐心协力，干到下午临近下班，终于将小广告铲完、洗尽。老婆、孩子都累得走不动路，他看着心疼，说不回家吃饭了，今晚改善改善。老婆心疼钱，说馆子的东西又贵又脏，最近不是流行猪瘟嘛，咱们回家吃。他说瘟啥瘟，人家老板都在吃，你比他们金贵吗？那是谣言，咱们不能信，是不是儿子？儿子有一段时间没有好好地吃过肉了，难得奢侈一回，说没问题的，是邻县闹了下猪瘟，我们这里从来没有。

走了好长一段路，老婆都不进去，她看着装修好点的馆子，都认为是高档的。最后选了家小餐馆，总算美美吃了一顿。儿子吃得满头大汗，惬意无比。老婆叹口气，说有钱多好，娃娃不会这样馋，你也不会这么累，饿了，出门就可以吃呀。他忧心忡忡地说今晚这狗日的不会来贴吧，再来贴就真要老命了。儿子说但愿这人来贴选在星期天，要不然我上课就来不了。老婆也说今天我是请了假的，明天就不来了，但愿这个挨千刀剐万刀杀的不要来了。他一脸愁容，说但愿但愿。心里想，再这样折腾下去，只有不干这城管了。

凌晨时分，他惊醒了，尽管白天铲了一天小广告，累得狗样的，倒下就睡。可他睡不踏实，不断地做梦、翻身、踢腿，梦中总是有人追他，一会儿是条凶恶无比的黑狗，一会儿是他干了什么见不得人的事被人围着骂，围着打。最后是他被一群人追着撵着用石块打得到处逃窜，逃到一座悬崖边，下边黑雾蒸腾，阴风阵阵。他无处可逃了，左看右看，都是深渊。他想活着也毫无意思，猛然间下了决心，死了算了，纵身一跳，啊的一声惊醒了。醒了，全身湿透，心仍然在狂跳。

他再也睡不着了，看看时间，才四点多。此刻是最寂静最寒冷的时候，街上的车辆基本没有，喜欢夜生活的人也大多回去了，树影幢幢，灯光昏昏，连最早的清洁工都还没有来。他打着哈欠，穿上防寒服，拖着沉重的步子出门了。

他凭直觉这贴广告的人还会来。他知道贴广告的人受雇于人，他们有任务，每天要贴多少张，贴在哪些地段都有规定的。这就像他们一样同样有指标、有任务、有路段。各行各业都是规范化管理的。他知道受雇贴小广告的多是年轻人，年轻人身体灵活，爬高跳低，奔跑突围是他们的强项。一般人即使发现他们也很难追到，他们跑得比兔子还快，眨眼间就消失在黑夜里了，要将他们捉住是不容易的。

出门前他做了精心的设计，城管的制服是不能穿的，人还没走拢早将要抓的人吓跑了，脸不能露出来，认识他的人太多了。他天天在街上不说，还时不时地上电视。好在是夜里很好装扮，他找出那件当小贩时穿的防寒服，衣服厚有帽子，穿了好些年又脏又破，还好没扔掉，终于派上用场。他还找了个编织袋提着，里面装上些家里的塑料瓶、烂纸板啥的，这样就很像捡垃圾的流浪汉了。他走走停停，一路观察，遇到垃圾桶还会停下，谁也不会怀疑这是个夜晚流浪的流浪汉。他要的是以静制动，以慢制快，出其不意的效果。这样就能发现贴小广告的人，并且将他捕获。

慢慢地走了一段路，仔细观察了一阵，终于有人出现了。这段路树荫浓密，灯光幽暗，靠街边几乎看不清什么。这人个子矮小，比他读高中的儿子矮了好些，并且瘦弱，但人机灵，走路脚有些瘸。他靠在垃圾桶边装模作样地翻找。那人在远处看了一阵儿，放心地过来了他知道翻垃圾的人对他是没有危险的。他提着个手提袋，里面是一沓一沓的小广告，还有一只小桶，肯定是粘贴剂了。他走到他身边，一点戒备也没有，还和他打了个招呼。这么早，天亮来捡嘛。他将身子背过去，臃肿的防寒服连头蒙住不答话。那人说聋子呀，比我还可怜。说完转身去贴小广告了。

等他刚贴出一张，背后一只手狠狠地将他抓住了，回头一看，这不是捡垃圾的流浪汉吗？你干啥？我这里没有啥，你捡你的垃圾，我贴我的广告，各干各的。他不答话，也不松手，紧紧抓住。小个子力气不小，人又机灵，一挣脱就前功尽弃了。挣扎了一会儿，小个子年轻人不挣扎了，他停下来，打量孙志得，微弱的灯光下，他终于透过他肮脏的有帽子的防寒服，看清了他的脸，这不是那个城管吗？那个天天在这一带巡视，还帮别人洗地、搬东西的城管吗？糟了，不晓得他守候了几天，落在他手里还有好结果吗？

　　他紧紧抓住他的领子让他挣不脱。小个子小伙突然跪下来，眼泪涟涟，哀求他，说他是外地人，流浪到这里，打工人家嫌他力小体单不要他，在餐厅洗碗，打烂两个碗又被解雇，没地方住，晚上睡桥洞，睡廊沿。现在城管又管得紧，撵得没地方躲，肚子饿了，捡垃圾桶里的东西吃。实在无法了，才干上贴小广告这事，总算能吃上饭，能有个地方住。他讲的是真的，讲得心酸，讲到痛处，哽咽得说不出话。孙志得听了，心里酸酸的、涩涩的，都是底层的人，他何尝没有这些经历呢。眼前这小子，比他儿子大不了多少，有钱人家的娃娃，正是读书、谈恋爱的好时节，谁知道没吃没住到处流浪的苦？他想放了他，但这段时间他受到了责问，包括奖金被扣，大牛说，再不禁止小广告我是保不了你了。加上这几晚熬更守夜连同一家人清洗，加上半夜起床的守候，他想是不能放了，硬着心肠，拖起他就走。他不走，赖在地上，一拖，他大叫起来，哎呀，我的脚……疼呀……那叫声，是锥心刺骨的疼痛。孙志得停下，矮个小伙搂起裤管，他的腿肚包生了个疮，已经腐烂，不知用些什么缠住，黑漆漆的，流脓淌水，已经腐烂得不成样子。他心里一阵抽紧，这是个可怜的娃哩。他问咋不去看医生。小伙说没钱哩。这个月的钱还没发，老板说月底没差错完成任务才发。他一阵难过，知道这些老板黑得很哩。他摸摸口袋，口袋里的钱也不多，凑起来一百多块。他说拿着去看病，把疮医好，拖长了脚就废了。小伙子狐疑地看着他不敢接。他厉声说接着，你可以走了，但不要再来贴小广告，听见没有。他低着头，千恩万谢，提着小桶一瘸一拐但极快地消失了。

等他第二天来上班，他管辖的地段又贴满小广告。他头一晕，小广告漫天雪花似的飞舞，飞快地旋转，像龙卷风一样迅疾。他头一晕，跌倒在地。有人喊老孙，老孙，孙城管你咋啦？你病了吗？脸咋这样白，要不要送你去医院？他摇摇头，两颗苦涩的泪滴了下来，他知道，他是不能再穿这身制服了……

夏天敏

中国作协会员，昭通市作协主席。20 世纪 80 年代中期开始创作，曾在《当代》《十月》《人民文学》《中国作家》等刊发表中短篇小说 200 余万字。

获第四届云南省政府文学一等奖、《当代》文学拉力赛 2001 年总冠军、首届梁斌文学奖一等奖、《人民文学》"爱与和平"中篇小说一等奖、第三届鲁迅文学奖、首届绽放文学艺术成就奖。

根据同名小说改编的电影《好大一对羊》在法国、美国、加拿大分别获奖。同名电视剧八集获"飞天奖""金鹰奖"。

代表作品

《极地边城》
《两个女人的古镇》
《胡树和他的牛》
……

胡树和他的牛

出品人	郭文礼	选题策划	左树涛	责任编辑	左树涛
复 审	陈学清	终 审	贾晋仁	书籍设计	张永文
印装监制	郭 勇	项目运营	有度文化·刘文飞工作室

投稿邮箱 | liuwenfei0223@163.com

微 博 | http://weibo.com/liuwenfei0223   微信公众号 | txsk2013_